Lily Brett
Alles halb so schlimm!

Lily Brett
Alles halb so schlimm!

*Aus dem Englischen
von Melanie Walz*

Deuticke

Für Patricia Kenwood

Inhalt

Nach dem Krieg

Der Tod begann Renia Bensky erst nach dem Krieg nicht mehr loszulassen.

1945 in Deutschland hatte Renia an Selbstmord gedacht. Ihr kleiner Sohn war tot. Ihre Eltern waren tot. Ihre Großeltern waren tot. Ihre Brüder und Schwestern waren tot. Ihre Tanten und Onkel und Neffen und Nichten waren tot. Alle, zu denen sie gehört hatte, waren tot.

Ihre Freundin Basia hatte Stutthof und Auschwitz überlebt und sich vom Dach eines fünfstöckigen Gebäudes gestürzt. Aber Renia Bensky war zu müde zum Sterben.

Sie saß in einer der Baracken im Lager für Displaced Persons und nähte. Ein britischer Soldat hatte ihr ein Stück von einem alten Fallschirm gegeben. Renia nähte eine Bluse für sich und einen Rock für Rooshka, das junge Mädchen auf der Nachbarpritsche.

Rooshka schrie jede Nacht nach ihrer Mutter. Sobald Rooshka zu schreien begann, rannte Renia aus der Baracke, die Hände vor den Mund gepreßt. Sie fürchtete, ihre eigenen Schreie könnten sonst hervorbrechen.

Der Rhythmus der Nadelstiche beruhigte Renia. Der Rock nahm Form an. Manche Dinge waren noch immer vorhersehbar.

Renia wußte nicht, wo ihr Mann war. Bei der Ankunft in Auschwitz war sie von Josl getrennt worden. Später erfuhr sie, daß er in ein Arbeitslager gebracht worden war. Listen der Toten und der Lebenden wurden regelmäßig im DP-Lager angeschlagen. Jeden Tag las Renia die Listen. Doch Josls Name war noch nicht aufgetaucht. Renia wußte nicht, ob Josl am Leben war. Sie wußte nicht, ob sie selbst am Leben war.

An dem Tag, an dem Renia herausfand, daß Josl lebte, litt sie an einer hartnäckigen Erkältung. Das ganze Jahr in Auschwitz war sie nie erkältet gewesen. Niemand war dort erkältet. Es hatte Typhusepidemien gegeben, und die Gestapo hatte Krankheiten unter den Häftlingen verzeichnet, die den SS-Ärzten bisher nur aus medizinischen Handbüchern bekannt gewesen waren. Doch normale Erkältungen hatte es nicht gegeben. Jetzt lief Renia die Nase, sie war heiser und hustete krächzend.

Als sie Josl wiedersah, wagte sie ihn kaum anzusehen. Durch das, was sie gesehen und was sie eingeatmet hatte, fühlte sie sich von ihm getrennt. Sie kam sich vergiftet vor. Sie konnte fast nicht ertragen zu sein, wer sie jetzt war. Ihr neues Wissen durchdrang sie. Es durchdrang jeden einzelnen ihrer Gedanken. Manchmal überfiel es sie im Schlaf, und sie erwachte weinend. Sie wußte, daß sich das nie mehr ändern würde.

Wie sollte sie Josl umarmen können? Wie sollte sie sich von ihm umarmen lassen? Sie war nicht Renia Bensky, die Frau von Josl Bensky. Sie war jemand anders. Sie war Josl eine Fremde. Sie war sich selbst eine Fremde.

Josl sah fast genauso aus, wie er ausgesehen hatte. Er war sehr abgemagert, hatte aber das gleiche kindliche, optimistische Lächeln, das ihr immer die Tränen in die Augen getrieben hatte. Minutenlang sah er sie stumm an. Da sah Renia, wie erschöpft er aussah. Er küßte sie auf die Wange.

In Auschwitz waren die Häftlinge auf ihren Pritschen so eng aneinandergepfercht, daß man sich nur umdrehen konnte, wenn die ganze Reihe sich umdrehte. Erbrochenes und Durchfall der Häftlinge tropften oft von den oberen Pritschen auf die darunter.

Nach dem Krieg sah Renia in Deutschland, wie jüdische Mädchen mit Soldaten flirteten, und fragte sich, wie sie auf die Idee kamen, daß der Körper eines anderen Menschen einem Trost spenden könne.

Als Renia Josl küßte, weinte er. Sie wußte, daß er etwas begriffen hatte. Was, wußte sie nicht. Sie ging zu ihrer Baracke und erbrach sich. Josl saß still da und sah zu, wie sie sich erbrach.

Als sie 1948 nach Australien kam, war Renia Bensky voller Abscheu. Melbourne war so leer. Und das Essen! Der Käse schmeckte wie Wachs, das Brot war wie Watte. Die Leute von der Jüdischen Wohlfahrtsorganisation waren freundlich. Sie besorgten den Benskys ein Zimmer in Brunswick und schenkten ihnen ein Bett, vier Decken und zwei Kissen. Doch Renia fühlte sich so allein. Mehr als in Auschwitz. Mehr als im Ghetto.

Um Renia und Josl kümmerte sich Josls Cousin Max Borg, der 1933 nach Australien gekommen war. Max' Freunde, in der Mehrzahl assimilierte Juden, beäugten Josl und Renia mit Befremden. Renia hatte das Gefühl, daß Max' Frau Esther sich ihrer schämte.

Max und Esther spielten eine bescheidene Rolle im jüdischen Gesellschaftsleben von Melbourne. Renia merkte, daß Esther auf sie herabsah. Eines der ersten Dinge, die Esther zu Renia gesagt hatte, war: »Du solltest dir ein australisches Kleid kaufen. Das nennt man hier ein Strandkleid. Damit siehst du australischer aus. Wir Juden werden allmählich akzeptiert, und du solltest uns nicht in Schwierigkeiten bringen. Letzte Woche war der Manager der Bank hier, in unserem Haus, zum Kaffeetrinken. Kaffee und ein Stück Kuchen, und er hat gesehen, daß wir ganz normal sind, so wie jedermann. Es ist wichtig, daß man normal ist.«

Josl versuchte Max zu erzählen, was Max' Nichte in Polen widerfahren war, aber Max hielt ihn davon ab. »Ich weiß, Josl, es war eine schreckliche Zeit für sie. Weißt du, Josl, für uns hier in Melbourne war es im Krieg auch nicht so leicht. Hering war überhaupt nicht zu bekommen. Es war nicht so leicht.«

Renia versuchte einmal, mit Frieda zu sprechen. Frieda war die netteste von Esthers Freundinnen. Frieda hatte Renia gezeigt, wie man gefilte Fisch macht, und sie sprach immer mit liebevoller Stimme zu Renia. »Frieda, weißt du, daß ich in Polen schreckliche Dinge mit angesehen habe«, sagte Renia eines Tages. »Im Konzentrationslager wollte ich am Leben bleiben, damit ich jemandem erzählen kann, was ich gesehen habe.« Frieda unterbrach sie. »Renia, Liebchen, das ist jetzt vorbei. Du bist hier in Australien und in Sicherheit. Vergiß am besten all diese Dinge. Es ist besser, wenn du dich nicht mehr damit quälst.«

Esthers Tochter, die zwölfjährige Rivka, fragte Josl einmal, warum er so große Löcher im Rücken habe. Renia und Josl waren mit der Familie Borg in St. Kilda am Strand. Josl begann zu antworten. »Es war ...«, setzte er an. Esther packte Rivka so heftig am Arm, daß das Mädchen zu weinen begann. Esther zerrte Rivka fort. Bruchstücke dessen, was Esther zu Rivka sagte, hallten über die Teebäume herüber. »Er kann einen Herzanfall bekommen, wenn du über solche Sachen sprichst. Wie kannst du nur so etwas tun!« Rivka kam mit gerötetem Gesicht und verheulten Augen zurück.

Nach einem Monat in Australien wollte Renia wieder weg. Aber sie konnte nirgends hingehen. Sie wußte noch, wie sie Josl angebettelt hatte, sie aus Deutschland wegzubringen. Von dem Augenblick an, in dem Josl und Renia wiedervereinigt waren, hatte Renia nur den einen Wunsch gehabt, Europa zu verlassen. Deutschland haßte sie. Jeder Deutsche klang wie ein Kommandant. Josl schenkte ihr zum dreiundzwanzigsten Geburtstag zehn amerikanische Dollar. Mit ihrem Geburtstagsgeld kaufte Renia vier zusätzliche Türschlösser für das Zimmer, das sie in Bayreuth bewohnten. Als Renia merkte, daß sie schwanger war, kaufte sie noch zwei Schlösser.

Eines Vormittags war Renia allein in dem Zimmer. Sie säumte gerade ein rechteckiges Stück Wollstoff als Decke für das Baby, das in einem Monat erwartet wurde. Um Viertel nach zehn klopfte es leise an die Tür. Renia ging lautlos zum Schrank neben dem Bett. Sie stieg hinein und schloß die Schranktür hinter sich. Als Josl um halb sieben nach Hause kam, kauerte Renia noch immer auf dem Schrankboden.

Josl wäre gern in Deutschland geblieben, wenigstens eine Zeitlang. Er machte Geschäfte auf dem Schwarzmarkt und verdiente dabei etwas Geld. Mit seinem ersten Geld kaufte er Renia eine schwarze Lederjacke. Als er Renia in ihrer neuen Jacke sah, erfüllte ihn unbändiger Stolz. Es war ein Augenblick ungetrübter Freude. Josl dachte, ein größeres

Glück als das, das er empfand, wenn er Renia in ihrer Lederjacke ansah, sei kaum mehr möglich.

Die Rationen, die Josl und Renia in Deutschland bekamen, retteten sie vor dem Hungertod, doch nicht vor dem
Hungern. Josl begann sich nach Möglichkeiten umzusehen,
mehr Geld zu verdienen. Er fühlte sich lebendig. Er war nicht mehr müde. Er
hatte eine schöne Frau, und ein Kind war unterwegs. Er
hatte etwas, wofür es sich zu leben lohnte. Gott hatte ihm
eine zweite Chance gegeben. Nichts konnte ihn jetzt mehr
aufhalten.

Josl entdeckte eine zusätzliche Nahrungsquelle im Stütz-
punkt der US-Armee. Josl wartete vor der Messe. Wenn die
Soldaten gegessen hatten, leerten sie ihre Teller in einen
großen Abfalleimer. Josl holte die besten Abfallstücke aus
dem Eimer. Er holte Kartoffeln heraus, Karotten, Würst-
chen. Manchmal hatte er das Glück, Eier zu finden. Das
Essen war sehr schmackhaft. Er nahm es mit nach Hause,
schnitt die angebissenen Ränder ab und richtete das Essen
appetitlich auf Tellern an. Josl erzählte Renia nie, woher dieser Luxus stammte.

Josl baute seine Geschäftsbeziehungen zu den US-Solda-
ten aus. Er kaufte jetzt Zigaretten von den Soldaten. Die
Zigaretten verkaufte er mit beträchtlichem Profit weiter.
Mit dem Profit kaufte Josl mehr Zigaretten und später Tee
und Kaffee und Schokolade.

Er beschloß, noch weiter zu expandieren. Er versteckte
sich auf einem Güterzug nach Pilsen in der Tschechoslowakei. Dort kaufte er ein. Den Großteil seines Geldes inve-
stierte er in kleine elektrische Kochplatten.

Die Kochplatten verkaufte Josl an Amerikaner, die mit

Zigaretten zahlten. Die Zigaretten verkaufte Josl an Deutsche, die mit Reichsmark zahlten. Die Reichsmark verkaufte Josl an Amerikaner, die mit US-Dollar zahlten.

Josl kaufte sich einen Opel Kadett. Er war schwarz, gedrungen und glänzte. Josl hatte seit sechs Jahren keinen Wagen gefahren. Ihm war, als müsse er vor Stolz platzen, als er Renia zum ersten Mal in Bayreuth mit dem Wagen spazierenfuhr.

Für das Baby Lola kaufte Josl einen kleinen weißen Pelzmantel. Dieser Mantel würde sie im kältesten Winter warmhalten. Und für Renia kaufte er einen kleinen Diamanten. Einen neuen Verlobungsring. Eine neue Verabredung mit der Zukunft.

Eines Tages wurde Josl von einem amerikanischen Militärpolizisten angehalten. Die Militärpolizisten, das sagte Josl immer zu Renia, waren Gangster, keine normalen Menschen. »Mußt sie nur ansehen, dann weißt du, daß sie sind nicht normal«, sagte er. »Welcher normale Mensch will sein ein Militärpolizist? Sie sind alle so groß und dick. Große Gangster. Große Kriminelle. Sonst nichts.«

Der Militärpolizist bezichtigte Josl, die erlaubte Geschwindigkeit überschritten zu haben. Der Kadett fuhr nicht schneller als sechzig Stundenkilometer, doch Josl widersprach nicht. Er fragte sich, was er diesem Riesen wohl zahlen mußte, um nicht belangt zu werden, als der MP ihn auszusteigen aufforderte.

Josl wußte, daß er keine Chance hatte. Es dauerte zwei Minuten, bis der MP die eineinhalb Kilo Butter entdeckt hatte, die Josl in einer Kiste mit Altpapier versteckt hatte. Vor Freude grinsend, sagte der MP: »Ich bin heute besonders nachsichtig aufgelegt. Wenn Sie diese Butter vor meinen Augen aufessen, können Sie als freier Mann nach Hause gehen. Dann werde ich Sie nicht als Schwarzhändler anzeigen.« Josl aß die Butter. Danach war ihm eine ganze Woche lang übel.

Jeden Tag fragte Renia Josl, wann sie Deutschland verlassen konnten. Sie flehte ihn an, keine Geschäfte auf dem schwarzen Markt zu machen. Jedesmal wenn Josl in die Tschechoslowakei fuhr, machte Renia sich darauf gefaßt, die Nachricht von seinem Tod zu erhalten.

Zuletzt konnte Josl es nicht länger ertragen, Renia in Deutschland zu halten. Sie packten ihre Habseligkeiten. Josl hinterließ seinem alten Freund Moishe Mittelman seine Geschäftstips, und Renia, Josl und Lola machten sich auf nach Australien.

Moishe Mittelman blieb noch drei Jahre lang in Bayreuth. Im Jahr 1951 wanderte er nach Amerika aus. Er kam mit 50.000 Dollar in New York an.

Renia Bensky gewöhnte sich schnell an Australien. Das grelle Licht machte ihr nicht mehr zu schaffen. Sie besaß Strandkleider und Sonnenbrillen. Im Sommer 1948 kaufte sie ein Paar Schwimmhilfen.

Renias Nachbarin Mrs. Brown brachte ihr bei, Apfelkuchen zu backen, und bald waren Renias Apfelkuchen die Krönung so manches sonntäglichen Kartenabends.

Renia wurde zur australischen Patriotin. Sie summte »God Save the King« und wollte von Kritik am Land oder seinen Bewohnern nichts hören.

Renia begann sich glücklich zu fühlen. Zur gleichen Zeit drängte sich eine neue Empfindung in ihr Bewußtsein. Sie hatte den Eindruck, daß sie sterben würde.

Nachts im Bett spürte Renia leise Schmerzen in der Brust. Sie suchte Dr. Johnson auf. Er untersuchte sie und

schickte sie für eingehendere Untersuchungen in die Frauen-
klinik. »Es ist alles in Ordnung«, erklärte er Renia. »Ich
glaube, Mrs. Bensky, daß es mit Ihren Nerven zu tun hat.
Warum ruhen Sie sich nicht ein bißchen aus? Haben Sie
einen Hund? Ich finde, man kann gut abschalten, wenn man
mit dem Hund spazierengeht. Warum besorgen Sie sich
nicht einen Hund?«

Dann bekam Renia ihre Periode nicht mehr regelmäßig.
In Auschwitz war Renia dankbar dafür gewesen, daß sie
keine Periode mehr gehabt hatte. Ihre erste und letzte Periode im Lager hatte ihr blutverschmierte Beine und Füße
eingebracht. Jetzt war Renia davon überzeugt, daß die
Unregelmäßigkeit Symptom einer tödlichen Krankheit sei.
Dr. Horowitz war nett zu ihr. »Mrs. Bensky«, sagte er,
»normalerweise machen wir uns nur Sorgen, wenn Frauen
zuviel bluten. Unregelmäßige und leichte Monatsblutungen
sind kein Grund zur Unruhe.« Renias nächste Periode war
so langanhaltend und schmerzhaft, daß es sie an ihre Jugend
erinnerte.

Renia begann eigene Diagnosen zu stellen und sich Mittel zu verschreiben. Ihr Schrank im Badezimmer enthielt
Antibiotika, Antihistamine, Abführmittel, Beruhigungs-
mittel und Schlafmittel. Freundinnen belehrte sie über den
Unterschied zwischen Viren- und bakteriellen Infektionen,
und bisweilen versorgte sie sie mit Arzneimitteln.

»Ich lebe nicht mehr lange. Du wirst mich nicht mehr
lange sehen«, sagte Renia regelmäßig zu Lola. Manchmal
schrie sie Lola an: »Du bringst mich noch um! Hitler hat es
nicht geschafft, aber du willst es schaffen. An meinem Grab
wird es dir leid tun.«

Renia besuchte eine Menge Beerdigungen. Sie besuchte
Beerdigungen von Leuten, die sie kaum gekannt hatte. Sie

nahm am Minjan teil. Sie kümmerte sich um Leidtragende. Doch das war nicht genug. Renia hatte nicht das Gefühl, ihre Toten beerdigt zu haben.

Tagsüber war Renia nicht allein. Sie trug die Schreie der Waisenkinder im Ghetto und der wahnsinnigen Mütter und der hilflosen Väter mit sich. Abends, wenn sie ins Bett ging, kamen alle Toten zu Besuch. Die Toten waren alle nicht beerdigt. Sie waren alle in der Vorhölle. Oft schrie Renia im Schlaf. Ihre Schreie waren die Schreie sterbender Juden. Die Schreie hatten die Körper der Toten verlassen und sich in Renia Bensky eingenistet.

Mittags aßen die Näherinnen der Werkstatt Renee of Rome in der Personalküche. Sie teilten Tee, Sandwiches, Traurigkeit und Glück miteinander. Renia mochte die Frauen. Alle Nähmaschinen waren in einer Ecke der Werkstatt zusammengestellt, und inmitten dieser Menge von Maschinen fühlte Renia sich wohlbehütet. Doch mittags stand Renia mitten im Flur, in dem dunklen Gang im vierten Stock in der Flinders Lane in Melbourne und sprach mit ihrer Mutter.

»Wo bist du, Mama? Bist du hier in der Luft in Australien? Oder bist du in Polen geblieben? Mama, ich habe Angst, daß ich mich eines Tages nicht mehr an dein Gesicht erinnern kann. Mama, ich habe keine Fotos. Keine Fotos von dir und Papa. Keine Fotos von Schimek und Abramek, Jakob und Felek. Keine Fotos von Blume oder Fela oder Marilla. Ich wollte mit dir gehen, Mama, aber man hat mich auf den Kopf geschlagen und in die andere Reihe geschubst. Die Überlebensreihe, Mama. Ich weiß nicht, ob du es gesehen hast, Mama, ich weiß nicht, ob du weißt, daß ich dich nicht verlassen wollte. O Mama, ich bin so einsam!«

Manchmal beklagten sich einige der jüngeren Mädchen von Renee of Rome über ihre Mütter. Die Mutter der einen hatte kein Verständnis, die der anderen war ungerecht. Renia hielt sich die Ohren zu und dachte darüber nach, was sie zum Abendessen kochen wollte. Renia sagte oft zu Lola: »Du weißt gar nicht, wie glücklich du dich schätzen kannst, daß du Eltern hast.« Lola wußte es tatsächlich nicht.

Nach einigen Jahren in Australien besaß Josl sein eigenes kleines Kleidergeschäft. Und Josl und Renia hatten eine zweite Tochter, Lina. Lina kam mit einem kürzeren Bein auf die Welt. Renia fühlte sich dafür verantwortlich. Sie dachte, es könne daran liegen, daß sie während der Schwangerschaft achtzehn Stunden täglich über eine Nähmaschine gebeugt gesessen hatte. Sie verzehrte sich vor Schuldgefühlen. Sie hörte zu arbeiten auf und blieb zu Hause bei Lina. Zu Hause wusch Renia die Wäsche und kochte und putzte und kümmerte sich um Lina.

Sie hatte einen herrlichen Garten. Einen Garten mit Rosenbüschen und Apfelbäumen und Zitronenbäumen. Renia liebte ihren Garten. Jeden Tag ging Renia frühmorgens nach draußen und fütterte die Vögel im Garten. In Auschwitz hatte es keine Vögel gegeben und im Ghetto auch nicht. Sechs Jahre lang hatte Renia keinen Vogel gesehen. Jetzt warteten jeden Morgen an die hundert Vögel auf sie. Möwen, Spatzen, Stare, Bachstelzen und bisweilen Tauben.

Nie ging Renia mit ihren Freundinnen einkaufen. Nie ging sie zu Wohltätigkeitsessen oder Modenschauen. Sie spielte weder Karten noch Bridge. Sie gehörte keinem Klub an. Renia legte sich in die Sonne.

An sonnigen Tagen erledigte Renia ihre Hausarbeit schneller als sonst. Dann nahm sie den Telefonhörer von der Gabel. Sie rieb sich Niveacreme auf Gesicht und Schultern und legte sich im Garten in die Sonne.

Selbst wenn es geregnet hatte und das Gras feucht war, legte Renia sich nicht auf ein Badetuch oder eine Strandmatte. Sie legte sich auf das Gras.

Es gefiel ihr, die Erde an den Beinen zu spüren, an ihrem Haar, an ihrer Kopfhaut, an ihren Händen. Wenn sie so dalag, mit der Erde verschmolzen, fühlte Renia Bensky sich glücklich.

Loti Luftmans Tochter

Als sie in Australien ankam, wurde die zehnjährige Michelle Luftman in die Grundschule gesteckt. »Wenn ihr Englisch besser wird, versetzen wir sie«, sagte der Schulleiter zu Esther Borg, die Michelles Vormund war.

»Mister Herbert«, sagte Esther Borg, »Herr Professor, dieses Mädchen ist sehr klug. Sie spricht Französisch. Sie war elf Wochen lang allein auf einem Schiff, um nach Australien zu kommen. Sie hat jeden Abend am Tisch des Kapitäns gegessen. Das hat sie selber bewerkstelligt. Sie hatte niemanden, der es konnte für sie tun. Sie wissen, daß sie eine Waise ist. Herr Professor, wenn ein Mädchen es fertigbringt, am Tisch des Kapitäns zu essen, finden Sie nicht, daß sie dann etwas anderes hat verdient, als mit Fünfjährigen in dieselbe Klasse gesteckt zu werden? Finden Sie nicht, daß sie zu Kindern ihres eigenen Alters gehört?« – »Alles zu seiner Zeit, Mrs. Borg. Alles zu seiner Zeit«, sagte Mr. Herbert.

»Was für ein Glück, daß meine Rivka in der Schule Französisch lernt«, sagte Esther Borg zu Ada Small, die Französisch sprach, »und was für ein Glück, daß ich dich habe, Ada, denn ich weiß wirklich nicht, was ich sonst mit Michelle sollte anfangen. Wenigstens ißt sie alles, was ich ihr vorsetze. Das kannst du mir glauben, sie ist wirklich eine gute Esserin, aber sie ist ein bißchen wild. Ich bin meine Rivka gewohnt. So ein braves Mädchen. Wie fleißig sie lernt! Sie macht mir keinen Ärger. Aber die hier, diese Michelle, wenn ich sie bitte, ihr Brot nicht in ihre Milch zu tunken, dann fragt sie: ›Warum?‹ Ich sage ihr, daß es nicht hübsch aussieht. Aber ihr ist es egal, ob es hübsch aussieht. Sie tunkt einfach weiter ihr Brot in die Milch. Und ich weiß, daß sie sehr gut versteht, was ich sage zu ihr. Oj, Ada, was soll ich nur tun? Meinst du, Gott hat gedacht, daß ich noch nicht gehabt habe genug Sorgen?«

Michelle Luftman war die Tochter von Esthers Cousine dritten Grades Loti Luftman. »Ich frage mich, ob sie von dem schlechten Blut ihres Vaters etwas hat geerbt«, sagte Esther zu Ada Small. »Ada, du weißt, daß Loti einen üblen Burschen geheiratet hat. Er war ein Spieler und immer hinter den Mädchen her. Lotis Eltern waren mit der Heirat nicht einverstanden. Das hat Loti Sorgen gemacht, aber sie war so verrückt nach diesem Spieler, daß ihr alles andere egal war. Sie sind 1937 von Łódź nach Paris gezogen. Ich habe gehört, daß Lotis Mutter sich nie davon erholt hat, daß ihre Tochter sie verlassen hat.«

Als Esther von der Jüdischen Wohlfahrtsorganisation gefragt wurde, ob sie die Tochter ihrer Cousine aufnehmen wolle, war sie entsetzt. Sie hatte Loti kaum gekannt; warum fragte man sie, ob sie Lotis Kind aufnehmen wollte? Mrs. Silberman von der Agentur hatte Esther erklärt, daß Wohlfahrtsorganisationen in Paris sich um jüdische Waisenkinder kümmerten, die während des Krieges versteckt worden waren oder als christliche Kinder in christlichen Familien untergeschlüpft waren. Diese Kinder wurden jetzt geholt und bei jüdischen Familien untergebracht.

Esther war abergläubisch. Sie fürchtete sich davor, etwas nicht zu tun, was sie tun sollte. Sie ermahnte sich, daß es in Gottes Augen die größte Ehre sei, sich um ein Waisenkind zu kümmern. Und so kam es, daß Esther bereit gewesen war, Michelle bei sich zu Hause aufzunehmen.

Manchmal fragte Esther sich nachts, wie Loti gestorben sein mochte. Sie wußte, daß Loti in Auschwitz umgekommen war. Sie wußte, daß zur Zeit von Michelles Geburt der Spieler Loti bereits um einer wohlhabenden Französin willen verlassen hatte. Diese Neuigkeiten hatte Esther von ihrer Cousine in Łódź erfahren. Sie hatte auch erfahren, daß Loti 1939 mit ihrem Baby nach Łódź hatte zurückkehren wollen und daß ihr Vater ihr geschrieben hatte, daß die Lage in Polen sehr bedenklich sei und sie und ihr Baby in Paris gewiß sicherer seien.

Loti versuchte, nach Grenoble zu gelangen, als die Gestapo die Juden in Paris zusammenzutreiben begann. Loti wußte, daß die Gestapo jüdischen Haushalten Überraschungsbesuche abstattete. Jedesmal wenn Loti in ihre Wohnung zurückkehrte, ließ sie das Baby in seinem Kinderwagen auf der Straße, während sie die Wohnung inspizierte. In den Kinderwagen hatte Loti einen Zettel gelegt, auf dem stand: »Lassen Sie das Baby bitte stehen, wo es ist, bis ich wiederkomme. Ich bin nur kurz ins Haus gegangen.«

An dem Tag, an dem die Gestapo Loti erwartete, hatte sie den Kinderwagen mit Michelle vor der Bäckerei von Monsieur Renard abgestellt. Monsieur Renard kannte Loti und behielt den Kinderwagen immer im Auge. Monsieur Renard sah, wie die Gestapo Loti mitnahm. Niemand warf einen Blick auf den Kinderwagen. Als Loti bis zum Einbruch der

Dunkelheit nicht wiedergekommen war, fuhr Monsieur Renard den Kinderwagen zum Haus seiner Schwester. Er bat seine Schwester, sich um das Kind zu kümmern, bis Loti wiederkommen würde. Monsieur Renards Schwester behielt das Baby ein paar Tage lang, bevor sie es ihm zurückgab. »Die Kleine sieht zu jüdisch aus«, sagte sie zu ihrem Bruder. »Für ein kleines Judenkind werde ich nicht mein Leben oder das Leben meiner Familie aufs Spiel setzen.«

Das brach Monsieur Renard, einem Junggesellen in mittleren Jahren, schier das Herz. Michelle war ein so liebes Kind. Sie konnte bereits ein paar Worte sprechen und war immer fröhlich, immer strahlend. Sie sah nicht jüdisch aus. Mit ihrem blonden Haar und ihrem herzförmigen Gesicht sah sie eher norwegisch aus als jüdisch. Aber Monsieur Renards Schwester blieb bei ihrer Ansicht.

Monsieur Renard holte Michelle zu sich nach Hause. Er versteckte sie hinten in der Bäckerei. Mehrmals am Tag verließ er den Laden, um nachzusehen, ob Loti zurückgekommen war. Nach vier Monaten wußte Monsieur Renard, daß er eine Entscheidung treffen mußte. Michelle war ein braves Kind, das sich ganz ruhig verhielt, solange der Laden geöffnet hatte, doch trotzdem wurde es zunehmend schwieriger, sie versteckt zu halten. Einmal, als er mehrere Stunden lang keine Zeit gehabt hatte, nach hinten zu gehen und sie zu besuchen, war sie in den Laden gelaufen und hatte ihn umarmt.

Sie sei die Tochter einer Cousine, erklärte er einer neugierigen Kundin, und er kümmere sich um sie, während seine arme Cousine sich von ihrer Schwindsucht erhole.

Doch er war nervös. Es gab viele NS-Kollaborateure, und es war unmöglich, sie zu erkennen. Monsieur Renards Schwester hatte von einer katholischen Frau gehört, die bereit war, Michelle für etwas Geld bei sich aufzunehmen. »Nur bis ihre Mutter wiederkommt. Nur bis nach dem Krieg«, sagte Monsieur Renard zu Madame Guillaume. Michelle schrie wie am Spieß, als Monsieur und Madame Guillaume in die Bäckerei kamen, um sie abzuholen. Sie klammerte sich an Monsieur Renard. Die beiden Männer mußten Michelle von Monsieur Renard trennen. Als Monsieur und Madame Guillaume mit Michelle gegangen waren, weinte Monsieur Renard wie ein Kind.

Bei den Guillaumes blieb Michelle acht Jahre lang. Pierre und Marie Guillaume behandelten Michelle gut. Sie gingen jeden Sonntag mit ihr in die Kirche. Sie war ein neugieriges Kind und lernte schnell. Als sie drei Jahre alt war, konnte sie den Rosenkranz auswendig aufsagen. Mehrmals am Tag sagte sie: »Gegrüßet seist du, Maria, voll der Gnade, der Herr ist mit dir, du bist gebenedeit unter den Weibern, und gebenedeit ist die Frucht deines Leibes, Jesus.« Wenn man sie fragte, sagte sie, ihre Mutter sei Jeanne Lafitte, eine Cousine Monsieur Renards. »Meine Mutter ist sehr krank und im Sanatorium«, sagte sie.

Monsieur Renard schickte Madame Guillaume jede Woche einen kleinen Geldbetrag, doch er kam Michelle nie besuchen. Ein Besuch, dachte er, würde sie verstören. Ein Besuch würde ihr mehr schaden als nützen.

Als Michelle sechs Jahre alt war, brachte Madame Guillaume Zwillinge zur Welt, Alain und Auguste. Michelle liebte die beiden abgöttisch. Sie fütterte sie, sang ihnen vor und fuhr sie in ihrem großen Doppelkinderwagen immer wieder auf dem Platz im Kreis.

»Ich weiß nicht, was ich ohne Michelle angefangen hätte. Sie ist ein wahres Gottesgeschenk«, sagte Madame Guillaume zu ihrem Ehemann. Bei Kriegsende wurde Madame Guillaume sehr aufgeregt. Jeden Tag lief sie zum Briefkasten, um nachzusehen, ob es Nachrichten von Loti Luftman gab.

Eines Tages kam ein Brief von Monsieur Renard. Loti Luftman, schrieb er, sei in Auschwitz umgekommen. Madame Guillaume konnte sich nicht zurückhalten. Sie weinte vor Erleichterung. Sie wollte nicht auf Kosten anderer glücklich sein, gestand sie dem Priester in der Beichte, aber sie war überglücklich, daß Michelle jetzt ihr gehörte.

Am anderen Ende von Paris machte Monsieur Renards Schwester ihr Gewissen zu schaffen. Schließlich rief sie die Jüdische Wohlfahrtsorganisation an. »Ich muß es tun«, sagte sie zu ihrem Ehemann. »Ich muß dafür sorgen, daß das arme kleine Ding erfährt, zu wem es wirklich gehört. Ich habe es einmal im Stich gelassen, und ich will es nicht wieder im Stich lassen. Es ist nicht recht, daß es katholisch erzogen wird.«

An dem Tag, als die Leute von der Jüdischen Wohlfahrtsorganisation Michelle abholen kamen, weinte die ganze Familie Guillaume. Michelle klammerte sich an Madame Guillaume. »Maman, Maman, laß nicht zu, daß sie mich mitnehmen!« schrie sie. »Maman, Maman, laß nicht zu, daß sie mich mitnehmen!«

Mrs. Polonsky von der Jüdischen Wohlfahrtsorganisation begleitete Michelle im Zug nach Marseille. »Diese Frau hat mich meiner Mutter weggenommen«, sagte Michelle zu allen Mitreisenden im Abteil. Sie sagte es zu jedem, der vorbeikam. Niemand achtete darauf. Als Mrs. Polonsky den Arm um Michelle legen wollte, biß Michelle sie. Als sie in Marseille ankamen, brachte Mrs. Polonsky Michelle auf das Schiff, das nach Australien fuhr. Der Purser stimmte ihr zu, daß es am besten sei, Michelle in ihrer Kabine einzusperren, bis das Schiff ablegte. Als das Schiff abfuhr, seufzte Mrs. Polonsky vor Erleichterung.

Zur Feier von Michelles erstem Geburtstag in Australien ging die Familie Borg in Giuseppe Botticellis italienisches Restaurant in der Innenstadt essen.

»Haben Sie französische Zwiebelsuppe?« fragte Esther Borg den Kellner.

»Wir haben eine wunderschöne Minestrone, aber wenn Sie es wünschen, gnädige Frau, machen wir Ihnen gerne eine französische Zwiebelsuppe«, sagte der Kellner.

»Gut«, sagte Esther. »Dieses Mädchen ist ein französisches Mädchen, aus Frankreich, verstehen Sie, und es ißt gerne Zwiebelsuppe.«

»Entschuldigen Sie«, verkündete Esther, als die Suppe serviert wurde, »das ist Kapusniak.«

»Gnädige Frau, ich versichere Ihnen, das ist französische Zwiebelsuppe«, sagte der Kellner.

»Das ist Kapusniak. Polnische Kohlsuppe. Und außerdem keine besonders gute Kohlsuppe«, sagte Esther.

»Du erwartest von einem Italiener, daß er macht einen guten Kapusniak? Du mußt verrückt sein«, sagte Josl Bensky. Die Borgs hatten die Benskys zu dem Festessen eingeladen.

»Man muß sehr vorsichtig sein, wenn man im Restaurant ißt«, sagte Renia Bensky.

»Ja«, sagte Josl. »Letzte Woche habe ich gegessen Würmer, und, oj Gott, was war mir übel hinterher. Wie einem Hund. Normalerweise ich esse keine Würmer, aber sie waren in einem Essen, das ein Mädchen hat mitgebracht zu seinem Geburtstag in die Fabrik.«

»Josl, das sind keine Würmer«, sagte Renia. »Das sind Garnelen.«

»Du hast wie immer recht, Renia, es sind Garnrollen.«

»Garnelen, Josl, nicht Garnrollen.«

»Garnelen und Garnrollen. Für mich klingt beides eins.«

»Josl, du mußt lernen, die richtigen Wörter zu benutzen«, sagte Esther. »Wir sind hier in Australien, und in Australien spricht man Englisch. Oj, sieh nur, wer an dem Tisch in der Ecke sitzt! Mr. und Mrs. Belgiorno von dem Obstladen. Guten Abend, Mr. und Mrs. Belgiorno. Guten Abend.« Esther senkte die Stimme: »Sie ißt einen Krebsfisch. Krebsfische haben eine harte Schale. Krebsfische sind trejfe, aber vielleicht probieren wir eines Tages mal einen Krebsfisch. Schließlich sind wir ja nicht religiös.«

»Das ist kein Krebs, Mum«, sagte Rivka. »Das ist ein Hummer.«

»Das ist mit Sicherheit kein Hummer, sondern ein Krebsfisch«, sagte Esther.

»Ich glaube, Esther meint, daß der Hummer wie ein großer Krebs aussieht«, sagte Max Borg.

»Oh, ich weiß, was Mum meint«, sagte Rivka. »Sie meint, alle Krustentiere wären gleich.«

»Sage ich doch, ein großer Krebsfisch«, sagte Esther.

»Ohne mich, solche Krustenfische«, sagte Josl.

Am nächsten Tag begegnete Max Borg in der Lygon Street in Carlton Mario Belgiorno.

»Wie hat Ihnen das Abendessen gestern bei Giuseppe Botticelli geschmeckt?« fragte Mr. Belgiorno.

»Es war sehr gut«, sagte Max. »Der Kapusniak war nicht so gut, aber einem Italiener kann man machen keinen Vorwurf, daß er keinen Kapusniak kochen kann.«

»Ich hatte Polenta«, sagte Mario Belgiorno, »und heute

vormittag habe ich Botticelli angerufen und zu ihm gesagt: ›Warum hast du Sachen auf der Karte, die du nicht kochen kannst? Ich komme aus Venedig, und jeden Freitag essen wir Polenta und Fisch. Du hast offenbar einen deutschen Koch, der Speck in die Polenta tut.‹ Ich habe zu Botticelli gesagt: ›Wir tun keinen Speck in die Polenta.‹« Max erzählte dieses Gespräch Esther. »Ich wußte, daß sie in diesem Restaurant keine Ahnung vom Kochen haben«, sagte sie. »Der Kapusniak war entsetzlich.«

Als Michelle zwölf war, suchte Esther wieder Mr. Herbert auf. »Herr Professor«, sagte sie, »ich bitte Sie, Michelle wenigstens in die sechste Klasse zu versetzen. Sie ist ein sehr intelligentes Mädchen. Und wenn sie nicht wissen will von dem Weideland in Gippsland oder von der Entdeckung des Tafellandes von Darling oder von der Geschichte der Wolle, ist das denn so schlimm? Was ist so besonders an diesen Sachen, daß sie sich dafür interessieren soll? Herr Professor, es ist einfach entsetzlich, wenn ein zwölfjähriges Mädchen geht in die dritte Klasse. Herr Professor, sie ist ein Waisenkind. Gibt es keine Sondervergünstigungen für Waisenkinder?«

»Mrs. Borg, ich kann Ihren Standpunkt gut verstehen, aber ich muß eine Schule leiten, und ein Kind, das sich weigert, in Sachkunde mitzuarbeiten, kann ich nicht eine Klasse überspringen lassen«, sagte Mr. Herbert.

Michelle war glücklich in der dritten Klasse. Sie war mit den Kindern zusammen, mit denen sie in der ersten Klasse eingeschult worden war. Michelle mochte ihre Klassenkameraden. Sie erzählte ihnen oft Geschichten von der Familie Guillaume. Die Kinder liebten die Geschichten von den Zwillingen und davon, daß niemand außer Michelle sie dazu bewegen konnte, Bohnen zu essen.

Manchmal unterbrach Michelle ihren Nachhauseweg an der Kirche St. Kevin's, die gleich um die Ecke der Grundschule an der South Street lag. Sie konnte ihre Gebete noch sprechen. Sie betete nie um etwas Bestimmtes. Die Gegenwart Gottes hatte einfach etwas Tröstliches für sie.

Die wenigen Male, die Michelle Esther Borg gegenüber Gott oder die Familie Guillaume erwähnte, versuchte Esther, sie zum Schweigen zu bringen. »Psst, psst, Michelle«, sagte sie dann. »Du darfst dich nicht aufregen. Das gehört alles zur Vergangenheit, und die Vergangenheit ist vorbei. Jetzt bist du unsere Tochter, und wir lieben dich wie unsere eigene Tochter. Du mußt die Vergangenheit vergessen und an die Zukunft denken. Oder, noch besser, an deine Hausaufgaben. Ein so großes Mädchen in der dritten Klasse, wie entsetzlich! Außerdem könntest du endlich aufhören, dein Brot in die Milch zu tunken.«

»Ich frage mich, wie Esther fertig wird mit dieser Michelle«, sagte Josl Bensky zu Renia. »Heute morgen hat Max mich abgeholt. Er hatte Michelle im Wagen. Sie ist auf den Beifahrersitz geklettert. Ich habe gesagt: ›Entschuldige bitte, aber auf dem Beifahrersitz will ich sitzen.‹ Sie hat zu mir gesagt: ›Nein, da sitze ich. Es ist mein Auto, nicht dein Auto.‹ Ist das ein Benehmen für ein kleines Mädchen?«

»Josl, du weißt, daß Michelle mir leid tut«, sagte Renia. »Sie ist einer Familie weggenommen worden, die sie geliebt hat. Ich habe gehört, daß Esther ihr nicht einmal erlaubt, ihnen zu schreiben. Es sind Katholiken, na und? Sie war glücklich. Ist es so wichtig, Jude zu sein? Sieh dir all die Leute an, die gestorben sind, weil sie Juden waren. Was ist so Besonderes daran, Jude zu sein? Und was für eine Art Jüdin ist Esther Borg? Josl, was für eine Art Jüdin soll das sein? Geht sie in die Synagoge? Hält sie irgendwelche Feiertagsgesetze ein? Nein. Das arme Kind wurde einer guten Familie weggenommen und gezwungen, ein jüdisches Leben zu leben. Ist das so ein gutes Leben, Josl, ist das besser für das Kind?«

Michelle verließ die Schule mit fünfzehn. Sie hatte die fünfte Klasse abgeschlossen.

»Ich habe getan, was ich konnte«, jammerte Esther Borg. »Das Kind hat sich geweigert, in Sachkunde mitzuarbeiten. Was sollte ich da machen?«

Max Borg besorgte Michelle eine Arbeit im Lebensmittelladen der Baumes. Michelle arbeitete dort neben Mrs. Baume und ihrem Sohn Shmul. Mr. Baume arbeitete in einer Fabrik. Der Laden der Baumes war das erste koschere Lebensmittelgeschäft in Melbourne. Michelle wog eingelegtes Gemüse und Heringe ab und packte sie ein. Sie schnitt Würste auf und packte Brot und Ölflaschen ein. Manchmal ließen Frauen ihre Kinder bei Michelle, während sie in den Metzgerladen nebenan gingen.

»Michelle ist ein Phänomen mit Kindern«, sagte Mrs. Baume zu jedem, der es hören wollte, »und im Geschäft ist sie auch ein Phänomen. Ich weiß gar nicht, wie wir ohne sie zurechtgekommen sind.«

Michelle unterhielt sich mit der Kundschaft, und sie unterhielt sich mit Shmul. Sie unterhielt sich jeden Tag mit ihm. Und Shmul hörte ihr zu. Am Vorabend ihres sechzehnten Geburtstags frage Shmul Michelle, ob sie ihn heiraten wolle.

»Das hat mir gerade noch gefehlt«, sagte Esther Borg zu

Max, als Shmul bei ihnen um Esthers Hand anhielt. »Wozu will sie heiraten einen religiösen Jungen? Ist sie in ein modernes Land gekommen, um das zu tun? Um eine religiöse Fanatikerin zu werden? Vielen Dank, ohne mich.«

Aber Max Borg gab dem Paar seinen Segen. »Er ist ein guter Junge, Esther, und er wird Michelle ein guter Ehemann sein«, sagte Max.

Am Hochzeitsabend sagte Michelle zu Shmul: »Shmul, vielleicht haben wir Glück und bekommen Zwillinge.«

»Vielleicht bekommen wir zweimal Zwillinge«, sagte Shmul.

»Renia, weiß du, daß Michelle bei mir zu Hause nichts mehr anrührt?« sagte Esther. »Das hat mir gerade noch gefehlt, eine religiöse Spinnerin. Sie geht in die Synagoge, sie führt einen koscheren Haushalt. Mein Gott, sie trägt sogar einen Scheitel, und das bei ihrem schönen Haar, eine Perücke auf dem Kopf! Letzte Woche sagte ich zu ihr: ›Nimm doch ein Stück Klops mit nach Hause.‹ Aber sie wollte nicht. Womit habe ich das verdient? Als nächstes wird sie trinken nicht einmal ein Glas Wasser in meinem Haus. Und mit einem Scheitel auf dem Kopf sieht sie aus, als käme sie aus einem Dorf in Polen. Ich hätte wissen müssen, was zwischen ihr und diesem Shmul würde passieren.«

»Was du wissen müßtest, Esther, meine liebe Cousine«, sagte Renia, »das ist, daß Michelle glücklich zu sein scheint.«

»Glücklich, glücklich – was weiß Renia Bensky schon vom Glücklichsein?« sagte Esther abends zu Max.

»Esther, Liebchen, wenn Michelle nicht bei uns essen will, kannst du dann nicht vielleicht bei ihr zu Hause kochen, so daß alles koscher ist, und wir können dort mit ihnen essen?« sagte Max.

»Ich habe entsetzliche Kopfschmerzen wegen Renia Bensky, also laß mich jetzt bitte in Ruhe«, sagte Esther.

Ein Jahr nach der Hochzeit begegnete Esther vor der Schule Mr. Herbert. »Hallo, hallo«, rief sie ihm zu. »Ich will Ihnen nur sagen, Herr Professor, daß meine Michelle sich gut gemacht hat. Sie hat einen wunderbaren Ehemann gefunden. Er ist so gut wie Gold zu ihr. Und jetzt rechnen wir jede Minute damit, Großeltern zu werden. Und ich möchte Ihnen sagen, Herr Professor, daß sie das alles ohne Ihre Hilfe geschafft hat. Sie hat es alles geschafft ohne die Sachkunde mit dem mächtigen Merino und den ausgestorbenen Dinosauriern. Ja, Herr Professor, meine Michelle hat sich gut gemacht, und sie hat es geschafft alles ganz allein.«

Eine Erkrankung

Lola Bensky sah zu, wie ihre Mutter sich mit ihrer jüngeren Schwester Lina zu schaffen machte. Lina war mit einem Bein, das kürzer war als das andere, geboren worden. Na und, dachte Lola. Das bedeutete nur, daß Lina hinkte. Aber ihre Mutter schien zu denken, Linas Leben wäre dadurch ständig in Gefahr.

Mrs. Bensky saß auf Linas Bettkante. »Lina, Schätzchen, es ist Zeit, daß du aufstehst und dich für die Schule fertig machst. Setz dich und trink deinen Orangensaft, Herzchen!«

Lola verzog das Gesicht. Sie hielt Lina nicht für ein Herzchen.

Lola hatte an diesem Tag keine Lust, in die Schule zu gehen. Bruce Matthews hatte sie geärgert. Obwohl er in die sechste Klasse ging, war er einen Meter achtzig groß. Seit neuestem saß er in der Bank hinter Lola. Er steckte ihr gemeine Symbole an den Rücken, und er sah einschüchternd aus.

Mrs. Bensky war noch immer mit Lina beschäftigt. »Paß auf dem Schulweg gut auf sie auf, Lola!« sagte sie. »Sie darf nicht ohne Strickjacke gehen.«

»Mir ist nicht gut, Mum«, sagte Lola.

Mrs. Bensky sah erschrocken aus. Lola war nie krank. »Wenn du etwas gegessen hast, wird es dir besser gehen. Dein Frühstück steht auf dem Tisch«, sagte sie.

Lola begriff, daß es eine größere Anstrengung erfordern würde, wenn sie an diesem Tag zu Hause bleiben wollte. »Ich glaube, ich bin zu krank zum Essen«, sagte sie.

Mrs. Bensky hielt im Zuknöpfen von Linas Strickjacke inne. »Was ist los mit dir?« fragte sie Lola.

»Ich habe Magenschmerzen«, sagte Lola.

Jetzt sah Mrs. Bensky besorgt aus, fand Lola. Kein Wunder. Lola aß pausenlos. Sie aß alles, was Mrs. Bensky ihr gab, und noch mehr. Sie aß soviel, daß Mrs. Bensky alle Kekse, Kuchen und Schokoladentafeln im Küchenschrank einschließen mußte.

Aber Lola wußte, wo der Schlüssel versteckt war. Sie war darauf spezialisiert, die Walnußhufeisen an beiden Enden so abzubeißen, daß sie zu kleineren Hufeisen wurden. Sie leckte den mittleren Teil der dicken Schokoladenmakronen ab, so daß sie unmerklich flacher wurden. Sie konnte Sultaninen und Mohn vom Strudel stibitzen, ohne daß es auffiel.

»Iß ein schönes Stück Honigmelone, Liebchen! Ein Stück frische Honigmelone wird deinem Magen guttun«, sagte Mrs. Bensky.

Es funktioniert nicht, dachte Lola. Durchschaute Mrs. Bensky vielleicht, daß sie log? Mrs. Bensky sagte immer, Mütter und Polizisten könnten Kindern die Wahrheit von den Augen ablesen. Lola hielt den Blick gesenkt.

»Ich glaube, ich muß mich übergeben«, sagte sie. Nichts geschah. Mrs. Bensky bewegte sich nicht. Lola öffnete den Mund, faßte sich an den Magen und schrie. Lina begann zu weinen. Mrs. Bensky war damit beschäftigt, Lina zu trösten. »Geh ins Bett zurück, Lola!« sagte sie.

Als Lina sich beruhigte, kam Mrs. Bensky und setzte sich auf Lolas Bettkante. Sie maß Lolas Temperatur. »Du hast kein Fieber, Schätzchen«, sagte sie. »Vielleicht hast du etwas gegessen, was du nicht verträgst, und hast deshalb einen verkorksten Magen. Ich bringe Lina in die Schule, und wenn es dir dann nicht besser geht, rufe ich Dr. Stone an.«

Lola war glücklich. Sie würde den Tag im Bett verbringen und lesen. Mrs. Bensky machte sich bereit, Lina zu begleiten. Hin und wieder ließ Lola ein leises Stöhnen oder ein lautes Winseln vernehmen. Lola war mit sich zufrieden. Mrs. Bensky sah allmählich ernstlich beunruhigt aus. Lola erinnerte sich, daß in dem Schrank mit dem Kuchen ein paar frische Mandelschnitten waren. Es würde ein guter Tag werden.

Endlich gingen Mrs. Bensky und Lina. Lola sprang aus dem Bett und lief in die Küche. Sie hatte eine gute Viertelstunde Zeit, bis Mrs. Bensky zurückkam. Sie nahm sich drei Scheiben Honigkuchen, die sie fein säuberlich von größeren Scheiben abgeschnitten hatte. Sie nahm ein halbes Stück Käsekuchen, und – was für ein Glück! – es gab lose gebrannte Mandeln. Ein paar Handvoll Mandeln weniger, das würde ihrer Mutter nicht auffallen, dachte Lola.

Lola hüpfte in ihr Bett zurück. Sie aß schnell. Dieses Frühstück würde bis drei Uhr vorhalten müssen, bis Mrs. Bensky Lina abholen ging.

Lola schluckte die letzte gebrannte Mandel hinunter, als Mrs. Bensky wiederkam.

»Schätzchen, du siehst ein bißchen rot und erhitzt aus. Wo hast du die Schmerzen?« Lola deutete auf den unteren Teil ihres Magens.

»Ist es genauso schlimm wie heute morgen?« fragte Mrs. Bensky.

»Schlimmer«, sagte Lola.

»Ich glaube, ich rufe besser Dr. Stone«, sagte Mrs. Bensky.

Lola mochte Dr. Stone. Sie plauderte oft mit ihm, wenn er Lina mit einem Spatel die Zunge festklemmte.

»Dr. Stone kommt her, sobald er in der Klinik fertig ist«, sagte Mrs. Bensky. Sie steckte die Bettdecke um Lola herum fest. »Bist du sicher, daß du keine Melone magst?« sagte sie.

»Nein danke«, sagte Lola.

»Wie wäre es mit frischgepreßtem Orangensaft?«

»Nein danke, Mum«, sagte Lola.

Mrs. Bensky begann zu putzen. Lola machte es sich mit einem Buch unter der Decke gemütlich. Hin und wieder erinnerte sie sich, daß sie stöhnen mußte.

Dr. Stone erschien kurz nach Mittag. Lola hatte sich geweigert, etwas zu essen. Ihr Magen knurrte entsetzlich. Es war nicht leicht gewesen, das Mittagessen zu verweigern. Mrs. Bensky hatte ihr Apfelkompott und Hühnersuppe mit Reis angeboten. Lola liebte Hühnersuppe mit Reis.

Mrs. Bensky hatte sehr besorgt ausgesehen, als Lola die Hühnersuppe ablehnte. Jetzt hatte Lola Gewissensbisse ihrer Mutter gegenüber. War sie zu weit gegangen, als sie die Suppe abgelehnt hatte?

Dr. Stone tastete und stupste. Lola mußte das rechte Bein anheben und es dann angewinkelt so eng an die Brust pressen, wie sie konnte. Und in jeder Position mußte sie Dr. Stone zeigen, wo es ihr wehtat. Lola war nicht dumm. Sie deutete immer auf dieselbe Stelle ihres Magens.

Als Dr. Stone fertig war, lächelte Lola ihn an, doch er lächelte nicht. Dr. Stone ging mit Mrs. Bensky in die Küche.

Lola hörte sie reden. Sie war etwas hungrig, aber alles in allem war bisher alles erstaunlich glattgegangen, fand sie. Vielleicht konnte sie sogar einen zweiten Tag im Bett herauszuschinden.

Dr. Stone und Mrs. Bensky kamen in Lolas Zimmer zurück. »Tja, mein Mädchen«, sagte Dr. Stone, »ich glaube, du hast eine Appendizitis.« Lola verspürte Stolz. Sie sah zu Dr. Stone hoch, der sagte: »In ziemlich fortgeschrittenem Stadium, wie mir scheint. Ich glaube, wir bringen dich am besten gleich ins Krankenhaus.«

Gleich? Ins Krankenhaus? Lola wurde ganz anders zumute. Und dann wurde ihr übel. Dr. Stone half ihr zur Toilette. Sie hatte fürchterlichen Durchfall. Dr. Stone half ihr zum Bett zurück. Telefonisch bestellte er einen Krankenwagen.

Mrs. Bensky weinte. »Oj, meine Lolala, meine arme Lolala!«

»Ich muß brechen«, sagte Lola. Mrs. Bensky lief in die Küche, um eine Schüssel zu holen. Lola übergab sich schier endlos.

Im Krankenwagen zitterte Lola noch immer. Die Krankenpfleger waren sehr nett. Einer von ihnen hielt während der ganzen Fahrt zum St. Andrew's Hospital ihre Hand. »Gib Gas!« rief er dem Fahrer zu. »Es geht ihr gar nicht gut.«

Die Krankenschwestern waren ebenfalls sehr mitfühlend. »Arme Kleine, hast du heute schon etwas gegessen?« fragte eine Schwester.

»Nein«, schluchzte Lola.

»Gut«, sagte die Schwester. »Du wäschst sie«, sagte sie zu einer anderen Schwester, »und dann bereiten wie sie für den OP vor.«

Für den OP vorbereiten? Was war das? Lola wurde immer übler. Ihr Herz klopfte wie wild, und sie konnte nicht zu schluchzen aufhören. Was war passiert?

Mr. Bensky kam hereingestürzt, um seine Tochter zu sehen, bevor sie weggebracht wurde. »Mach dir keine Sorgen, Herzchen, nach der Operation wird es dir viel besser gehen. Mein armes Schätzchen, wie schrecklich du aussiehst. Mom macht sich schreckliche Sorgen. Vergiß nicht, daß es dir hinterher viel besser gehen wird!« sagte er. »Ich liebe dich, Herzchen«, fügte er hinzu. Tränen rannen Mr. Bensky das Gesicht hinunter, als er Lola zum Abschied zuwinkte.

Danach fühlte Lola sich scheußlich. Ihre Kehle schmerzte. Sie hatte entsetzliche Bauchschmerzen, und im Mund hatte sie einen grauenhaften Geschmack. Immer wieder dämmerte sie in einen Alptraum hinüber, in dem eine junge Krankenschwester ihr erklärte, es sei alles vorbei und alles sei in Ordnung.

Später besuchte Dr. Stone sie. »Du warst ein tapferes Mädchen, Lola«, sagte er. »Dein Blinddarm sah eigentlich ganz normal aus. Völlig normal sogar, aber in solchen Fällen kann man gar nicht zu vorsichtig sein. Du hast jetzt einen langen Schnitt in deinem Bauch. Wir dachten, daß wir uns am besten gleich gründlich umsehen, aber in deinem Bauch war alles in Ordnung.«

Lola blickte zu ihm auf. Sie wußte, daß er ihren Eltern nichts gesagt hatte und es nie tun würde.

»Mach dir keine Sorgen, in zwei Wochen bist du wieder zu Hause, und für deine Halsschmerzen bekommst du jetzt Eiscreme«, sagte Dr. Stone.

Mr. und Mrs. Bensky und Lina kamen Lola besuchen. Sie betrachteten sie mit ernster Miene.

»Ich habe gehört, daß du mit zweiundzwanzig Stichen genäht worden bist«, sagte Mr. Bensky zu Lola. »Wir sind so stolz auf dich, Schätzchen!« sagte Mrs. Bensky. »Akute Blinddarmentzündung, und sie hat kein bißchen gejammert!« fügte Mrs. Bensky an die Adresse einer vorbeigehenden Krankenschwester hinzu.

Lola versuchte, *Take It From Here* im Radio zu hören, aber wenn sie lachte, tat ihr der Bauch zu weh. Die Kinder aus ihrer Klasse schickten ihre eine große Schachtel Pralinen, doch sie hatte keinen Hunger.

Dr. Stone lächelte beruhigend, während er Lola die Fäden zog. »Ja, jetzt sind wir wieder so gut wie neu. Paß auf, daß du in den nächsten zwei Wochen nichts Schweres trägst, und sei vorsichtig beim Treppensteigen! Morgen darfst du nach Hause«, sagte er.

Lola ging wieder in die Schule, sobald Dr. Stone befand, sie sei gesund genug dafür.

In späteren Jahren beneidete Lola Leute, die Bronchitis oder Windpocken oder eingewachsene Zehennägel bekamen. Alles, was nicht wirklich gefährlich war. Lola fiel es schwer, auch nur eine Erkältung zu bekommen.

Ein Ausflug

Sie nannte ihn immer »ma Motl«. Sie hatten nur einander. Er nannte sie »ma Nusia«. Sie waren gleich groß. Klein und untersetzt.

Nusia und Motl wohnten zwei Häuser von den Benskys entfernt. Jeden Sommer nahmen die Benskys Nusia und Motl am Australia-Day-Wochenende für vier Tage mit.

Auf dieser Fahrt nach Lorne trug Nusia ausnahmslos einen Schlüpfer auf dem Kopf, damit ihrer Frisur nichts passierte. Lola und Lina mußten sich Taschentücher in den Mund stopfen, um nicht laut loszuprusten.

Josl Bensky fuhr wie ein Irrer. Es war ihm ein Herzensbedürfnis, alle übrigen Fahrzeuge zu überholen. Lola hatte die Aufgabe, nach der Polizei Ausschau zu halten. In dieser Sache verstand Josl keinen Spaß, und wenn er eine Verwarnung wegen Geschwindigkeitsüberschreitung bekam, war Lola schuld.

Lola und Lina sahen den Gesichtsausdruck der Leute, die im Vorbeifahren Nusia mit ihrem rosa Seidenschlüpfer, der im Wind flatterte, zu sehen bekamen. Beim Unterdrücken ihres Gelächters litten die Schwestern wahre Folterqualen.

Hin und wieder drehte Renia Bensky sich um und funkelte die Mädchen strafend an. Vor Antritt der Fahrt wies sie sie eindringlich darauf hin, was für gute Menschen Nusia und Motl waren. »Nun, haben sie eben kein Geld. Aber sie haben ein großes Herz, ein größeres Herz als die Leute, die ein großes Bankkonto haben. Und sie sind arm dran, weil sie keine Kinder haben.«

Diese letzte ergreifende Einzelheit kam den Schwestern nie recht glaubwürdig vor, denn das Leben ihrer Mutter schien dadurch, daß sie Kinder hatte, nicht unbedingt glücklicher geworden zu sein.

Alle Freunde der Benskys waren geradewegs von Auschwitz oder Dachau oder, wenn sie Glück gehabt hatten, nach ein paar Jahren des Versteckens in einem Bunker in dieses Land gekommen. Hier jedoch hatten sie ihr Glück gemacht. Sie besaßen schöne Häuser, schöne Autos, große Fabriken, die bedeuteten, daß sie groß im Geschäft waren. Sie bauten Mietskasernen, die halb St. Kilda zerstörten und die Schönheit der Strandpromenade von Beaconsfield entstellten.

Ihre Kinder taugten nicht viel. Sogar Renia Bensky mußte das einräumen, obwohl sie es zu leugnen versuchte. Was sollte Nusia und Motl folglich fehlen?

Motl saß mit dem Arm um Nusias Schulter im Fond des Wagens neben den Mädchen. Sie lächelten ununterbrochen. Die Fahrt machte ihnen Vergnügen. Nusia erzählte die immergleichen Geschichten aus Lolas Kindheit. »Weißt du noch, Motl, als sie ein kleines Mädchen war? Sie sagte am Telefon: ›Hallo, hier ist die kleine Lola. Ich spreche jetzt mit dir.‹«

Josl, kurzfristig von seinem Ziel abgelenkt, erster in der Wagenschlange auf der Straße zu sein, erging sich in Tiraden darüber, daß sich daran nichts geändert habe und wie viele Geschäfte ihm durch die Finger schlüpften, weil ihn abends niemand telefonisch erreichen könne. Er ereiferte sich über die unzähligen Stunden, die Lola damit zubrachte, mit Freundinnen zu sprechen, die sie weiß Gott eben erst verlassen hatte, nachdem sie vermutlich den ganzen Tag in der Schule mit ihnen gesprochen hatte. Renia, der die meisten von Lolas Freundinnen nicht paßten, nickte zustimmend.

Diese Ablenkung ereignete sich meistens auf der Great Ocean Road, dort, wo sie neben einer Steilküste, die hundertfünfzig Meter zum Meer abfällt, in engen und unerwarteten Kurven verläuft. In der Weihnachtszeit rast an dieser Stelle jedes Jahr ein Auto über die Klippe.

Nusia und Motl lächelten voller Herzlichkeit. »Es ist gut, wenn man kann gut sprechen.« Nusia verschränkte ihren Arm mit Lolas Arm. Sie strahlte ihre Liebe förmlich aus.

Nusia hatte die längsten und schönsten Fingernägel, die man sich vorstellen konnte. Sie glänzten wie dunkelrotes Porzellan. In dem Augenblick, in dem sie das Hotel in Lorne erreichten, rückte Nusia den Schlüpfer mit einer eleganten Handbewegung zurecht, strich Motls Krawatte glatt und lehnte sich mit einer Miene erwartungsvoller Spannung zurück.

Jedes Jahr hofften die Mädchen, daß sie den Schlüpfer abnehmen würde, bevor sie das Hotel betrat. Sie beteten darum, daß sie es tun würde.

Die Hoteleinfahrt war voller Leute, die ausluden. Sie kamen und gingen, bepackt mit Angelgerät, Surfbrettern, Schlauchbooten, Strandmatten, Tischtennisschlägern, Insektenspray und Sonnenöl.

Lola und Lina sahen einander an. Es war einer der seltenen Augenblicke, in denen sie das gleiche empfanden. Würde sie ihn abnehmen? Nicht auszudenken, wenn jetzt irgendwelche Jungen herschauten! Konnten sie im Wagen bleiben und sich später auf ihre Zimmer stehlen? Würde Renia wie durch ein Wunder Verständnis haben und sie vor der Peinlichkeit retten? Wie konnten sie es vermeiden, Motls und Nusias Gefühle zu verletzen?

Lina wurde nachträglich vom Fahren übel. Übelkeit bewirkte in der Familie Bensky wahre Wunder; Lina durfte sich auf dem Rücksitz ausstrecken. Nusia sah Lola an. Durch den rosa Spitzenbesatz mit den rosa Bändern konnte Lola die perfekt geformte blonde Dauerwelle sehen. »Oj, Motl, was für ein liebes Gesichtchen sie hat! Ich habe so einen wunderbaren Apfelkuchen gebacken, ohne Zucker, nur aus Äpfeln. Liebchen, sei vorsichtig beim Tragen!«

Lola trug den Kuchen. Nusia und Motl gingen links und rechts neben ihr.

»Weißt du, Liebchen«, sagte Nusia laut, »unten da in der Schachtel habe ich ein kleines Stück herrlichen Käsekuchen. Da wird nicht schimpfen deine Mama. Ein Stückchen Kuchen kann anrichten keinen Schaden. Zu dünn ist auch nicht schön. Schau dir nur die da an in ihren Shorts. Sie sieht aus, als würde sie nichts bekommen zu essen zu Hause.«

Lola und Nusia und Motl standen in der Schlange an der Rezeption. Lola glättete ihr neues gestreiftes Baumwollkleid, zog den Bauch ein und versuchte so überlegen wie möglich dreinzublicken. Motl legte Lola einen Arm um die Schulter. »Was für ein braves Mädchen.«

Nusia antwortete mit einem Seufzer: »Oj, ma Motl, was für wunderbare Ferien werden wir haben.«

Ein Familienfoto

Renia Benskys Haar war leicht bauschig und modisch kurz-
geschnitten. Blond, hie und da mit kupfernen Lichtern
durchsetzt – eine Farbe, die in diesem Jahr in Caulfield sehr
beliebt war.

Auf dem Bett waren ein Schneiderkostüm aus leichter
grauer Wolle mit Fischgrätmuster und eine schwarz-weiß-
getupfte Seidenbluse mit wieder in Mode gekommenem
breitem rundem Kragen ausgelegt. Die glänzende rauch-
dunkle 15-den-Strumpfhose verkündete: »Völlig unver-
stärkt. Flachnaht und Baumwollzwickel.«

Das Fischgrätkostüm paßte Renia wie angegossen. Zufrieden klopfte sie sich auf den Bauch. Er war immer flach.
Sogar im Sitzen war nichts zu sehen. Alle ihre Freundinnen
bewunderten ihre Figur.

Bei den Abendessen, die sie jeden fünften Sonntag ver-
anstaltete, setzte Renia sich nie. Den ganzen Abend eilte sie
zwischen Eßzimmer und Küche hin und her. Jeden fünften
Sonntag gab es bei ihr gefilte Fisch, der nach Ansicht aller
genau richtig war, nicht zu süß. Danach gab es gebackene
Flunder mit einer Sauce aus Zwiebeln, Dill und Tomaten,
und danach Leberzwiebeln als Zwischengang. Das Geheim-

nis von Mrs. Benskys besonders milden und leichten Leberzwiebeln bestand schlicht in einem zusätzlichen Ei. Ein Kilo Hühnerleber, zwei große Zwiebeln und fünf hartgekochte Eier, so lautete das Rezept, das sie hütete wie ihren Augapfel. Das Hauptgericht war gebratene Kalbsschulter mit großen, heißen Salzkartoffeln. Wenn sie beim Einkaufen in der Acland Street eine Ente fand, die mager genug war, gab es Entenbraten.

Den Abschluß der Mahlzeit bildete Mrs. Benskys Biskuitkuchen. Mrs. Bensky war in ganz Melbourne für ihren Biskuitkuchen berühmt. Jedem, der es hören wollte, erzählte sie, daß ihr Biskuitkuchen nicht dick machte: Er enthielt nur ganz wenig Zucker und fast kein Mehl. Niemand wußte so recht, was ihn eigentlich zusammenhielt, aber alle aßen ihn mit Genuß in großen Scheiben und in der Sicherheit, daß er nicht dick machte.

Später am Abend, wenn die Männer sich zum Kartenspielen setzten, meist Rommé, und die Frauen sich in flüsternde Grüppchen aufteilten, meist mit Ehemännern und Kindern als Thema, räumte Mrs. Bensky den Tisch ab, stellte Konfekt hin und spülte das Geschirr.

An anderen Sonntagabenden, wenn Mrs. Ganz oder Mrs. Small oder Mrs. Zelman oder Mrs. Pekelman das Abendessen ausrichtete, half Mrs. Bensky. Man konnte sich darauf verlassen, daß sie die Latkes direkt aus der Pfanne aufgab, bevor die geriebenen Kartoffeln kalt wurden. Mrs. Bensky schöpfte großzügige Portionen Tscholent und Kischke auf die Teller. Bevor man sagen könnte, man sei auf Diät, waren die Teller voll mit Ochsenschwanz, der vierundzwanzig Stunden lang in einer klebrigen Mischung aus Hühnerfett, Zwiebeln, Knoblauch, weißen Bohnen und Kartoffeln geschmort worden war.

Nur ganz wenige aus der Runde hatten Mrs. Bensky je eine Mahlzeit essen sehen. Das galt übrigens auch für ihre Familie. Sie hatten sie eine Brotkruste kauen sehen, während sie das Abendessen zubereitete, oder einen Teller Grießbrei essen, um ihre Nerven zu beruhigen.

An sechs Abenden in der Woche tischte Mrs. Bensky gegrillte Lammkoteletts mit Salat, gegrillte Kalbsleber mit Salat, gegrillten Weißfisch mit Salat oder mageres Brathuhn mit Salat auf. Die Portionen hatten stets weniger als fünfhundert Kalorien. Während ihre Familie aß, wusch Mrs. Bensky geräuschvoll das Geschirr.

Ihrer fetten Lola erzählte sie oft, daß sie kein Verständnis für Süßigkeiten hatte. »Hast du mich schon einmal mit einer Tafel Schokolade gesehen? So etwas kriege ich nicht hinunter. Das schmeckt einfach entsetzlich.« Während sie diese Worte sagte, funkelten ihre Augen, und sie sah noch schöner aus.

Mr. Bensky und die Mädchen waren Selbstversorger. Sie benötigten die Mahlzeiten eigentlich gar nicht. Mr. Bensky hatte im Handschuhfach seines neuen Fairlane einen stattlichen Vorrat an Toblerone. Besorgungen für Mrs. Bensky erledigte er gerne: ein wenig Hühnerhackfleisch von Rushinek's, etwas Hefezopf von Monarch's. Sobald sie fragte: »Josl, könntest du ...?«, erhob er sich von seinem Sessel. »Aber gerne, Renia.« Unterwegs kehrte er bei Leo's auf ein dreifaches Schokoladen-Gelato ein.

Lola ernährte sich auf dem Heimweg von der Schule bei Pellegrini's in der Bourke Street, und Lina hatte einen schnellen und zielsicheren Zugriff auf den Kühlschrank. Sie konnte eine Käseplinse innerhalb von zehn Sekunden stibitzen und verdauen.

Mrs. Bensky zog ihre Schuhe an. Die hellgrauen Wildleder-pumps, vorne spitz und mit schwindelerregenden fünfzehn Zentimeter hohen Bleistiftabsätzen, stammten von Maud Frizon in Paris und waren bei Miss Louise in der Collins Street in Melbourne erstanden worden. Beim Winterschluß-verkauf von Miss Louise hatte Mrs. Bensky für die 79-Pfund-Schuhe zwanzig Pfund bezahlt.

Mrs. Bensky hatte einen Blick für Sonderangebote. Sie sparte wöchentlich Hunderte Pfund. Mrs. Bensky war mit jedem Hersteller von Bademoden, Abendkleidung, Trikot-waren, Überkleidern, Unterwäsche, Strickwaren, Pelzen und Sportbekleidung im Umkreis von zehn Meilen persön-lich bekannt.

Sie ging mit entschiedenen Schritten ins Badezimmer; sie genoß das Machtgefühl, das die neue Körpergröße ihr ver-lieh. Sie kramte in der Lade mit den Lippenstiften und ent-schied sich für Unspiced Rose von Estée Lauder als an-gemessene Farbe für diesen Tag. Erst konturierte sie ihre Lippen mit einem braunen Augenbrauenstift. Dann trug sie eine dicke, glänzende Schicht von Unspiced Rose auf. Zufrieden mit dem Ergebnis lächelte sie sich im Spiegel an.

Das Badezimmer wies beinahe zwanzig Meter Spiegel-fläche an den Schiebetüren dreier Wände auf. Hinter diesen Türen verbargen sich unzählige Regale: Regale mit Reini-gungsmilch, Hautwässerchen, Peelingcremes, Hals-, Kinn- und Augencremes, Tag- und Nachtcremes, Schlamm-, Ton- und Aprikosenmasken, Ampullen zur Verjüngung der Haut und zur Festigung der Brüste, Frischzellenprodukte zur Entfernung von Falten und Grübchen sowie Hefechimio-zymolsat, das den Sauerstoffhaushalt des Hautgewebes posi-tiv beeinflußt.

Als Mr. Bensky dieses überdimensionierte Badezimmer

baute, hatte er sich in der Hoffnung gewiegt, sich dort in Ruhe rasieren zu können. Doch zu guter Letzt hatte er in seiner Verzweiflung seinen elektrischen Rasierapparat, einen Remington mit vier verschiedenen Rasierstärkeeinstellungen und automatischem Stromstärkeadapter, in den kleinen Schrank in der Toilette neben dem Badezimmer ausgelagert und dort seinen Frieden gefunden.

Mr. Bensky verbrachte jeden Tag zwei Stunden auf der Toilette, von sieben bis acht Uhr morgens und von neun bis zehn Uhr abends. Die offenbar ununterbrochene Reihenfolge vulkanischer Fürze, die aus ihm hervorbrach, bildete für Lola, deren Zimmer der Toilette gegenüberlag, eine Quelle peinigendster Beschämung. Wenn eine Freundin bei ihr übernachtete, stellte Lola den Wecker auf halb sieben, und um fünf vor sieben stellte sie den Transistor wie zufällig auf volle Lautstärke. Johnny O'Keefe, der auf UKW aus vollem Halse »Shout« kreischte, kam gegen die morgendliche Entleerung Mr. Benskys nicht an.

Während sie ihre Wimpern tuschte, die bereits dank Fabulash verlängert und verstärkt waren, ermahnte sich Mrs. Bensky, nicht zu vergessen, daß sie an diesem Samstag die anderen ins Kino einluden. Sie suchte die Telefonnummer des Rivoli heraus und rief an, denn es war nicht immer leicht, an einem Samstagabend siebzehn Sitzplätze zu bekommen.

Die Bande, wie Lola sie nannte – die Benskys, die Smalls, die Ganzes, die Zelmans und die Pekelmans –, erhielt bei ihrem regelmäßigen Kinobesuch am Samstagabend Verstärkung durch die Feiglins, die Glicks, die Blatmans und den armen geschiedenen Mr. Berman.

Sie hatten fast jeden Film gesehen, der seit 1952 in Melbourne gelaufen war. Mrs. Bensky hielt sich selbst für die Intellektuelle des Zirkels. Sie mochte *Wilde Erdbeeren* und *Letztes Jahr in Marienbad*, während anderen *Der rosarote Panther* oder *My Fair Lady* gefiel.

In der Pause ging Mr. Bensky mit Vorliebe die Erfrischungen kaufen. Er konnte für sich soviel kaufen, wie er brauchte, und fand es auf schwindelerregende Weise befriedigend, für siebzehn Leute gebrannte Mandeln zu kaufen. Siebzehn Leute konnten eine Menge gebrannte Mandeln essen. Mr. Bensky achtete immer darauf, daß keiner zu kurz kam.

Manchmal gingen sie nach dem Film in das Top-Hat-Kabarett zum Essen und Tanzen. Mit seiner schlanken Figur und seinen kornblumenblauen Augen war Mr. Ganz der unbestritten schönste Mann unter ihnen. Er tanzte mit Mrs. Bensky. Das Wissen, was für ein atemberaubendes Paar sie abgaben, ließ sie ihren Quickstep mit noch größerer Anmut hinlegen.

Mrs. Zelman tanzte mit Mr. Bensky, der zuverlässig eine Handvoll übriggebliebene gebrannte Mandeln in der Jackettasche hatte. Sie aßen sie mit verstohlenem Vergnügen, während sie an einer entlegenen Stelle des Tanzparketts Foxtrott tanzten. Mrs. Ganz und Mr. Zelman tanzten gern Rumba und Cha-Cha-Cha miteinander. Sie liebten beide die lebhafteren Tänze.

Mrs. Glick und Mrs. Small und Mrs. Blatman und Mrs. Feiglin und Mrs. Bensky tanzten abwechselnd mit Mr. Berman. In den letzten Jahren war Mr. Berman noch nervöser und geistesabwesender geworden. Seit dem Ende seiner desaströsen Affäre mit Mrs. McKenzie im Jahr 1962 war er nie mehr mit einer Frau ausgegangen.

Diese Affäre hatte die ganze Gruppe in Aufruhr versetzt. Die Gruppe hatte immer dafür gesorgt, daß ihre Kinder in dem Bewußtsein aufwuchsen, wie unverzichtbar es war, einen jüdischen Partner zu haben. Und jetzt hatte sich einer ihrer engsten Freunde in eine Schikse verliebt, hielt auf der Straße Händchen mit ihr und grinste wie ein Fünfzehnjähriger. Mrs. Glick und Mrs. Feiglin kamen zu dem Schluß, daß sie es auf sein Geld abgesehen hatte. Sie suchten Mrs. McKenzie unter vier Augen auf. Sie boten ihr fünfhundert Pfund dafür an, daß sie Mr. Berman nicht mehr sah. Mrs. McKenzie bot ihnen Tee und Kekse an. Zehn Tage später war sie fort. Sie war nach Moe gezogen, um in der Nähe ihrer Mutter zu sein, erzählte ein gebrochener Mr. Berman der Gruppe.

Das Telefon läutete. Mrs. Bensky, die gerade dabei war, die letzte Schicht Mellow Mauve von Imbo auf ihre Fingernägel aufzutragen, schüttelte verärgert den Kopf. Wahrscheinlich rief Mr. Bensky von Myers aus an, um mitzuteilen, daß kein weißer Tissus Michel mehr vorrätig war. Sie hätte den Stoff kaufen sollen, als sie ihn letzte Woche in dem Laden gesehen hatte, tadelte sie sich. Sie wußte, daß Weiß ihr gut stand und daß sie es tragen konnte, ohne befürchten zu müssen, daß es sie dick machte.

Sie nahm den Hörer ab. Mrs. Ganz war am Apparat. Mrs. Bensky hielt den Hörer zwischen Schulter und Ohr geklemmt. Sie wedelte mit den Händen, um den trockenen Luftstrom der Klimaanlage zu erhaschen. »Renia, Liebchen, ich glaube, wir können morgen nicht mit ins Kino kommen, Schätzchen. Moishe ist fürchterlich erkältet. Ich wollte ihn zum Arzt schicken, weil ich sicher bin, daß er einen Virus hat, aber du weißt ja, wie Moishe ist, stur wie ein Ochse. Und ich selber habe auch schon eine Halsentzündung. Renia, Herzchen, kauf also nur fünfzehn Karten.«

Mrs. Bensky empfand eine nur notdürftig kaschierte Abneigung gegen Mrs. Ganz. Mrs. Bensky wußte, daß Mrs. Ganz sich selbst für hochgradig intelligent und ausgesprochen schön hielt. Mrs. Bensky beruhigte sich mit der Versicherung, daß jedermann sehen konnte, daß Mrs. Ganz keine Schönheit war. Der Umstand, daß die Champs-Elysees-Blouses-Firma der Familie Ganz einhundertachtundsiebzig Filialen in ganz Australien hatte, bedeutete keineswegs, daß Mrs. Ganz intelligent war. Mrs. Bensky biß sich auf die Lippen, als sie daran dachte, wie viele dumme Menschen sie kannte, die erfolgreiche Geschäftsleute waren.

Mrs. Bensky toastete sich eine Scheibe dunkles Roggenbrot. Es war so dunkel, daß es fast wie Pumpernickel aussah. Mrs. Bensky brauchte Ruhe und Frieden, wenn sie aß. Die Wärme und Kompaktheit des dicken Toastbrots hatte etwas Tröstliches.

Als Mr. und Mrs. Bensky in Australien ankamen, wollte Mr. Bensky ihren Namen in Benn abkürzen, doch Mrs. Bensky gefiel der Name Bensky. Sie wollte ihn nicht ändern. Viele Leute hatten ihren Namen geändert, als sie nach Australien gekommen waren. Die Silberbergs, die Rotkleins, die Mokruschkis, die Pirkoskis und die Minofskis waren die Silvers, die Rotes, die Moors, die Pikes und die Mints geworden. Ihre Namen klangen jetzt wie die einer Versammlung gottesfürchtiger Presbyterianer.

Als Renia Kindler aus Łódź und später als Renia Bensky war Mrs. Bensky das schönste Mädchen der Stadt gewesen – manche sagten, ganz Polens. Ihr hüftlanges rotbraunes Haar umhüllte sie wie ein dunkler Vorhang und akzentuierte ihre hohen rosigen Backenknochen und ihre leuchtenden Augen. Obwohl sie aus einer der ärmeren Familien von

Łódź stammte und keine nennenswerte Mitgift besaß, wurde sie unablässig von Bewunderern umschwärmt.

Sie war auch sehr gescheit. In späteren Jahren wurde Mrs. Bensky es nie müde, ihren zwei Töchtern einzuschärfen: »Ich habe Nachhilfe in Mathematik erteilt, um das Schulgeld zu bezahlen, seit ich war acht Jahre alt. Ich war immer eine gute Schülerin in Mathematik. Ich war das einzige jüdische Mädchen, das hat in Łódź die Oberschule abgeschlossen und einen Studienplatz an der Universität bekommen.«

Als Mrs. Bensky ihr erstes Medizinsemester an der Universität von Wien antreten wollte, brach der Krieg aus. Sechs Jahre später hatte Mrs. Bensky in Auschwitz bestanden.

Mr. Benksy war ein guter Ehemann. Er war Mrs. Bensky immer dankbar gewesen, daß sie ihn geheiratet hatte. Seine Familie war von der Heirat nicht erfreut gewesen, denn sie war eine der reichsten Familien von Łódź, Grundbesitz und Holzhandel. Mr. Bensky war jetzt noch aufgeregt, wenn er sich an die Hysterie erinnerte, die in seiner Familie ausgebrochen war, als er Mrs. Bensky geheiratet hatte. Soviel Aufhebens und Herzweh, und alles für nichts und wieder nichts, denn bald genug waren alle im Konzentrationslager und alle gleich arm.

Damit Mrs. Bensky ein bißchen Ruhe hatte, ging Mr. Bensky samstags mit Lina und Lola spazieren. Als die Mädchen noch klein waren, gingen sie in den Zoo. Mr. Bensky genoß diese Nachmittage. Er setzte sich in den kleinen Park neben dem Podest für die Kapelle und las den neuesten Perry-Mason-Krimi. Lina und Lola winkten ihm von hoch oben auf dem Elefanten zu, der den Tierpark unermüdlich umrundete. Lina und Lola kauften am liebsten zehn Karten auf einmal. So konnten sie genau eine Stunde lang auf dem Elefanten sitzen. Mr. Bensky kam das zupaß. Wenn die Stunde vorbei war, gingen die drei zum Kiosk und kauften sechs Eiswaffeln mit Schokoglasur. Danach schlenderten sie hin und her und sahen sich die Tiere an. In späteren Jahren blickte Lola auf diese Nachmittage als den schönsten Teil ihrer Kindheit zurück.

Wenn es im Tivoli ein neues Programm gab, ging Mr. Bensky samstags mit den Mädchen dorthin. Sie sahen Darbietungen aus aller Welt. Sexy Tänzer und alle möglichen Sänger, Akrobaten und Jongleure, exotische Stripteasekünstlerinnen, eine blonde Unterwasserstripperin, Clowns und dressierte Hunde, Zauberer und tückisch dreinblickende Hypnotiseure. Hunderte halbnackte wunderschöne Tanzmädchen schmückten die Bühne. Sie trugen hochhackige Schuhe, Netzstrümpfe mit hohem Beinansatz und atemberaubend aufgetürmten Kopfschmuck aus Hunderten leuchtendbunten Federn und Spangen. Die Vorschriften verlangten, daß die Mädchen sich nicht bewegten. Sie mußten ganz still stehen. Von ihren Sitzen in der ersten Reihe hatten Mr. Bensky und seine Töchter eine sehr gute Sicht.

Die Clowns mochte Mr. Bensky am liebsten. Er lachte so herzhaft, daß andere Leute aufstanden, um zu sehen, wer so lachen konnte. Manchmal lachte er so sehr, daß ihm die Hemdknöpfe absprangen und Tränen ihm das Gesicht hinunterliefen. Manchmal befürchtete Lola, er könnte vor Fröhlichkeit einfach platzen. In der Pause teilten sie sich immer ein Päckchen Jaffas, ein Päckchen Fantales und ein Päckchen Columbines.

Mr. Bensky beklatschte jede Darbietung heftig und meldete sich als erster, wenn ein Jongleur, Hypnotiseur, Clown oder Zauberer Freiwillige aus dem Publikum benötigte.

Allmählich wurde Mrs. Bensky ungehalten. Von ihrem Hinterkopf aus machten sich leise Kopfschmerzen bemerkbar. Mr. Bensky hätte inzwischen zu Hause sein müssen. Sie hatte ihm eingeschärft, daß der Fotograf um zwei Uhr erwartet wurde.

Sie schob die pompösen goldfarbenen Samtvorhänge im Familienwohnzimmer auseinander. Draußen schien die Sonne. Mrs. Bensky war zufrieden. Später würde sie sich für eine halbe Stunde ins Gras legen können.

Mrs. Bensky war das ganze Jahr über tiefgolden gebräunt. Sie betrachtete ihre Sonnenbräune als öffentlichen Nachweis ihrer Tatkraft, ihrer Vitalität und ihres jugendlichen Geistes.

Wenn Mrs. Bensky in der Sonne lag, konnte sie an ihre Töchter denken, ohne sich Sorgen zu machen. In der Sonne konnte sie Lolas Figur vergessen und sich nicht darüber grämen, ob Lina je einen Freund haben würde. Bisweilen stahl sich eine Spur Freude in Mrs. Benskys Gedanken an ihre Töchter; wenigstens hatte keine von ihnen je eine Abtreibung gehabt oder sich mit Drogen abgegeben.

Mrs. Bensky nahm ihre Sonnenbäder gern allein. Zu Hause war das nicht schwierig, denn Mr. Bensky verabscheute die Sonne. Sogar in den Sommerferien blieb er im Haus, um Raymond Chandler zu lesen. Lina hatte sehr blasse Haut, die Blasen bekam, wenn sie nur die Collins Street im Sonnenlicht überquerte, und Lola schämte sich zu sehr, um ihre Fleischmassen in einen Badeanzug zu zwängen, obwohl ihre Haut olivbraun war.

Nun klopfte jemand laut an die Eingangstür. »Renia, Renia, Herzchen, ich bin's, Josl.« Mrs. Bensky schaltete beide Alarmanlagen ab, die an der Tür und die im Inneren des

Hauses, und Mr. Bensky sperrte Steckschloß und Riegelschloß auf. Er strahlte. »Liebchen, ich bin gegangen zu Buckleys und zu Georges und hatte kein Glück. Und dann hatte ich eine sehr gute Idee und bin gegangen zu Yanek oben in der Bourke Street, und Yanek hatte zweieinhalb Yards weißen Tissus Michel.«

Mrs. Bensky sah ihn an. »Josl, du weißt doch, daß ich für ein Kleid drei Yards brauche.« Mr. Bensky strahlte nicht mehr. Mrs. Bensky hatte Mr. Bensky seinen Lunch hingestellt: vier Scheiben Fleischwurst, eine geviertelte Tomate, zwei Radieschen, eine Frühlingszwiebel, etwas Salat und drei kleine Scheiben Knäckebrot. Auf dem Ehebett hatte sie Mr. Benskys neues weißes Hemd ausgelegt, eine Krawatte mit dünnen braunen und goldenen Streifen und Mr. Benskys Sonntagsanzug, grau mit cremefarbenen Sprenkeln. Mr. Bensky aß und zog sich um.

Um Punkt zwei erschien Michael Beets, der erfolgreichste und begabteste jüdische Fotograf von Melbourne, samt seinem Assistenten.

Jedes Jahr fotografierte Michael Beets die Familie Bensky. Mrs. Benky suchte die Fotos aus, die ihr am besten gefielen, und bestellte einen fünfzig auf fünfundsiebzig Zentimeter großen Abzug, den sie stolz in einem reichverzierten Goldrahmen im Salon präsentierte.

»Guten Tag, Mrs. Bensky. Sie sehen großartig aus. Sie werden von Tag zu Tag jünger. Wirklich, Sie sehen jedes Jahr schöner aus. Es ist eine Freude, Sie zu sehen.«

»Oh, Mr. Beets, ich sehe fürchterlich aus. Ich habe Kopfschmerzen, und meine Stirnhöhle macht mir seit Wochen zu schaffen. Ich habe Amoxil und Abbocillin und Moxacin genommen, aber es hilft alles nichts. Sehen Sie nur, wie geschwollen meine Nase ist.«

Lina und Lola kamen gleichzeitig, aber jede für sich. Mr. Bensky küßte Lina zur Begrüßung. Lina hatte die Angewohnheit, ihren Kopf abzuwenden, wenn man sie küßte, so daß der Küssende eine Mundvoll Haare und den Hinterkopf erwischte.

Lola nahm das Buch in die Hand, das Lina ihren Eltern als Geschenk mitgebracht hatte. Es trug die Widmung: »Für die beste Mum und den besten Dad der Welt.« Lola wurde vor Abscheu übel.

»Lola, Herzchen«, sagte ihre Mutter. Lola, der noch immer übel war, blickte auf. »Möchtest du vielleicht ein bißchen Wimperntusche?« flötete Mrs. Bensky.

»Nein, danke, Mum.« Lola entfernte sich und glättete ihr Kleid, das Fledermausflügelärmel hatte, an den Schultern gerafft war und aus satinschimmerndem schwarzem Antiksamt bestand. Das Kleid fiel locker über Lolas Hüften, den Körperteil, den Lola entgegen aller Wahrscheinlichkeit zu verbergen trachtete.

»Okay, okay, okay, Leute«, rief Mr. Beets, der sie in das Eßzimmer geleitete. Das Eßzimmer war rechteckig und hatte eine niedrige Decke. Die unteren Scheiben des Fensters, aus dem man in den Garten sah, waren blaugefärbtes Milchglas, wie es in Caulfield und East St. Kilda in den späten sechziger Jahren en vogue gewesen war. Lola nannte diesen Stil jüdisch-chinesische Architektur.

Familie Bensky stellte sich in einer Reihe auf. Mr. Bensky betastete einen Riegel Small's-Energy-Schokolade in seiner Tasche. Lina blinzelte ununterbrochen, das Gesicht vor Anspannung verzogen. Lola stellte sich so auf, daß sie zwischen und zugleich ein wenig hinter Mr. und Mrs. Bensky stand, in einer Position, von der sie hoffte, daß sie ihre Hüften unauffälliger wirken ließ. Mrs. Benskys Augen funkelten, strahlten. Ein sanfter und heiterer Ausdruck lag auf ihrer Miene. Alles war bereit. Eins, zwei, drei, klick. Sie lächelten in die Kamera.

Was weiß man über Freunde?

In Renia Benskys Welt waren Menschen Schweine. »Sei nicht so ein gieriges Schwein!« sagte sie, wenn Lola sich noch eine Kartoffel nehmen wollte. Renias Nachbarin Mrs. Spratt war ein »dreckiges Schwein«. Ihr Lieblingsenkel war ein »goldiges Schweinchen«, ihr Cousin Adek »ein dickes Schwein«.

Josl fuhr seine zwei Töchter jeden Samstagvormittag mit dem Wagen. In die Stadt, zur Schneiderin, zum Friseur. Auf dem Nachhauseweg kaufte er sich unterwegs gern eine doppelte Portion Schokoladen-Gelato. »Was für ein Schwein!« sagte Renia, wenn sie zu Hause ankamen.

Wenn Renia von Josls Vater sprach, der im Ghetto umgekommen war, sagte sie: »So ein Schwein!« Manchmal sagte sie noch mehr, obwohl ihre Vergangenheit, das Leben vor ihrer Ankunft in Australien, ohne jede Frage verbotenes Terrain war, ihr eigenes privates Terrain. Manchmal schlüpfte ein kleiner Splitter eines Details heraus. »Was der für ein Schwein war! Im Ghetto hat er geweint, weil er Hunger hatte. Kinder lagen tot auf der Straße, und er hat geweint, weil er Hunger hatte.«

Bis zu ihrem zwanzigsten Lebensjahr hatte Lola noch nie ein Schwein zu sehen bekommen. Als sie ihre ersten

Schweine zu sehen bekam, war sie von deren Unbekümmertheit fasziniert. Sie grunzten sich durch ihr Fressen, dick und rosig und massig. Sie hielten nicht den Bauch eingezogen und saugten nicht die Wangen ein. Sie erwarteten nicht, daß man Urteile über sie fällte. Sie schienen es ganz zufrieden, Schweine zu sein.

Leute, die keine Schweine waren, waren Idioten. Sogar schon als kleines Kind wußte Lola, daß Mrs. Bensky eine Autorität in Sachen Schweine und Idioten war. »Was für ein Idiot!« pflegte Mrs. Bensky zu rufen. »So ein Idiot, was ist diese Mrs. Berman. Ein Idiot, ein I-di-ot. Sie denkt, sie würde perfekt Englisch sprechen. Und beim Metzger ich habe gehört, wie sie hat gesagt: ›Schneiden Sie mich halb durch, bitte.‹ So ein perfektes Englisch!«

Mrs. Berman war mit Mrs. Bensky befreundet gewesen. Bis Mrs. Berman Mr. Berman verlassen hatte und Mrs. Bensky nicht länger mit ihr befreundet sein konnte, hatten die zwei Frauen jeden Samstagnachmittag in Mrs. Benskys Küche zusammen gebacken. Mrs. Berman machte ihren Honigkuchen und ihre Rugelech, und Mrs. Bensky buk ihre Lekach. Wenn sie gemeinsam in der Küche arbeiteten, wirkten sie wie gute Freundinnen.

»Freundinnen!« sagte Mrs. Bensky zu Lola. »Was weißt du schon über Freundschaft? Freundinnen, daß ich nicht lache! Nur der Familie kann man vertrauen.«

Und was wußte Lola über Freundschaft? Sie hatte die Benskys und ihre Freunde, ihre »Gesellschaft«, wie sie sich selbst nannten, beobachtet. Die Gesellschaft ging jeden Samstagabend ins Kino und danach zum Abendessen. Sonntagabend spielten sie Karten. Wenn ein guter Film lief, gingen sie manchmal auch an Wochentagen aus. Sie feierten Geburtstage, Jahrestage, Bar-Mizwas, Verlobungen und Hochzeiten gemeinsam und besuchten einander bei Operationen, Krankheiten und Beerdigungen.

Lola hielt die Angehörigen der Gesellschaft für Verwandte. Sie nannte sie Onkel und Tanten und war davon überzeugt, daß sie sich immer um sie kümmern würden. Was wußte Lola schon?

Mrs. Bensky haßte Mrs. Ganz. Die Art, wie Mrs. Ganz sie immer wieder zu Modenschauen, Kartennachmittagen und Wohltätigkeitsessen einlud, irritierte sie. Konnte Mrs. Ganz nicht begreifen, daß sie viel zu tun hatte? Jeden Tag mußte Mrs. Bensky sechs Bettlaken, vier Kissenbezüge, drei Bettbezüge und sieben Handtücher waschen. Sie mußte die Fußböden wischen und bohnern und die Teppiche saugen. Und nebenbei mußte sie kochen und abspülen. Sie war nicht die Art Frau, die Zeit für Modenschauen hatte. Warum konnte Mrs. Ganz das nicht begreifen?

Mrs. Bensky dachte, daß Mrs. Ganz schon immer verwöhnt worden war. Im Ghetto war der Vater von Mrs. Ganz ein jüdischer »Polizist« gewesen. Ihre Familie hatte fast nie hungern müssen. Und 1943 waren sie aus dem Ghetto hinausgeschmuggelt worden und hatten den Rest des Krieges in einem Keller versteckt überlebt. Mrs. Bensky plauderte oft am Telefon mit Mrs. Pekelman. Sie hatte den Eindruck, daß Genia Pekelman selbst genug Probleme, aber vor allem ein gutes Herz hatte. Mrs. Bensky beriet Mrs. Pekelman in Kleiderfragen, erklärte ihr, wie man das beste Gulasch kocht und wo es den frischesten Murray-Barsch zu kaufen gibt. Sie ließ ihr auch Schönheitstips zugute kommen, darunter den, daß die Dauerwelle viel länger hält, wenn man das Haar nach dem Waschen mit etwas Bier spült. Renia Bensky und Genia Pekelman, die beide nie tranken, waren oft von alkoholischen Ausdünstungen umflort.

Lola lernte, was Freundschaft war, indem sie den zwei Frauen am Telefon zuhörte. Letzte Woche hatte Mrs. Bensky in liebevollem Ton gesagt: »Genia, Liebchen, in der Stadt ist mir Yetta Kauffmann über den Weg gelaufen. So ein häßliches Gesicht, was dieses Frauenzimmer hat. Du denkst, du wärst häßlich, Liebchen? Neben Yetta Kauffmann bist du eine große Schönheit.«

Das hätte einem Außenstehenden herzlos erscheinen können, doch Lola wußte, daß es liebevoll und gutgemeint war. In dieser Gesellschaft lautete eine der freundlichsten und enthusiastischsten Antworten auf alles und jedes: »Wie, wie, bist du verrückt oder was?«

Zwischen Renia Bensky und Genia Pekelman wurde die Beziehung frostiger, als Genia Tanzunterricht zu nehmen begann. Sie war siebenundvierzig. Mit dreizehn war Genia eine vielversprechende junge Tänzerin gewesen. Sie hatte ein Ballettstipendium für Paris gewonnen. Sie zählte die Tage bis zu ihrem vierzehnten Geburtstag, an dem sie nach Paris reisen würde, als die Deutschen in Warschau einmarschierten.

Jetzt lernte Mrs. Pekelman indischen Tanz. Zweimal wöchentlich ging sie zum Unterricht. Madame Sanrit unterrichtete sie. Mrs. Pekelman trug unter ihrem Sari ein Balletttrikot und übte jeden Nachmittag zu Hause. Sie liebte den Tanz und tanzte bei jeder Gelegenheit.

Wenn irgendwelche Frauen ein Wohltätigkeitsessen veranstalteten, fragte Mrs. Pekelman, ob sie bei dem Essen vortanzen könne. Als Mrs. Pekelman erfuhr, daß Mrs. Small eine Gruppe freiwilliger Küchenhelfer der Jüdischen Wohlfahrtsorganisation in die Victorian National Gallery begleiten würde, bat sie sie, die jungen Leute zu ihr nach Hause mitzubringen, wo sie ihnen vortanzen wollte.

Manche Mitglieder der Gesellschaft waren von Genia Pekelman und ihrem Tanzen peinlich berührt. Mrs. Small war außer sich. Sie sagte zu Mrs. Bensky: »Schau sie dir an! Sie ist so dick und fett und häßlich und will jedermann vortanzen. Und wenn sie ihre riesigen Euter hin und her wackeln läßt, ist das nicht entsetzlich?« »Sie kann nichts dafür«, erwiderte Mrs. Bensky. »Sie weiß nicht, wie sie aussieht. Sie ist nicht so besonders intelligent.«

Neben Schweinen und Idioten kannte Mrs. Bensky sich auch mit der Intelligenz aus. Die meisten Leute fertigte sie als »nicht intelligent« ab. Eines Jahres dolmetschte Mrs. Small, die Russisch, Polnisch, Jiddisch, Französisch und Englisch sprach, für die Mitglieder des Moskauer Zirkus, der in Melbourne gastierte. Mrs. Bensky war die ganze Saison hindurch voller Erbitterung.

»Sie denkt, sie wäre so eine große Intelligenz«, spottete Mrs. Bensky. »Und was liest sie, diese große Intelligenz, diese Mrs. Intelligenzia? Vielleicht einmal in der Woche *Women's Weekly*, wenn sie unter der Trockenhaube sitzt? Ich weiß noch, daß ihre Mutter hat ausgetragen die Milch bei uns in Łódź. Zwei große Kannen auf den Schultern, so ist sie barfuß gegangen von Haus zu Haus. Und beide Töchter waren mit zwölf Jahren mit der Schule fertig. Und jetzt ist Ada Small auf einmal ein Genie. Jedem erzählt sie, daß sie in Polen hätte das Abitur gemacht. Bald wird sie erzählen, sie wäre fast ein Doktor gewesen. Jeder, der nach dem Krieg hierher ist gekommen, war fast ein Doktor gewesen. Mrs. Ada Intelligenzia denkt, sie wäre wichtig, weil sie für einen Zirkusakrobaten übersetzt.«

Mrs. Bensky wußte Bescheid über Intelligenz. Sie war

die einzige aus der Gruppe, die die Universität besucht hatte. Ihren Studentenausweis hatte sie noch immer in ihrer Handtasche. 1972 schrieb Mrs. Bensky sich an der Universität von Melbourne ein. Sie studierte ein Semester lang »Physik im Visier«. Lola hatte vorgeschlagen, Mrs. Bensky solle Russisch oder Deutsch studieren, Sprachen, die sie fließend sprach. Lola dachte, das wäre eine behutsamere Einführung in das Universitätsleben gewesen, doch Mrs. Bensky bestand auf »Physik in der Feuerlinie«. Die Naturwissenschaften waren in Łódź Mrs. Benskys große Liebe gewesen. Wenn sie von Kopernikus und von den Planeten sprach, war Mrs. Bensky voller Zärtlichkeit. Zu den Naturwissenschaften wollte Mrs. Bensky zurückkehren.

In Łódź war Mrs. Bensky jedes Jahr Klassenbeste gewesen. Sie war die Lieblingsschülerin aller Lehrer. Ihre Neugier war so groß wie ihr Ehrgeiz. Andere Leute in der Nachbarschaft lachten über ihren Vater, weil er sein Geld für eine Tochter verschwendete. »Sie wird noch zu schlau, um zu heiraten«, wiederholte ein Nachbar regelmäßig.

An der Universität von Melbourne war Renia Bensky so nervös, daß sie kaum hörte, was der Dozent vortrug. Die Worte flogen im Lehrsaal umher. Mrs. Bensky mußte jedes einzelne Wort packen und an die richtige Stelle setzen. Manchmal entkamen ihr ein paar Wörter, und der Satz ergab keinen Sinn. Die meisten Vorlesungen saß sie schweißgebadet ab. Später erfuhr sie, daß solche Hitzewallungen das Klimakterium begleiteten.

Renia arbeitete fieberhaft an ihrem ersten Papier mit dem Titel »Moleküle und die Zukunft«. Endlich war es fertig. Fünfzehn Seiten auf hellgelbem Schreibpapier. Lina verbesserte das Englisch, und sie gaben es einer professionellen Schreibkraft zum Abtippen.

Für »Moleküle und die Zukunft« bekam Mrs. Bensky eine Drei. Sie weinte und weinte.

Mr. Bensky versuchte sie zu trösten. »Dein Papier, Renia, Herzchen, ist nicht von dieser Welt. Es ist etwas Besonderes. Das steht außer Frage. Es ist vollkommen, glaub mir.« Doch Mrs. Bensky weinte weiter.

Mrs. Small bewies Mrs. Bensky Sympathie und Unterstützung. »Ich glaube, das ist antisemitisch«, sagte sie. »Warum sollte er sonst einer so schönen Arbeit nur eine Drei geben? Er ist Antisemit, darauf kannst du Gift nehmen.«

Die meisten Mitglieder der Gesellschaft kamen zu Besuch und kondolierten. Sie wußten, daß Mrs. Bensky nichts dafür konnte. Eine Drei für Renia Bensky – das war ja wohl unerhört! Jedermann wußte, daß sie zu intelligent dafür war. Doch Mrs. Bensky blieb untröstlich.

Sie rief ihren Tutor an, einen jungen, blassen Knaben von fünfundzwanzig Jahren, und fragte ihn, ob es möglicherweise daran lag, daß ihr Englisch nicht perfekt sei. Vielleicht hatte sie deshalb eine Drei bekommen.

»Entschuldigen Sie, Herr Tutor«, sagte sie, »ich wüßte gern, ob Sie sich mit meinem Papier vielleicht geirrt haben. Ich glaube, das Englisch war sehr gut. Meine jüngere Tochter, die Anwältin ist und mit Auszeichnung abgeschlossen hat, hat meinen Text korrigiert, und deshalb kann es kein schlechtes Englisch gewesen sein. Und mein Englisch ist sehr gut. Sie hat so gut wie keinen Fehler gefunden. Ich habe erfahren, daß Sie dem jungen John Matheson eine Eins gegeben haben. Und er hat mir selber gesagt, daß ich von den Molekülen viel mehr verstehe als er. Zufällig habe ich ihm einige Sachverhalte erklärt. Und er bekommt jetzt eine Eins, und ich bekomme eine Drei? Hätte ich die Arbeit vielleicht besser nicht abtippen lassen sollen? Denken Sie vielleicht, ich hätte Geld zum Rausschmeißen oder zum Verbrennen, weil ich eine Schreibkraft beschäftigt habe? Mein Mann hat fünfzehn Jahre lang sehr hart in der Fabrik gearbeitet, damit ich mir eine Schreibkraft leisten kann. Waren Sie vielleicht voreingenommen gegen ein abgetipptes Papier? Hat Mr. Matheson sein Papier mit der Schreibmaschine geschrieben? Sicher nicht. Zufällig kenne ich seine Mutter, Mrs. Matheson. Sie hat mir erzählt, daß er ihr erzählt hat, wie gut ich über Moleküle Bescheid weiß. Wissen Sie, ich persönlich halte Sie nicht für einen Antisemiten. Meine Freundin Mrs. Small hält Sie für einen, aber sie ist nicht intelligent. Sie begreift nicht, daß wir in einer modernen Welt leben und daß wir hier nicht in Polen sind.

Sie haben also keine Antwort, Herr Tutor? Wissen Sie, wie viele Jahre ich davon geträumt habe, die Universität zu besuchen? Wissen Sie das? Ich habe schon als kleines Mädchen davon geträumt, an der Universität zu studieren. Und ich habe weitergeträumt. Sogar in Auschwitz, wo ich nicht mehr geträumt habe, habe ich manchmal versucht, daran zu denken, welche Studienfächer ich eines Tages studieren könnte, wenn ich manchmal sechs Stunden lang zum Appell anstand.«

Jetzt brach Mrs. Bensky in Tränen aus. »Haben Sie eine Antwort, Herr Tutor? Als ich nach Australien kam, sagte meine Schwägerin zu mir, daß in Australien alle Frauen arbeiten. Sie sagte zu mir, ich hätte mir überlegen sollen, ob ich mir ein Baby leisten kann, bevor ich schwanger wurde. Deshalb brachte ich mein Baby jeden Tag zu Mrs. Polonsky, einer Frau in Carlton. Ich war nie von meinem Baby getrennt. Manchmal mußte ich mich auf dem Weg in die Fabrik in der Straßenbahn übergeben. Ich war so verängstigt. Josl erzählte mir, daß Mrs. Polonsky eine gute Frau sei und daß der kleinen Lola nichts passieren würde, aber ich konnte nichts gegen meine Ängste tun. Wenn ich mit der Arbeit fertig war, holte ich Lola ab. Mrs. Polonsky wohnte ganz in der Nähe der Universität, und als ich mich nicht mehr übergeben mußte, nahm ich mir vor, eines Tages dort zu studieren. Verstehen Sie mich, Herr Tutor?«

Mrs. Bensky verließ den Kurs »Physik im Visier«, sechs Wochen nachdem sie ihn begonnen hatte. Sie verließ die Universität von Melbourne als klügere Person. Die übrigen Angehörigen ihrer Gesellschaft erkannten das an und zollten ihr neuen Respekt. »Sie hat an der Universität von Melbourne studiert«, sagten sie jetzt, wenn sie von ihr sprachen.

Warum sieht sie bloß so glücklich aus?

Genia Pekelman sah sich im Spiegel an. Ihre Oberschenkel wirkten kräftig. Sie waren muskulös, nicht fett. Ihre Brüste hatten sich gesenkt, doch sie sahen besser aus als früher. Weniger schlaff.

Sie setzte sich vor dem großen Spiegel in Positur, zupfte die Beine ihres Trikots zurecht und begann zu tanzen.

Genia fühlte sich lebendig. Sie konnte ihre Muskeln spüren. Sie konnte ihr Herz spüren. Sie konnte ihre Kraft spüren.

Sie bewegte sich graziös und rhythmisch. Sie bewegte sich im Takt zum Chor ihrer Venen und Arterien. Im Gleichklang mit der Bewegung ihres Blutes.

Ihr Kopf und ihre Arme und Beine waren in Harmonie mit den Sternen und mit Mond und Sonne. So fühlte sich Genia Pekelman. Verbunden. Verankert. Der Welt zugehörig.

Wenn Genia Pekelman tanzte, konnte sie alles andere vergessen. Genia hatte viel zu vergessen. Sie dachte oft, daß sie so viel zu vergessen hatte, daß sie sich durch zehn Leben hätte tanzen können, ohne genug getanzt zu haben, um alles zu vergessen.

Die Erinnerungen, die Genia Pekelman zu vergessen versuchte, sprangen unerwartet hervor und raubten ihr den Atem. Letzte Woche hatte in Pruzanskys Metzgerei ein Kunde ein Kilo Kalbsleber verlangt. Mr. Pruzansky schnitt die Leber sorgfältig auf. Seine Messerklinge war scharf und glitt ungehindert durch die weiche Leber. Genia sah zu, doch sie sah eine andere Klinge eine andere Leber durchschneiden. Sie sah Schimek Grienbaum eine Leber mit einem stumpfen Stück Zinn aufschneiden. Die Leber war die von Abe Kortner. Das war in Bergen-Belsen in den letzten Wochen vor der Befreiung des Lagers. Genia war gerade neunzehn geworden. Deutschland verlor den Krieg. Die Fronten bröckelten. Die Deutschen evakuierten ihre Zwangsarbeiterlager und Konzentrationslager. Tausende Gefangene wurden zu Fuß und auf dem Schienenweg nach Bergen-Belsen gebracht. In der Woche von Genias neunzehntem Geburtstag im April 1945 wurden achtundzwanzigtausend neue Insassen in Bergen-Belsen abgesetzt.

Es herrschte Typhus. In den Baracken verrotteten Leichen. Ratten fraßen den schlafenden Gefangenen Finger und Zehen ab. Und verhungernde Gefangene aßen die Insassen, die gestorben waren.

Es gab Dinge, die Genia immer wieder vergaß, und Erinnerungen, um deren Erhalt sie kämpfte. Genia kämpfte darum, ein klares Bild von ihren Eltern zu bewahren.

Schmul und Mania Buchbinder, Genias Eltern, waren beide Zahnärzte. Genia war ihr einziges Kind. Sie war ihr ein und alles. Genia erhielt Klavierunterricht und Ballettunterricht. Ein Hauslehrer kam zweimal wöchentlich, um Genia Französischunterricht zu geben. Mit zehn Jahren hatte Genia *Madame Bovary* auf französisch gelesen.

Mania und Schmul hatten so große Hoffnungen für ihre schöne und kluge Genia. Mania erzählte Genia von den Schriftstellern und Musikern, die es in der Familie gegeben hatte. Seit Hunderten von Jahren hatten die Buchbinders außergewöhnlich begabte Leute hervorgebracht.

Schmuls Mutter Jetta war eine der beliebtesten jiddischen Schauspielerinnen ganz Polens. Genia liebte ihre Großmutter abgöttisch und fuhr oft mit ihren Eltern von zu Hause in Łowicz nach Warschau, um Jetta Buchbinder auftreten zu sehen. »Aus welch feiner Seide bist du gesponnen, mein Kind«, pflegte Genias Mutter zu ihr zu sagen.

Genia wurde von allen Verwandten in Łowicz verwöhnt. Ihre Onkel brachten ihr Geschenke aus anderen europäischen Ländern mit, und ihre Tanten kämmten ihr langes kastanienbraunes Haar und flochten es zu Zöpfen. Genia litt nie darunter, daß sie ein Einzelkind war. Ihr war zumute, als hätte sie viele Mütter und Väter und viele Brüder und Schwestern.

Mania und Schmul Buchbinder starben in Auschwitz. Jetta Buchbinder starb im Warschauer Ghetto. Alle Tanten und Onkel starben. In Łowicz hatte es siebenundachtzig Buchbinders gegeben. Nach dem Krieg war Genia die einzige Überlebende.

An diesem Morgen übte Genia zu Hause ihre Arabesken. Ein paar Jahre lang hatte sie indischen Tanz gelernt. Es hatte ihr gefallen, doch was Genia Pekelman wirklich glücklich machte, war klassisches Ballett.

Genia besuchte die Erwachsenenklasse für Fortgeschrittene der Tanzakademie von Brighton. Sie war die älteste Teilnehmerin der Klasse. Sie war doppelt so alt wie ihre Lehrerin.

Genia wußte, daß man über sie lachte. Manchmal lachte sie selbst über sich. Manchmal wußte sie, daß sie lächerlich wirkte. Eine Verrückte. Eine Fünfzigjährige mit acht Trikots, zahllosen Beinwärmern und zwei weißen Tutus! Genia machte es nichts aus, daß man über sie lachte. Diese Leute waren nicht ihr wahres Publikum. Wenn Genia tanzte, war sie in einer anderen Welt. Sie war nicht in Melbourne. Sie war nicht in Bergen-Belsen. Sie war in einem Traum. Dieser Traum ereignete sich an einem Ort, wo alles so war, wie es gewesen wäre, wenn es keinen Krieg gegeben hätte.

Ihre Eltern waren dort. Ihre Großmutter war dort. Ihre Onkel und Tanten waren dort. Sie hatten alle gewußt, daß Genia Ballerina werden würde, und sie waren ein so aufmerksames Publikum. Heute morgen hatte Jetta immer wieder geklatscht, als Genia mit vollendeter Balance ihre Arabesken vollführt hatte. Madame Kasner, ihre Ballettlehrerin aus Łowicz, war dort. Letzte Woche hatte Madame Kasner zu Genia gesagt: »Genia, mein Schatz, wir sind Olga Ramanowa zu Dank verpflichtet, weil sie uns gesagt hat, daß aus dir eine große Tänzerin werden wird, als du sechs Jahre alt warst. Erinnerst du dich an ihren Auftritt in Łowicz?«

Natürlich erinnerte Genia sich an Olga Ramanowa. Die russische Ballerina hatte Genia den Kopf getätschelt und zu ihr gesagt, wenn sie fleißig übe, dürfe sie eines Tages vielleicht im größten russischen Ballettkorps tanzen. Und die kleine Genia hatte unermüdlich geübt.

Letzten Donnerstag hatte Genia für einen kleinen Personenkreis getanzt. Es war das Mittagessen der Eastern Divison des Bridgeclubs gewesen. Genia wußte, daß einige der Frauen sich über sie lustig machten und daß die anderen

Mitleid mit ihr hatten. Nach ihrem Auftritt zog Genia sich im Badezimmer um und hörte dabei Mina Blatt zu Marilla Rose sagen: »Es sieht irgendwie schockierend aus, wenn eine Frau in ihrem Alter herumhopst, als wäre sie ein junges Mädchen. Warum sieht sie dabei bloß so glücklich aus?«

»Du hast recht, Mina«, sagte Marilla. »Warum sieht sie bloß so glücklich aus?«

Genia hatte seit einer Dreiviertelstunde getanzt, als das Telefon läutete. Es war Renia Bensky. Renia hatte angerufen, um zu fragen, ob Genia Handtücher brauche. Josl fuhr zum Kaufhaus Shavinsky. Beide Frauen besaßen Wäschevorräte, die für ein kleineres Krankenhaus ausgereicht hätten.

»In Ordnung, Renia, Josl soll mir bitte sechs von den hübschen cremefarbenen Badetüchern mitbringen.«

Genia hatte nie genug Bettlaken oder Handtücher. Saubere, reine Baumwollaken auf ihrem Bett gaben ihr ein immenses Gefühl des Wohlbehagens. Und mit guten Handtüchern verhielt es sich genauso. Jeden Morgen, wenn sie sich mit den dicken, extragroßen Badetüchern abtrocknete, kam Genia sich verwöhnt und verzärtelt vor.

»Ich bringe dir die Handtücher am Samstag mit«, sagte Renia. »Ich kann heute nicht so lange mit dir sprechen, weil ich für Lola kochen muß. Ich koche ihr Kohl mit Reis. Das ist ihre neue Diät. Ich koche einen großen Topf voll für die ganze Woche. Aber weißt du, Genia, ich habe mir letzte Woche Lola angeguckt, und um ehrlich zu sein, glaube ich, daß sie den ganzen Topf an einem einzigen Abend aufißt. Und die restlichen Tage macht sie eine andere Diät. Ich weiß nicht, was ich tun soll. Es bringt mich noch um.«

Genia war wegen Lola deprimiert. Lola war ein entzückendes kleines Mädchen gewesen. Mit ihren dunklen

Korkenzieherlocken und ihren lebhaften Augen hatte sie wie eine Puppe ausgesehen. Jetzt war sie sehr dick, und ihre Augen waren ausdruckslos.

»Renia«, sagte Genia, »sollen wir zusammen zur Deutschen Botschaft gehen? Ich muß diese Woche hin. Warum gehen wir nicht wieder zusammen?«

Renia und Genia erhielten »Entschädigungszahlungen« von der deutschen Regierung. Genia bekam ein bißchen mehr als Renia, weil sie während des Krieges eine Halbwüchsige gewesen war. Die deutsche Regierung, hatte Genias Anwalt ihr erklärt, war der Ansicht, sie müsse die Leute mehr entschädigen, die auch noch ihre Jugend verloren hatten.

Renia hätte diese zusätzliche Zahlung ebenfalls zugestanden, weil sie erst einundzwanzig Jahre alt gewesen war, als sie nach Auschwitz kam, aber als sie von dem zusätzlichen »Entschädigungsgeld« erfuhr, war die Frist der deutschen Regierung für Anträge verstrichen.

Der Geldbetrag, den sie erhielten, war so unerheblich, daß es eine Zumutung war, ihn als »Entschädigung« oder »Wiedergutmachung« zu bezeichnen. Manche Juden weigerten sich, das Geld anzunehmen, doch den meisten Juden bedeutete es eine wichtige symbolische Geste.

Einmal im Jahr mußten alle Juden, die diese Zahlungen erhielten, in der Deutschen Botschaft vorstellig werden, um zu beweisen, daß sie noch am Leben waren.

Im letzten Jahr waren Renia und Genia zusammen zur Deutschen Botschaft gegangen. Genia hatte Renia abgeholt, und die zwei Frauen, die jeden Tag eine Stunde lang miteinander telefonierten, waren schweigend nach South Yarra gefahren.

»Und jetzt, können Sie jetzt sehen, daß ich am Leben

bin?« hatte Renia den Mann in der Deutschen Botschaft gefragt.

»Ja, gnädige Frau, das kann ich sehen«, hatte er gesagt.

»Dann sind Sie blind, mein Herr«, hatte Renia gesagt. »Sie haben uns nämlich alle getötet. Diejenigen von uns, die noch handeln und wandeln, sind nicht am Leben, mein Herr.«

Später waren die zwei Frauen die Punt Road zu ihrem Wagen entlanggegangen. Leichtfertigkeit hatte plötzlich von Genia Besitz ergriffen. Sie war am Leben, und sie wollte es beweisen. »Renia«, hatte sie gesagt, »laß uns einkaufen gehen und dieses ›Entschädigungsgeld‹ auf einmal ausgeben. Laß uns entscheiden, was wir damit anfangen wollen. Sollen wir es in Aktien investieren, Renia, oder uns Schuhe kaufen?«

Renia und Genia waren in die Stadt gefahren. Sie waren zu Miss Louise in der Collins Street gegangen und hatten jede ein Paar Maud-Frizon-Schuhe gekauft.

»In Ordnung, Genia«, sagte Renia. »Wir gehen wieder zusammen zu der Botschaft. Wäre dir Dienstag vormittag recht?«

»Ich hole dich um zehn ab, nach meinem Ballettunterricht«, sagte Genia.

»Genia, Liebchen«, sagte Renia. »Ich habe mir Gedanken gemacht über Pola Ganz und Joseph Zelman. Ich glaube, zwischen den beiden geht irgendwas Sonderbares vor sich. Das wäre schockierend. Schließlich ist Moishe Pola ein wunderbarer Ehemann. Was stellt diese Verrückte nur an? Muß sie in ihrem Alter soviel schtupen? Und was ist mit der armen Mina Zelman? Ich weiß, daß sie sehr groß ist, und vielleicht hat Joseph es nötig, sich zu fühlen als großer

Mann, und deshalb schtupt er die kleine Pola Ganz. Aber es gibt andere Wege, wie man kann sein ein großer Mann. Was wird heutzutage nur aus der Welt, Genia? Ich weiß noch, daß ich damals, als wir hatten soviel Leid und Schmerz, dachte, wir würden einander nie Leid oder Schmerz antun. Ich war dumm.«

Es machte Genia Sorgen, daß Renia so mißtrauisch war. Wenn Pola und Joseph eine Affäre hatten, dann wahrscheinlich schon seit langer Zeit, und es störte niemanden. Wer weiß, ob ja oder nein, dachte Genia, und es war ihr egal.

Was war mit Renia Bensky schiefgegangen, fragte sich Genia. Als Genia 1950 Renia kennenlernte, war Renia so herzlich gewesen. Damals hatte Renia noch Hoffnung gehabt. Später hatte sie sich verhärtet. Wahrscheinlich hatten sie sich alle verhärtet, dachte Genia.

Was ihnen im Krieg weggenommen worden war, was sie eingebüßt hatten, dachte Genia, war ihr Vertrauen. Renia hatte ihr Vertrauen nie wiedergewonnen. Sie war allem und jedem gegenüber mißtrauisch. Damals, 1950, dachte Genia, hatte Renia noch geglaubt, sie könne ihr Vertrauen wiedergewinnen.

»Wie auch immer, ich werde mir nicht länger den Kopf zerbrechen über Joseph Zelman und die liebe Pola Ganz. Ich habe wichtigere Probleme«, sagte Renia. »Die arme Lina hat diese Woche so eine schreckliche Allergie. Nicht genug damit, daß sie hat entwickelt eine Allergie auf das Essen, jetzt ist sie allergisch auf ihren Hund. Und sie liebt ihren Pandy so sehr. So ein dummer Hund, und sie liebt ihn so sehr.«

Linas Lebensmittelallergie hatte Renia seit Monaten mit Gesprächsstoff versorgt. »Arme Lina«, hatte sie zu jedermann gesagt, der zuzuhören bereit war, und zu vielen, die es nicht hören wollten, »sie ißt gar nichts mehr. Sobald sie etwas in den Mund steckt, nimmt sie sofort ganz ungeheuer zu. Deshalb ißt sie gar nichts mehr. Die Ärzte sagen, es wäre eine Lebensmittelallergie. Meine arme Lina ist allergisch auf Lebensmittel.«

Genias Ehemann Izak war skeptisch. »Sie ißt nichts und nimmt dabei zu? Das klingt mir nicht wie eine Allergie. Vielleicht könnte Lina diese Allergie vermarkten. Wenn die Ärzte herausfinden könnten, wie man ohne etwas zu essen am Leben bleiben kann, dann können wir die ganze dritte Welt retten.«

Nachdem Renia eine Viertelstunde lang Linas Ausschlag erörtert hatte, den die Hundeallergie ausgelöst hatte, klang sie etwas ermattet. »Wie geht es Esther?« fragte sie.

Esther Pekelman, Genias jüngere Tochter, stotterte. Sie konnte ihre Sätze nicht beenden. Esthers Gedanken verloren sich jedesmal in nervösem Gestotter. Alle Ängste, die Genia zu unterdrücken vermochte, manifestierten sich an Esther. In vieler Hinsicht war Esther ein Barometer der ganzen Familie Pekelman. Wenn es Schwierigkeiten für die Familie gab, trug Esther die Symptome ihrer Besorgnis zur Schau. In ruhigeren Zeiten sah Esther besser aus.

Genia fühlte sich Esther näher als Rachel, ihrer Erstgeborenen. Genia hatte das Gefühl, daß Esther sie verstand. Esther war bei dem Wohltätigkeitsessen letzte Woche im Publikum gewesen. Sofort nach dem Auftritt war Esther vorgestürmt. »Du warst fabelhaft, Mum«, hatte sie gesagt und Genia herzlich umarmt. Es war eine Umarmung gewesen, die sämtliche Befürchtungen und Hemmungen Genias verscheucht hatte. Esther war nicht so schön wie ihre Schwester Rachel, aber Esther hatte ein Herz.

Genia dachte, daß Rachel eine der schönsten jungen Frauen war, die sie je gesehen hatte. Viele andere dachten das gleiche. Rachel hatte große, grüne, mandelförmige Augen, eine makellose olivbraune Haut und eine elegante Adlernase. Eingerahmt war ihr Gesicht von einem Schopf dichter kastanienbrauner Löckchen. Zur Zeit wechselte Rachel gerade den Ehemann. Sie hatte sich von Nummer drei getrennt und vor kurzem Boris Zayer kennengelernt, der alle Voraussetzungen für den Ehemann Nummer vier erfüllte.

Jeder der Ehemänner Rachels war reicher gewesen als sein Vorgänger. Als erstes hatte Rachel einen vielversprechenden jungen Anwalt geheiratet. Aus dieser Ehe war sie mit einem kleinen Haus in South Yarra hervorgegangen. Ihre letzte Scheidung hatte ihr eine Abfindung in Höhe von zweieinhalb Millionen Dollar eingebracht.

»Sie hat weder einen Abschluß in Ökonomie noch ein Diplom in Verwaltungsrecht, und trotzdem könnte sie die Weltbank leiten, wenn man bedenkt, wie schnell sie ihr Vermögen vervielfacht hat«, pflegte Izak von seiner älteren Tochter zu sagen.

Rachel war jetzt schön und reich. Sie war davon überzeugt, daß jeder Mann in Melbourne in sie verliebt war. Sie hatte Genia erzählt, daß Rabbi Blatt ihr bei der Bar-Mizwa seines Sohns einen Heiratsantrag gemacht hatte. Sie hatte auch gesagt, daß der Rabbi, der sich um ihre letzte Scheidung gekümmert hatte, sich gerne um sie kümmern würde. Genia konnte es nicht fassen, daß ein Rabbi sich so benehmen sollte. »Rachel, Herzchen«, sagte sie zu ihrer Tochter, »ich glaube, da mußt du dich verhört haben. Rabbis interessieren sich mehr für die Torah als für eine gutaussehende Grusche.«

Mit ihren beeindruckenden Löckchen und ihrer glatten Haut und ihren glänzenden Nägeln sah Rachel so lebendig aus, doch Genia wußte, daß in Rachel nicht viel Freude war. Rachel machten die nichtigen Dinge des Lebens glücklich, und sie brauchte immer mehr davon. Esther, dachte Genia, besaß mehr Lebenskraft, mehr Spiritualität, mehr Ausgewogenheit. Und dennoch, dachte Genia, hielten die meisten Leute Rachel für lebendig und Esther für verrückt.

»Esther geht es gut«, sagte Genia zu Renia.

»Was für ein Glück, daß sie einen so guten Ehemann hat wie Stan«, sagte Renia. »Jemand wie Esther wird nicht immer so geschätzt, wie es sich gehört. Was schätzen die Leute schon?« fuhr Renia fort. »Sie schätzen das, was nicht so wichtig ist. Erinnerst du dich an das, was Rabbi Bloom sagte, als er Stan und Esther verheiratet hat? Er hat gesagt, daß Esther ein gutes Herz hat. Meistens sagt Rabbi Bloom, die Braut sei schön. Wenn er nicht sagen kann, daß sie schön ist, sagt er, daß sie ist klug. Wenn er weder schön noch klug sagen kann, sagt er, wie reich sind die Eltern. Er sagt natürlich nicht reich, sondern erfolgreich, aber jeder weiß, was er meint. Und wenn er von alledem nichts sagen kann, dann sagt Rabbi Bloom, daß die Braut hat ein gutes Herz. Als Rabbi Bloom sagte, daß Esther hat ein gutes Herz, hätte ich fast geweint, Genia.«

Genia dachte, daß es keine schlechte Idee wäre, sich von Renia zu verabschieden. Allmählich verdüsterte sich ihre Laune.

»Genia, Liebchen, bevor du auflegst«, sagte Renia, »laß mich bitte einen Termin beim Friseur für dich ausmachen. Ada Small hat mich heute vormittag angerufen und mir erzählt, daß sie gehört hat, wie Malka Spiel und Fela Brot sich im Geflügelladen darüber unterhalten haben, wie fürchterlich es ist, daß eine Frau in deinem Alter so lange Haare hat. Genia, das sage ich dir zu deinem Besten. Willst du, daß die Leute immer weiter über dich reden?«

Genia hatte ihr Haar seit Jahren wachsen lassen. Es reichte ihr fast bis zur Taille. Sie trug es in einem Zopf.

»Hör nicht auf sie!« hatte Izak gesagt, als Genia ihm erzählt hatte, daß Renia und Ada auf sie einredeten, daß sie sich die Haare schneiden lassen solle. »Wenn es dir Freude macht, lange Haare zu haben, dann hast du eben lange Haare«, hatte Izak gesagt.

»Renia, Herzchen«, sagte Genia, »ich weiß, daß du mir diese Dinge zu meinem Besten erzählst, aber über wen die Leute reden, das bin ich, und mir macht es nichts aus. Wenigstens gebe ich ihnen etwas, worüber sie reden können. Renia, ich muß jetzt gehen. Ich rufe dich morgen an. Alles Liebe.«

Jetzt war Genia durcheinander. Es wäre besser, den Telefonhörer abzunehmen, wenn sie ihre Ballettschritte üben wollte. Das hatte sie schon viele Male versucht, doch jedesmal machte sie sich Sorgen, daß Izak oder Rachel oder Esther erfolglos versuchen könnten, sie zu erreichen.

Sie mußte wirklich dafür sorgen, daß sie ungestört üben konnte, dachte Genia. Sie würde nie Fortschritte machen, wenn sie beim Üben dauernd unterbrochen wurde. Sie würde den Hörer abnehmen. Ja, das wüde sie heute tun, beschloß Genia. Sie nahm den Hörer von der Gabel und ging zurück in Rachels ehemaliges Zimmer, das jetzt Genias Übungsraum war.

Gestern abend hatte Josl Bensky Genia behutsam gefragt, warum sie sich so hartnäckig zum Tanzen zwang. »Ich fühle mich glücklich, wenn ich tanze«, hatte sie erwidert. »Wenn ich tanze, Josl, fühle ich mich sehr glücklich, und es lenkt meine Gedanken von anderen Dingen ab.«

Josl wußte, was es bedeutete, die Gedanken von anderen Dingen abzulenken. Josl las jede Woche drei bis vier Detektivromane. Sie hatten Titel wie *Kaltblütige Rache* oder *Von Tod zu Tod* oder *Wer erschoß den Boß?* oder *Der verkrüppelte Schnüffler.* Wenn Josl seine Detektivromane las, tauchte er ganz und gar in sie ein. Nichts existierte daneben. Er las nach der Arbeit, und er las abends im Bett. Im Urlaub las er den ganzen Tag. Er war Mitglied von drei Leihbüchereien in verschiedenen Bezirken, und in seinem Haus befanden sich nie weniger als ein halbes Dutzend ungelesene Detektivromane.

Als Lola mit vierzehn begann, ernsthafte Literatur zu lesen, hatte sie Josl gefragt, warum er diesen Schund las.

»Das lenkt meine Gedanken von anderen Dingen ab«, hatte er geantwortet.

Lola hatte ihrer Mutter die gleiche Frage gestellt. »Warum liest Dad solchen Dreck?« hatte sie gefragt.

»Das lenkt seine Gedanken von anderen Dingen ab«, hatte Renia erwidert.

Lola hatte eine sehr vage Vorstellung von dem, wovon Josl seine Gedanken fernhielt, und sie fürchtete sich zu sehr davor weiterzufragen. Sie fürchtete sich bereits genug vor der Vergangenheit ihrer Eltern. Sie war aufgewachsen mit allen möglichen Wendungen im Kopf wie »du weißt nicht, was es heißt zu leiden« oder »du weißt nicht, was es heißt, Ärger zu haben« oder »du denkst, das wäre etwas Schlimmes?«. Lola wollte keine weiteren Fragen stellen. Sie wollte nicht wissen, wie etwas wirklich Schlimmes aussah.

Mit abgehängtem Hörer übte Genia unverdrossen. Sie studierte die Rolle der Odile in *Schwanensee* ein. Sie wiederholte die Ballszene im dritten Akt.

Mimik und Gestik, wenn Odile den Prinzen zu zwingen versucht, sie zu heiraten, hatte Genia bewältigt. Ihre Arabesken waren ausgewogen, doch ihre Fouettés wollten nicht so recht klappen. Ihre Lehrerin Marilyn Warner hatte zu ihr gesagt, sie sei zu alt für Fouettés. Als Miss Warner das gesagt hatte, war Genia traurig gewesen. Genia hatte es Esther erzählt, die nach dem Unterricht immer anrief.

»Schau mal, Mum, vielleicht könntest du eine andere Rolle einstudieren, oder vielleicht könnte Miss Warner die Rolle für dich anders choreografieren«, hatte Esther vorgeschlagen.

»Mein einziges Problem ist, den Blick auf eine Stelle gerichtet zu halten«, hatte Genia zu ihrer Tochter gesagt. »Wenn man Fouettés tanzt, dreht man sich endlos auf einem Bein, und beim Drehen muß man den Blick auf eine feste Stelle richten. Das verhindert, daß einem schwindelig wird, wenn man stehenbleibt. Die Augen müssen die Bühne als letztes verlassen und als erstes auf sie zurückkehren. Man muß zuerst den Körper drehen und dann schnell den Kopf bewegen, damit er vor dem Rest des Körpers wieder an der vorherigen Stelle ist«, hatte Genia Esther erklärt.

Jetzt hielt Genia ihren Blick nicht konzentriert auf den Boden gerichtet, und ihr war schwindelig. Ihr Rücken schmerzte, und ihre Füße taten weh. Sie konnte die Schultern kaum bewegen. Ihr wurde übel. Sie setzte sich hin.

Sie schloß die Augen, um den Schwindel abzuwehren. Sie sah das Gesicht ihrer Mutter. Mania Buchbinders Miene war stolz. »Weißt du noch, Genia, Schätzchen, daß Olga

Ramanowa sagte, du würdest eine wunderschöne Giselle sein?«

»Ja, Mama«, sagte Genia. »Ich weiß.«

Genia stand auf und holte tief Luft. Sie begann entschlossen ein Fouetté. Sie drehte sich unaufhörlich im Kreis. Sie hatte gewußt, daß sie es konnte.

Jeder einzelne Todesfall

Renia Bensky las jeden Tag die Nachrufe im *Age* und im *Herald*. Die Todesanzeigen waren das erste, was sie überflog, wenn freitags die *Jewish News* kamen.

Sie ließ keinen Todesfall aus. Sie wußte, wer gestorben war und was die Verstorbenen hinterlassen hatten. Sie konnte ihr Alter schätzen. Sie wußte, ob die Toten gute oder schlechte Menschen gewesen waren und ob sie viele Freunde gehabt hatten. Sie wußte, ob sie innig geliebt worden waren oder ob ihre Todesanzeige nur der Konvention Rechenschaft trug.

Renia spürte die Abstufungen des Kummers hinter den öffentlichen Verlautbarungen, Schmerz, Seelenpein oder Zorn.

Jeden Tag wurde Familien die Mutter entrissen, verloren Familien den Vater. Jeden Tag blieben kleine Kinder vaterlos oder mutterlos zurück. Jeden Tag starb ein Kind. Oft sah Renia, daß ein Ehemann aufgegeben hatte und wenige Monate nach seiner Frau gestorben war. Und gar nicht so wenige Frauen wollten nicht ohne ihren Mann weiterleben.

Väter und Mütter und Söhne und Töchter und sogar Brüder und Schwestern schrieben Gedichte auf die Toten.

Berührende Gedichte. Es waren schlechte Reime, aber Renia rührte stets die Tiefe des Schmerzes und der Trauer und die große Anstrengung, die es erforderte, eine lyrische Form dafür zu finden.

Die groß eingerahmten Todesanzeigen weckten in Renia Verachtung. Höhnisch rümpfte sie die Nase über Anzeigen, die im Namen von »Firmenvorstand und Mitarbeitern« verfaßt waren.

»Mr. Großkotz, Mr. Wichtigtuer!« sagte sie laut.

Renia fragte sich oft, warum es diesen Anzeigen so schwer fiel zu sagen, wie sehr jemand geliebt wurde. Die Leute bemühten sich zwar, brachten es aber immer nur auf das übliche halbe Dutzend Gefühlsäußerungen. Die immergleichen vorgefertigten Phrasen am Ende der Todesanzeigen. Sie endeten in der Regel mit »Für immer unvergessen« oder »Untröstlich über seinen Verlust« oder »Wird in unseren Gedanken weiterleben«. Warum war es so schwer, einen Schrei oder ein Stöhnen oder einen Ausruf des Schmerzes zu buchstabieren?

Renia hatte nie einen geliebten Menschen beerdigt. Sie hatte nie eine Todesanzeige verfaßt. Im Ghetto hatte Josl ihren totgeborenen Sohn zum Friedhof gebracht, doch zu viele Leichen waren zu begraben, und Josl hatte das Baby zurücklassen müssen. Renia war im Bett geblieben. Sie war zu krank gewesen, um zum Friedhof zu gehen. Renia wußte nicht genau, wie ihre Mutter und ihr Vater und ihre vier Brüder und drei Schwestern gestorben waren. Sie wußte, daß ihre Mutter und zwei ihrer Schwestern in Auschwitz gestorben waren. Ihr letztes Bild von ihnen war, wie die drei auf die Gaskammern zugingen. Ihre Mutter hielt Renias Nichte Hanka an der Hand.

Renia hatte sich oft gefragt, wer ihr auf den Kopf geschlagen und sie aus der Schlange gestoßen hatte, die in die Gaskammern führte. Ein Kapo? Ein Häftling? Ein Gestapomann? Sie hatte es nie erfahren. Renia hatte verschiedene widersprüchliche Berichte über den Tod ihres Vaters und ihrer Brüder gehört. Nach dem Krieg erfuhr sie, daß Jakob in Bergen-Belsen gestorben war und Felek nach Mauthausen verschleppt und erschossen worden war, als er vom Zug zu springen versuchte. Sie hörte, daß Abramek und Schimek und ihr Vater Israel in Dachau gestorben waren. Nur daß sie alle tot waren, das stand außer Frage.

Als 1972 die Passagiere eines amerikanischen Flugzeugs im Libanon als Geiseln genommen wurden, war Renia Bensky außer sich. Die Nachricht lähmte sie beinahe. Sie konnte nichts lesen. Sie konnte nicht telefonieren. Sie saß den ganzen Tag in der Küche und wartete auf die Radionachrichten. Nichts konnte sie vom Schicksal der Geiseln ablenken. Genia Pekelman sagte zu Ada Small: »Ich glaube, Renia ist verrückt geworden.« Als Renia erfuhr, daß die Geiseln befreit worden waren, rief sie Lola an.

Lola war fünfundzwanzig. Sie war so übergewichtig, daß sogar ihr Gesicht den doppelten Umfang hatte. Sie trug ein langes, blaues, weites Kleid mit Blumenmuster. Flocken von Kürbispüree klebten an den Ärmeln. Lola saß in ihrer Küche und starrte auf einen großen Kübel Waschlauge mit Windeln. Es war zehn Uhr abends.

»Lola, Liebchen, ich habe dich hoffentlich nicht geweckt«, sagte Renia. »Ich wollte dir sagen, was du tun mußt, wenn du eines Tages im Flugzeug entführt wirst. Zuallererst darfst du unter keinen Umständen verraten, daß du Jüdin bist. Wenn dich irgend jemand fragt, warum du in Deutschland geboren bist, sagst du einfach, weil du Polin bist. Du sagst, daß deine polnischen Eltern nach dem Krieg Urlaub gemacht haben in Deutschland. Verstehst du, Lola, viele Juden, die überlebt haben die Lager, waren nach dem Krieg in Deutschland.«

Lola war solche Anrufe gewohnt. »Wäre es nicht einfacher, wenn ich sagen würde, ich sei Deutsche?« fragte sie.

»Ja, da hast du vielleicht recht«, stimmte ihr Renia zu. »Ja, da hast du vielleicht recht. Und stell dir nur vor, was für ein Glück, daß du in der Schule Deutsch gelernt hast. Du kannst ein paar Worte auf deutsch zu den Flugzeugentführern sagen. In Auschwitz hat mir mein gutes Deutsch mehr als einmal das Leben gerettet.«

»Weißt du, Mum«, sagte Lola, »ich glaube nicht, daß mich irgend jemand fragen würde, ob ich Jüdin bin. Ich habe einen australischen Paß. Warum sollte man mich so etwas fragen?«

»Ach Lola«, jammerte Mrs. Bensky, »du hast ja keine Ahnung! Die Juden werden immer ermordet als erste. Es ist schon soweit, ich glaube, der amerikanische Soldat, den die Entführer umgebracht haben, war Jude. Jeder will immer zuerst die Juden umbringen, Lola. Aber wie sollst du das wissen? Du bist aufgewachsen als freies Kind in einem freien Land. Weißt du, Lola, vielleicht ist es gar nicht so schlecht, daß du keinen Juden geheiratet hast. Rodney ist so blond, und das Baby ist blond, und beide haben blaue Augen. Die Entführer würden das Baby nie für ein jüdisches Kind halten. Und außerdem will ich dir nicht die Zeit stehlen, Lola, mein Herzchen. Gib dem Baby einen dicken Kuß von mir. Du klingst ein bißchen müde; versuch früh ins Bett zu gehen.«

Lola legte den Hörer auf. Die Kotpartikel hatten sich von den Windeln gelöst und schwammen oben im Kübel. Sie hatte den Eindruck, daß ihre Mutter wirr wurde. Waren es nicht andere Terroristen gewesen, die zuerst den Juden erschossen hatten? Sie wollte Rodney fragen. Sie steckte die Windeln in die Waschmaschine.

Am nächsten Tag rief Renia bei der Einwanderungsbehörde an und ersuchte, aus Lolas Paß den Eintrag zu entfernen, der Deutschland als ihr Geburtsland angab. Renia wurde von Beamten zu Beamten weitergereicht. Niemand schien zu verstehen, warum das so wichtig war, und niemand konnte ihre Frage beantworten.

Renia schrieb an die Behörde. Ihr Nachbar Mr. Spratt las den Brief für sie und sagte, es sei ein ausgezeichneter Brief. Die Behörde antwortete, daß man die Sache in Betracht ziehen wolle, sofern Renia sich herbemühe, um sie vorzutragen. Renia wollte Lola mitnehmen. Schließlich konnte Lola jedermann fast alles einreden.

»Mum«, sagte Lola, »ich habe genug damit zu tun, da, wo ich bin, am Leben zu bleiben. Mir wächst alles über den Kopf. Ich kann mir nicht einmal Gedanken darüber machen, ob es gefährlich sein könnte, Deutschland als Geburtsland im Paß zu haben, wenn man verreist.«

Renia war verärgert. Lola hatte sie immer enttäuscht. Man sollte fast meinen, Lola hätte es mit Bedacht darauf angelegt, ihrer Mutter unter keinen Umständen einen Gefallen zu tun. Das einzige, was Renia je von Lola verlangt hatte, war, daß sie abnahm. Sie hatte Lola seit über zwanzig Jahren Fastenkuren machen lassen. Doch trotz aller Diäten, trotz all des Salats und all der Tomaten, trotz der Schlankheitskekse und Diätwaffeln, der kalorienarmen Getränke, des zuckerfreien Kaugummis und der kalorienlosen Lutscher war Lola immer dick geblieben.

Lola hatte Abnehmkurse bei Silhouette, in der Elsternwick-Schlankheitsklinik, im YWCA-Institut und bei den Weight Watchers absolviert. Und sie war dick geblieben.

Renia rief den für sie zuständigen Parlamentsabgeordneten Mr. Charles an. Mr. Charles wohnte nicht weit von den Benskys entfernt. Renia legte Wert darauf, ihn immer zu grüßen. Sie gab ihm auch zu verstehen, daß sie ihn wählte. Mr. Charles würde ihr bei der Einwanderungsbehörde helfen.

An dem Tag, an dem Josl Lolas neuen Paß abholte, war Renia überglücklich. Neben dem Wort »Geburtsort« war ein hübscher cremefarbener leerer Fleck.

»Kann das die Entführer nicht mißtrauisch machen?« fragte Topcha Rosen. »Schließlich«, fuhr sie fort, »hat jeder im Paß einen Geburtsort stehen. Vielleicht fragen sie sich, warum dieses Mädchen dort nichts stehen hat. Aber mach dir keine Sorgen, Renia! Das wichtigste ist, daß man sich keine unnötigen Sorgen macht. Denn sonst macht sich Lola auch Sorgen, und die Entführer merken dann, daß sie sich Sorgen macht, und dann fragen sie sich, warum sie sich Sorgen macht.«

Renia wußte, daß Topcha wußte, was es hieß, sich Sorgen zu machen. Und was es hieß, in Gefahr zu sein. Topcha hatte sich fünf Jahre lang in einem Bunker in Polen versteckt. Topchas Familie hatte den Bunker mit einer anderen Familie geteilt. Fünfzehn Personen, die fünf Jahre in einem Bunker verbracht hatten. Der Bunker war 3,5 Meter lang und 2,5 Meter breit. Sie konnten sich nicht gleichzeitig hinlegen. Sie mußten schichtweise schlafen.

Nach dem Krieg konnten Topchas Eltern nicht mehr gehen. Ihre Muskeln waren atrophiert. Topchas Vater lernte nie wieder zu gehen. Topchas Bruder war jeden Tag in den Wald geschlichen, um Nahrung zu kaufen und zu wildern. Den Bunker hatte Topchas Vater 1933 gebaut. Alle seine Freunde hatten ihn ausgelacht. Als Polen überfallen wurde, hatte er den Familienschmuck und die Pelze in den Bunker gebracht. Gegen Ende des Krieges war nichts mehr übrig, was die Familie verkaufen konnte. Noch ein paar Wochen, und sie wären verhungert.

Renia las auch im *Age* die Unfallberichte. Wenn es ein besonders großer Autounfall war, kaufte sie auch die *Sun*, die stets mehr Einzelheiten brachte. Renia weinte um die Unfallopfer. Sie durchsuchte die Artikel nach Informationen. Sie erfuhr, welche Straßen und Kreuzungen in Melbourne am gefährlichsten waren. Sie erfuhr, zu welchen Tageszeiten sich Unfälle häuften. Die Dämmerung war ein gefährlicher Zeitpunkt. Sie erfuhr, daß Volvos und Mercedes die Unfälle am besten überstanden und daß die Faustregel galt, derzufolge ein großer Wagen seine Insassen besser schützte als ein kleiner.

»Fahr vorsichtig!« sagte Renia jeden Morgen zu Josl. »Fahrt vorsichtig!« riefen Renia, Lola und Lina Bensky im Chor, wenn sie Freunde verabschiedeten. »Fahr vorsichtig!« sagten die zwei Bensky-Töchter zu ihren Ehemännern, wenn diese irgendwohin fuhren. »Fahr vorsichtig! Fahr vorsichtig!« wiederholten sie mehrmals. »Fahr vorsichtig! Fahr vorsichtig!« Die Bensky-Frauen sangen es wie ein Mantra.

Als Lola sechzehn war, hatte sie einen Freund, der Fahrer eines Abschleppwagens war. Alle übrigen Defekte des jungen Mannes verblaßten in den Augen ihrer Eltern zur Nebensächlichkeit angesichts des Umstands, daß er einen Abschleppwagen fuhr. Die Benskys beklagten sich nicht über seine langen Haare, sie ignorierten seine Tätowierungen und sahen über die Tatsache hinweg, daß er kein Jude war.

Der Abschleppwagenfahrer und Lola fuhren in seinem Abschleppwagen, wenn sie ausgingen. Sie fuhren zum Kino, zum Spazierengehen und aufs Land. Wenn der Abschleppwagenfahrer Lola nach diesen Ausflügen nach Hause brachte, hielt der Abschleppwagen mitten in der Nacht laut quietschend vor dem Schlafzimmerfenster der Benskys an. Josl und Renia mußten aufstehen und heiße Milch mit Honig machen, um sich zu beruhigen, wenn Lola nach Hause gekommen war. »Mein Gott, warum wartet ihr immer auf mich?« fragte Lola dann.

Zu Lolas achtzehntem Geburtstag schenkten die Eltern ihr einen großen rosa Valiant.

»Lola, mein Liebchen«, sagte Renia, »wir schenken dir dieses Auto nicht, weil du eine so wunderbare Tochter gewesen bist, daß du es verdient hättest, sondern weil wir wollen, daß du in einem sicheren Auto fährst. Ich will nachts schlafen können und Daddy auch. Und jetzt mußt du nicht länger in fremden Roßlauben herumfahren.«

Lola hatte ihre Mutter schon oft verbessert. »Mum, es heißt nicht Roßlaube, sondern Rostlaube, mit einem T am Ende.«

Renia gab darauf stets die gleiche Antwort. »So, so, Liebchen, bist du jetzt schon so gescheit, daß du mir Sprachunterricht gibst? Wenn du gescheit genug bist, nicht mehr in solchen Roßlauben herumzufahren, dann darfst du mir Sprachunterricht geben.«

Als Lola den rosa Valiant geschenkt bekam, war sie nicht mehr mit dem Abschleppwagenfahrer zusammen. Ihr neuer

Freund war Afrikaner. Er war der schwärzeste Mann, den sie je gesehen hatte. Er hieß Abu.

Die Benskys und ihre »Gesellschaft« hielten sich viel auf ihre Vorurteilslosigkeit zugute. Josl sagte gern zu seiner Tochter und ihren Freunden: »Nach den Verfolgungen, denen wir Juden ausgesetzt waren, sollten wir Angehörigen von Minderheiten und überhaupt allen Rassen und Religionen nur mit Toleranz und Verständnis begegnen.« Alle stimmten Josl zu.

Alle Freunde der Benskys hatten verschiedene Vorschläge, wie man Lola und Abu auseinanderbringen könne.

»Laß nicht locker!« sagte Izak Pekelman. »Sag ihr ein für allemal, daß du es nicht erlaubst!«

Genia Pekelman hatte den besten Vorschlag. »Schick sie auf der Stelle nach Israel!«

Lola verabscheute Israel vom ersten Augenblick an. Sie verachtete die jungen amerikanischen Juden, die nach Israel gezogen waren. Wenn sie sie fragten, ob sie nicht den Eindruck habe, daß das Gras, der Boden, der Himmel hier in Israel ihr Gras, ihr Boden, ihr Himmel seien, sagte sie, sie sei nicht der Typ, der sich gerne im Freien aufhält. Lola hatte den Eindruck, daß sie alle vor etwas davonliefen.

Die Juden in Israel kamen Lola nicht wie echte Juden vor. Sie hatte erwartet, in Israel lauter Leute wie Tante Genia und Onkel Izak vorzufinden. Sie hatte erwartet, daß jedermann sie als langvermißte Verwandte begrüßen würde. Statt dessen waren die Leute kurzangebunden und kein bißchen herzlich zu ihr, nur weil sie Jüdin war. Hier war jeder Jude.

In Israel fragten wildfremde Leute Lola, warum sie nicht abnahm. Eines Tages sah ein Mann im Bus sie an und sagte: »Junges Fräulein, Sie haben Glück, daß Sie ein so hübsches

Gesicht haben. Warum sind Sie so dick?« Im Supermarkt schlug eine Frau ihr vor, sie solle die Diät der israelischen Truppen machen.

Nach drei Monaten in Israel war Lola sehr froh, wieder zu Hause in Melbourne zu sein. Als sie erfuhr, daß Abu nach Nigeria zurückgegangen war, brachte sie das ein wenig aus der Fassung. Er hatte ihr nichts davon geschrieben. Die Freunde der Benskys gratulierten Renia und Josl zu der erfolgreich durchgeführten Unternehmung.

Renia Bensky erwartete stets das Unerwartete. Sie versuchte das Unvorhersehbare vorherzusehen. Sie wollte auf alles nur Erdenkliche vorbereitet sein, dem, was in der Zukunft lauerte, einen Schritt voraus sein.

Das völlig Normale, die schiere Alltagsroutine überraschte Renia stets von neuem. Wenn sich jemand erkältete, war ihr Entsetzen, ihre Verblüffung grenzenlos. Und ihre Überreaktion maßlos. Ein Notfall! Sie kaufte hochdosierte Vitamin-C-Tabletten, bevor sie in Mode kamen. Sie installierte im Badezimmer eine Inhalationsklinik. Sie füllte das Waschbecken mit Eukalyptusöl und drehte das heiße Wasser in der Dusche auf. Dreimal täglich mußte der Patient sich in diesen Dampf setzen.

Außerdem preßte Renia für ihre Opfer Dutzende Orangen aus und gab ihnen den Saft zu trinken. Stündlich maß sie die Temperatur. Sie machte extra nahrhafte Hühnersuppe. Wenn Renia nicht im Zimmer war, scherzten Josl und die Mädchen, daß sie, falls sie die Erkältung überlebten, immer noch in der Hühnersuppe ertrinken konnten.

Zu Lolas schönsten Kindheitserinnerungen gehörten die Erinnerungen daran, von Renia bemuttert zu werden, wenn man erkältet war. Renias Zornesanwandlungen waren dann wie weggeblasen. Die harten Blicke, die Lola sonst erntete, waren verschwunden. Renia war sanft und mitfühlend. Lolas Gewicht wurde nicht erwähnt. »Iß auf!« drängte Renia.

Alle Freunde der Benskys konnten sich darauf verlassen, daß Renia sich um sie kümmerte, wenn sie krank waren. Sie besuchte sie. Sie kaufte für sie ein. Sie rief zweimal am Tag an, um sich die Fortschritte berichten zu lassen. Sie war überaus liebevoll.

Im Ghetto von Łódź hatte Renia ihre Schulfreundin Raisl auf der Palacowa-Straße liegend gefunden. Raisls Gesicht war blutüberströmt. Renia wußte, daß Raisl Tuberkulose hatte. Sie schleppte Raisl die vier Häuserblocks zu ihrer Wohnung. Josls Eltern und sein Bruder, die sich das Zimmer mit Renia und Josl teilten, waren entsetzt. Sie sagten zu Renia, daß sie Raisl auf die Straße zurückbringen müsse.

»Laßt sie wenigstens ein paar Stunden schlafen!« flehte Renia. Sie säuberte Raisl und steckte sie in ihr eigenes Bett. Raisl spuckte weiter Blut.

Plötzlich brach draußen ein Tumult aus. Eine erneute Razzia; Juden wurden zusammengetrieben, um aus dem Ghetto deportiert zu werden, »einem besseren Leben entgegen«. Renia, Josl und seine Eltern saßen in der Falle. Sie hatten keine Zeit wegzulaufen. Bis dahin hatten sie immer Glück gehabt. Josl hatte einen Cousin beim Judenrat, der sie immer gewarnt hatte, wenn eine Razzia in der Palacowa-Straße bevorstand.

Schimek, Josls Vater, wirkte mutlos. Josl schob die vier Leute in einen engen Wandschrank. Sie wußten alle, daß es nichts nützte. Die SS hatte Hunde. Es war aus mit ihnen.

Ein paar Minuten später wurde die Tür von einem SS-Offizier eingetreten. Er warf einen Blick auf Raisl und war fort. Die SS-Männer waren solche Feiglinge, sagte Josls

Vater später lachend. Sie fürchteten sich vor ansteckenden Krankheiten.

Am nächsten Morgen war Raisl tot. Renia ging neben Raisls Leiche in dem Karren mit den Toten, die keine Verwandten hatten, und sprach das Kaddisch für Raisl.

Renia kaufte jeden Tag vier Brote für die Vögel in ihrem Garten. Sie kaufte Roggenbrot, geschnittenes Weißbrot, Vollkornbrot und Stutenbrot. Sie ging extra in die Acland Street, um das beste Brot zu kaufen.

Sie hatte immer viel Brot zu Hause. Die wenigen Geschichten aus ihrer Vergangenheit, die sie Lola erzählte, drehten sich um Brot. Sie sagte gern: »Lola, Herzchen, du machst dir keine Vorstellung, was es heißt, kein Brot zu haben.« Renia aß oft das getoastete Roggenbrot mit Kümmel, das sie so liebte, wenn sie Lola diese Geschichten erzählte. »Du mußt wissen, Lola, daß es im Ghetto Leute gab, die andere Leute umbrachten, um an ihr Brot zu kommen. Mrs. Berg, meine Gymnasiallehrerin, hat den Tod ihrer Tochter nicht gemeldet. Sie behielt die Leiche zwei Wochen lang bei sich, damit sie die Rationen ihrer Tochter bekam. Zuletzt konnten die Nachbarn den Geruch nicht mehr ertragen und meldeten es den Behörden.

Einmal war ich auf dem Weg nach Hause mit meiner Ration Brot. Ich war dumm, ich hielt es in der Hand. Ein kleiner Junge hat es mir gerissen aus der Hand. Ich lief hinter ihm her, bis ich ihn einholte, aber er hatte mein Brot unterwegs in sich reingestopft. Er war höchstens acht Jahre alt. Sein Bauch war vor Hunger ganz geschwollen. Ich konnte meinem Brot nicht einmal nachweinen.«

Manchmal wurde Lola nachts durch die Alpträume ihrer Mutter geweckt.

»Mama!« schrie Mrs. Bensky. »Mama! Mama! Mama!«
Schon als kleines Mädchen begriff Lola, daß ihre Mutter sich nicht in der Welt des Schlafes befand. Sie wußte, daß Renia Bensky sich in einer anderen Welt befand, in einer anderen Zeit, bei einer anderen Familie.

Lola argwöhnte, daß die Familie, zu der ihre Mutter in ihren Alpträumen gehörte, die wahre Familie ihrer Mutter war.

Als Siebzehnjährige war Lola einmal spät in der Nacht in das Schlafzimmer ihrer Eltern geschlichen, um ihren Wecker von der Kommode zu holen. Renia und Josl schliefen fest.

Als Lola den Wecker ergriff, glitt er ihr aus der Hand und fiel zu Boden. Mrs. Bensky fuhr hoch. Ihre Augen waren weit aufgerissen. »Los, tötet mich!« rief sie. »Los, tötet mich, es ist mir egal, was ihr mir antut. Tötet mich! Tötet mich!«

Josl weckte sie behutsam. Er beruhigte sie. »Es ist alles in Ordnung, mein Liebchen. Du hast nur schlecht geträumt. Alles ist in Ordnung. Schlaf weiter.«

Als Renia wieder schlief, ging Josl zu seiner Tochter. Lola wusch sich im Badezimmer. Sie hatte die Tür verschlossen.

Josl rief ihr durch die Tür zu: »Es tut mir leid, Herzchen, wenn deine Mutter schläft, kommt sie nicht los von der Vergangenheit. Sobald sie macht die Augen zu, ist sie wieder dort. Ist alles in Ordnung?«

»Ja, alles in Ordnung«, erwiderte Lola. Sie wusch sich die Beine und Füße. Ihr Darm hatte nicht mitgespielt. Sie hatte sich vollgeschissen.

Renia saß in ihrer Küche und trank eine Tasse schwarzen Tee mit Gewürznelken. Der heutige *Herald* war sehr gut. Es gab zwei sehr gute Todesanzeigen. Beide enthielten wundervolle Zitate. »Mitten in unseren Hoffnungen werden wir vom Tod überrascht«, hatte Mr. Jack Lanes Frau an das Ende der Todesanzeige für ihren Ehemann setzen lassen. Und am Ende einer anderen Anzeige stand: »Der Tod ist unserer Geburt so nah, und unsere Wiege steht im Grab.« Die *Jewish Times*, die aus Sydney kam, enthielt diese Woche ebenfalls eine sehr schöne Todesanzeige:

»Sanft war sein Leben, und die Elemente schufen ihn
So ausgeglichen, daß sie und die Natur
Uns künden wollen: ›Dies war ein Mensch.‹«

Renia hatte gehört, daß die Redakteurin der *Jewish Times* eine sehr poetische Frau war.

Renia trug diese Zitate in ihr Notizbuch mit Trauerzitaten ein. Ihre Lieblingszitate lauteten: »Das Sterben eines Menschen betrifft die Überlebenden mehr als ihn.« Das hatte Thomas Mann geschrieben. Und John Donnes herrliche Worte: »Der Tod eines jeden nimmt mir etwas, denn ich bin Teil der Menschheit; laß daher niemals fragen, für wen die Stunde schlägt; sie schlägt für dich.«

Renia faltete den *Herald* und legte ihn beiseite. Sie mußte sich um das Abendessen kümmern. Josl aß gern um fünf Uhr nachmittags. Sie überlegte, ob sie vorher schnell Lola anrufen sollte; Genia hatte Renia gestern erzählt, daß Malka Frenkel im Jenny Craig Weight Loss Centre zwanzig Kilo abgenommen hatte. Es war nicht die erste gute Nachricht, die Renia aus dem Jenny Craig Weight Loss Centre vernommen hatte. Sie hatte gehört, Nusias Freundin Fela habe mehr als zehn Kilo abgenommen, und Topchas Tochter, die fürchterlich fett gewesen war, sei nun spindeldürr. Renia ging zum Telefon und wählte Lolas Nummer.

Die Ferien

Die Ferien in Olinda, befanden alle übereinstimmend, waren der Anfang vom Ende gewesen. Mr. und Mrs. Bensky, Mr. und Mrs. Small, Mr. und Mrs. Pekelman, Mr. und Mrs. Ganz und Mr. Berman waren seit zweiunddreißig Jahren Freunde gewesen. »Unsere Gesellschaft« nannten sie sich selbst. In den Weihnachts- und Osterferien verreisten sie immer gemeinsam.

Anfangs waren es bescheidene Ferienreisen. Als sie sich in Australien kennenlernten, waren sie alle Einwanderer, frischangekommene Flüchtlinge. Sie lernten sich im Sommer 1950 kennen, in Solly Nadels Gästehaus in Hepburn Springs. Mr. und Mrs. Bensky waren auf einem Lastwagen gekommen. Mrs. Bensky und Lola hatten neben dem Fahrer im Führerhäuschen gesessen, und Mr. Bensky war hinten im Lastwagen an einem Stuhl angeschnallt gewesen.

Josl Bensky hatte Jack, den Fahrer, dafür bezahlt, daß er sie nach Hepburn Springs fuhr. In zwei Wochen würde Jack wiederkommen und sie nach Hause zurückbringen. Hin- und Rückfahrt kosteten Josl fünf Shilling. Mrs. Bensky hatte die ganze Fahrt über geweint. Sie war davon überzeugt, daß ihr Josl von der Ladefläche fallen würde. Und

Lola, die wegen Mrs. Benskys Weinen unruhig geworden war, hatte während der ganzen Fahrt nach Hepburn Springs geschrien.

Bei der Ankunft mußte Mr. Bensky warten, bis Jack ihn losband. Als ein Grüppchen von Gästen sich einfand, um zuzuschauen, kam er sich ein bißchen gedemütigt vor.

Es war der erste Urlaub, den die Benskys in Australien verbrachten. Mrs. Bensky trug Lola für den Verkleidungswettbewerb ein. Aus Pappkarton und Zeitungspapier verfertigte Mrs. Bensky mit Leim und einer Flasche schwarzer Tinte ein Hexenkostüm für Lola. Einen spitzen schwarzen Hut, einen fransenbesetzten schwarzen Umhang und eine große Pappnase. Die kleine Lola gewann als Hexe den zweiten Preis.

Gegen Ende der vierzehn Tage hatte die »Gesellschaft« sich gefunden. Mr. und Mrs. Bensky, Mr. und Mrs. Small, Mr. und Mrs. Pekelman, Mr. und Mrs. Ganz und Mr. und Mrs. Berman waren nach dem Abendessen oft miteinander spazierengegangen. Sie hatten das Heilwasser aus den Quellen gemeinsam in Flaschen gefüllt. Sie hatten miteinander gegessen. Sie waren unerschütterliche Freunde.

Mr. und Mrs. Pekelman waren erst vor vier Wochen in Melbourne eingetroffen. Mrs. Bensky nahm Mrs. Pekelman unter ihre Fittiche. Sie machte sie mit Mrs. Papov und mit Mrs. Berg bekannt. Das wichtigste war, erklärte Renia Bensky Genia Pekelman, mit diesen Klatschbasen auf gutem Fuß zu stehen.

Später nahm Renia Genia in Melbourne zum Einkaufen mit. Die zwei Frauen kauften auf dem Victoria-Markt schwarzen Strickstoff. Daraus schneiderte Renia zwei Oberteile mit geschwungenem Ausschnitt und Dreiviertelärmeln und zwei geradegeschnittene Röcke.

Renia nähte eine ganze Garderobe für sich und für Mrs. Pekelman. Die Gesamtkosten dieser Garderobe beliefen sich auf weniger als den Preis eines einzigen Kleides bei Myers. Mrs. Bensky war sehr stolz auf sich. Mrs. Pekelman war dankbar und bewunderte von da an Mrs. Bensky für alles, was sie tat.

Die zwei Frauen sahen so modisch, so elegant, so schön aus in ihren neuen Kleidern. Mrs. Benskys Haar war in dem neuen, schicken, kurzgeschnittenen Lausbubenstil frisiert. Mrs. Pekelman zeigte sie, wie diese ihr dickes kastanienbraunes Haar zu einem Knoten aufstecken konnte. Beide Frauen hatten olivbraune Haut und kräftige Gliedmaßen. Wenn man sie sah, hätte man es nicht für möglich gehalten, daß Renia Bensky fünf Jahre zuvor in Auschwitz und Genia Pekelman in Bergen-Belsen gewesen war.

In Solly Nadels Gästehaus saßen die Männer (und hin und wieder eine vereinzelte Frau) und spielten Karten. Beinahe vierzig Grad im Schatten, und sie saßen bei geschlossenem Fenster in ihrem Zigarettenqualm. Und spielten Karten. Sie spielten Doppelkopf, Poker und Rommé.

Die Frauen saßen in Grüppchen draußen. Sie schwatzten und machten sich mit ihren eigenen Kindern und denen der anderen zu schaffen. Sollte der kleine Johnny nicht lieber einen Sonnenhut aufsetzen? Wie konnte Harrys Mutter ihn nur ohne Sonnencreme auf der Nase nach draußen lassen? Und seht euch nur diese Layla an; wußte Mrs. Hersh denn nicht, daß junge Mädchen nicht so ungeheuer dick sein durften? Und der junge Horowitz, bei dem war ja Hopfen und Malz verloren. Wie würde er erst als Teenager aussehen! Für die Frauen, die bei Solly Nadel in Hepburn Springs ihren Urlaub verbrachten, waren das die Fragen des Tages.

Abends wurde getanzt. Solly Nadels Gäste konnte man in sechs Kategorien einteilen: die guten Tänzer, die schlechten Tänzer und die Nichttänzer, die guten Kartenspieler, die schlechten Kartenspieler und die Nichtkartenspieler. Die guten Tänzer genossen das höchste Ansehen in Solly Nadels Gästehaus. Ihr Ansehen konnte nur ein Lehrer oder ein Arzt übertreffen. Da es bei Solly Nadel nicht allzu viele Lehrer oder Ärzte gab, bildeten die guten Tänzer die Elite.

»Also, dieser Mr. Gruner, nein, was für ein Tänzer!« sagte Mrs. Pekelman fast jeden Morgen am Frühstückstisch. »Er tanzt Tango und Foxtrott gerade so, als würde er an einer Weltmeisterschaft im Tanzen teilnehmen.« Genia Pekelman, die in der Küche und am Eßtisch unbeholfen wirkte, verwandelte sich auf dem Tanzparkett in ein leichtfüßiges, zierliches Wesen. All ihre Schüchternheit fiel von ihr ab. Sie trippelte seitwärts und rückwärts. Sie wirbelte graziös und anmutig im Kreis. Sie schwang die Hüften und hielt den Kopf kokett geneigt.

Tagsüber diente der Ballraum bei Solly Nadel als Speisezimmer. Frühstück, Mittagessen und Abendessen wurden dort serviert. Der Lärm zur Essenszeit war ohrenbetäubend. Einhundertzwanzig Leute aßen und redeten zur gleichen Zeit. Sie aßen, während sie redeten. Sie versuchten einander zu übertönen. Wenn sie den Eindruck hatten, daß man sie nicht hörte, schrien sie. Manche Gäste schrien jedes Wort, das sie sagten. Die Gespräche wiederholten sich Tag für Tag. Die Gefühle, denen man Ausdruck verlieh, waren unter den Gästen austauschbar. Mrs. Bloom sagte wahrscheinlich das gleiche wie Mrs. Fink, und Mrs. Friedmans Gedanken waren oft ununterscheidbar von denen Mrs. Roses.

Satzfetzen schossen wie Kreuzfeuer durch den Raum. »Wie alt ist die kleine Esther? Oh, sie kann noch gar nicht sprechen? Mein Johnny sagt schon viele Wörter. Und Esther ist noch nicht trocken? Na sowas! Johnny sagt schon seit ein paar Wochen: ›Muß pissi. Muß kacki.‹«

Die meisten Männer waren damit beschäftigt, es zu etwas zu bringen. Die gleichen Gespräche wehten von Tisch zu Tisch. »Habt ihr gehört, daß Mr. Brown einen guten Schneider sucht? In der Renee-of-Rome-Fabrik kann man Arbeit bekommen. Die Bezahlung ist nicht besonders, aber Juden nehmen sie immer. Nehmt euch vor Mr. Sal in acht. Übernehmt keine Einzelbestellungen für ihn. Er hat an jedem Kleidungsstück etwas auszusetzen.«

Jeden Sommer engagierte Solly Nadel Mr. Muller, einen älteren Bäcker aus Österreich, zum Brotbacken. Im Dezember und im Januar hatte Mr. Muller eine Siebentagewoche. Er buk von fünf Uhr morgens bis um fünf Uhr nachmittags. Er buk Roggenbrot, Pumpernickel und Stuten, und für das Abendessen buk er eigens Hefezöpfe, Challes.

Nach keiner Mahlzeit war auf irgendeinem Tisch Brot übrig. Mr. Grossmann sammelte das übriggebliebene Brot von seinem Tisch ein. Nach zwei Wochen reiste er mit drei Pappkartons voller Brot nach Hause. Andere taten es ihm gleich.

»Er ist ein Bauerntölpel, dieser Mr. Grossmann«, sagte Mrs. Lipshutz. Frieda Factor unterbrach sie. »Mrs. Lipshutz, wir sollten uns im klaren sein, daß er sich normalerweise nicht so benimmt. Ich weiß nicht, ob Sie davon wissen, Mrs. Lipshutz, aber Mr. Grossmann war im Konzentrationslager Mauthausen.« – »Aber jetzt ist er in Melbourne in Australien, wo es genug Brot gibt«, erwiderte Mrs. Lipshutz. »Mit so einem Benehmen weckt man Antisemitismus«, fügte sie hinzu.

Mrs. Lipshutz, die seit zehn Jahren in Australien lebte, betrachtete den Nachkriegszustrom an Juden mit gemischten Gefühlen. »Das sind ganz andere Juden als wir«, erklärte sie ihrer australischen Nachbarin Mrs. Cunningham. »Bauerntölpel. Wir, Adam und ich, stammen aus kultivierten Familien. Wir lasen Bücher, wir gingen ins Theater, in die Oper, wir hatten immer die teuersten Plätze. Wir bereisten Europa. Mein Vater sprach fließend Französisch. Wir waren keine Bauern. Sie werden sehen, daß diese jüdischen Flüchtlinge die Australier noch zu Antisemiten machen.«

»O nein, Mrs. Lipshutz«, sagte Mrs. Cunningham. »Manche von ihnen tun mir schrecklich leid. Es sind so junge Mädchen. Mit der Nummer auf dem Arm erinnern sie mich an Viehherden mit ihrem Brandzeichen. Und ich habe eine junge Frau kennengelernt, die vor dem Krieg in Warschau Zahnärztin war, und jetzt ist sie Putzfrau. Und ihre Schwester, die Ärztin war, arbeitet in der Fabrik.«

»Pah!« sagte Mrs. Lipshutz. »Das behaupten sie alle, daß sie in Polen Ärzte gewesen wären.«

Später am Abend erzählte Mrs. Lipshutz Mr. Lipshutz, daß ihre schlimmsten Befürchtungen sich bewahrheitet hatten. Mrs. Cunningham, ihre arbeitsame und gottesfürchtige Nachbarin, hatte zu ihr gesagt, die neuen jüdischen Einwanderer sähen aus wie Viehherden.

Wenn es einer gutherzigen, warmherzigen Person wie Mrs. Cunningham so leicht fiel, Antisemitin zu sein, sagte Morry Lipshutz, was sollte man sich dann noch erhoffen?

Die Gesellschaft verbrachte bis 1959 jedes Jahr die Weihnachtsfeiertage bei Solly Nadel. Inzwischen hatten sie etwas mehr Geld. Mit den meisten von ihnen ging es bergauf. Die

Smalls und die Pekelmans waren gemeinsame Eigentümer einer Strickwarenfabrik. Mr. Bensky gehörte Joren Fashions, eine kleine Fabrik für Damenkostüme. Kostümanzüge nannte Josl sie. Pola und Moishe Ganz hatten bereits sechs Arbeiterinnen in ihrer Champs-Elysees-Blouses-Firma, und Mr. Berman war Großhändler für Plastiktüten. Joseph Zelman war der wohlhabendste von allen. Er ließ bereits seinen sechsten Wohnblock errichten. Er kaufte das Land, baute Wohnungen und verkaufte sie, während sie gebaut wurden. Er arbeitete Tag und Nacht. Die Konkurrenz unterlief er, indem er sie unterbot. 1959 stand er kurz vor seiner ersten Million.

Im Jahr 1959 fuhr die Gesellschaft nach Surfers Paradise. Sie mieteten vier Wohneinheiten in einem Block in der Cavill Avenue. Mrs. Bensky brachte ihre selbstgekochte tiefgefrorene Hühnerbrühe mit. Mrs. Zelman brachte sechs Pfund mageres Rindfleisch mit, aus denen sie am ersten Tag drei große Klopse herstellte. Einen Klops zum Mittagessen, zwei für später in der Woche. Mrs. Ganz kochte einen großen Topf Apfelmus und buk einen Biskuitkuchen, und alle fühlten sich wie zu Hause.

Sie aßen draußen, am Swimmingpool. Abends gingen sie am Strand spazieren. Für Mr. Bensky war der Höhepunkt dieses Urlaubs der Mazzebrei, den Mrs. Zelman fast jeden Morgen für alle zubereitete. Josl war jeden Morgen als erster am Frühstückstisch. Er saß so glücklich aus, wenn er den Mazzebrei aß, daß Mrs. Zelman den Eindruck hatte, sie hätte ihn bis in alle Ewigkeit für ihn zubereiten können. Manche Männer, dachte sie, sind so leicht zufriedenzustellen.

Surfers Paradise, darin war man sich einig, war ein ausgezeichneter Urlaubsort. Sie kamen noch oft wieder.

Auch andere unvergessene Urlaubsreisen gab es. Sie fuhren nach Rotorua auf Neuseeland. Sie suchten Moorbäder und Heilquellen auf. Mrs. Bensky liebte das. Stundenlang saß sie in ihren heißen Schlammpackungen. Josl ging nur auf Befehl in den Schlamm. Er verabscheute es. Am zweiten Tag verstauchte er sich den Knöchel und konnte den Rest des Neuseelandurlaubs so verbringen, wie es ihm am besten gefiel. Er lag in seinem Motelzimmer auf dem Bett und las Krimis. Pro Tag ein Buch und eine Schachtel Pralinen.

Mrs. Ganz und Mr. Zelman besuchten gemeinsam die Heilquellen. Mrs. Bensky machte sich Sorgen. Sie befürchtete, daß die Zuneigung der beiden die Grenzen des Erlaubten überschritt. Niemand sonst schien ihre Besorgnis zu teilen.

Auf Neuseeland entdeckte die Gesellschaft Duty-Free-Läden. Alle Familien kehrten mit neuen Fotoapparaten nach Hause zurück.

Im Jahr 1982 reiste die Gesellschaft nach Israel. Die Reise hatten war monatelang geplant worden. Mr. Bensky war für die Reiseroute zuständig. Auf dem Weg nach Israel machten sie in Las Vegas halt.

Mr. Bensky war einer der eifrigsten Kartenspieler der Gruppe. Er spielte alle Spiele für sein Leben gern. Mr. Zelman und Mr. Pekelman fanden, daß Las Vegas nicht direkt auf dem Weg von Melbourne nach Tel Aviv liegt, doch das behielten sie für sich.

In Las Vegas freute Josl Bensky sich wie ein König. Er verlor beim Blackjack und beim Roulette. Er verlor beim Chemin de Fer und beim Stud Poker. Er spielte an den Pokerautomaten in der großen Spielhalle und an den Miniautomaten in den Toiletten. An zwei Tagen verlor Josl Bensky siebenhundert Dollar. »Las Vegas«, erzählte er hinterher jedermann in Melbourne, »war das Beste an der ganzen Reise.«

»Hier gibt es zu viele Juden für meinen Geschmack«, sagte Izak Pekelman in Israel. »Unter so vielen Juden fühle ich mich nicht richtig wohl.« Der Rest der Gruppe fand, Izaks Worte könnten zwar ein wenig sonderbar klingen, doch jeder wußte, was er sagen wollte.

Renia Bensky blieb die meiste Zeit der drei Wochen, die sie in Israel verbrachten, mit Grippe in ihrem Hotelzimmer. Genia Pekelman wollte weder ins Kino noch ins Theater, noch in irgendein Konzert gehen. »Wenn es euch nichts ausmacht«, sagte sie, »würde ich lieber im Hotel bleiben. Die vielen Leute machen mich zu nervös.« Zu ihrem Ehemann sagte Genia, was die anderen aus ihren Worten herausgehört hatten: »Izak, ich halte es nicht aus, mitten unter so vielen Juden zu sein. Es macht mich ganz nervös. Stell dir vor, jemand würde uns plötzlich anschreien! Es erinnert mich zu sehr an zu vieles.«

George Small konnte in Israel nichts essen. »Das gab es nicht bei uns zu Hause in Polen«, sagte er. »Das ist Essen für Araber, nicht für Juden.«

In Mea Shearim, dem orthodoxen Bereich Jerusalems, schimpfte Josl Bensky: »Wofür halten sich diese Orthodoxen? Was soll das alles? Warum denken sie, sie müßten sich so auffällig aufführen? Wo steht im Talmud geschrieben, daß man soll solche langen schwarzen Mäntel anhaben und solche kurzen schwarzen Hosen und solche schwarzen Hüte? Wir leben in der modernen Welt, nicht in der Welt von gestern. Dumme Idioten. Sie machen allen Leuten nur Ärger. Haben die Juden noch nicht gehabt genug Ärger?« Josl stand kurz davor, in Tränen auszubrechen.

An diesem Abend aßen die Freunde in Jerusalem zu Abend. Eine Gruppe junger orthodoxer Männer setzte sich an den Nebentisch. Josl sah sie an und sagte laut: »Oj, gleich muß ich mich übergeben.«

Mr. Berman gefiel es in Israel. Aber Chaim Berman war ein stiller Mann. Er unterwarf sich immer der Meinung der Mehrheit. Das Hochgefühl, das er empfand, weil er in der Heimat des jüdischen Volkes weilte, behielt er für sich. Ihm gefielen die Ungehobeltheit der Leute, ihre Ehrlichkeit, ihre Ungekünsteltheit. Ihm gefielen ihr Enthusiasmus und ihre Loyalität. Chaim fand, daß es ein Privileg war, für ein Ideal zu leben, und in Israel lebten die Leute für ein Ideal. Sie hatten, dachte Chaim Berman, einen wertvolleren Lebensinhalt als Zentralheizung und neue Fernsehapparate.

Pola Ganz hatte gehofft, in Israel eine neue Ehefrau für Chaim Berman zu finden, doch nach ein paar Tagen gelangte Pola zu der Ansicht, daß eine jüdische Ehefrau aus Melbourne vielleicht doch passender wäre.

»Man muß sich vorsehen mit diesen Israelis«, sagte sie zu Ada Small. »Wir wollen Chaim nicht mit einer Frau zusammenbringen, die ihn nur heiratet, weil er in Australien ein schönes Haus und eine gutgehende Firma hat.«

Ada Small stimmte ihr zu, daß sie sich vorsehen mußten.

Die Freunde besuchten einen Kibbuz in der Negevwüste. Von dem Kibbuz waren sie alle begeistert. Die Größe der Küche und die Wäscherei beeindruckten sie. »Habt ihr schon mal so einen Herd gesehen?« sagte Joseph Zelman. Mit seinen vielen Miethäusern kannte Joseph sich in Küchen aus.

»Australien ist das Paradies«, sagte Josl Bensky an ihrem letzten Abend in Israel. Er hob das Glas und brachte einen Trinkspruch auf Australien aus. »Auf Australien«, riefen alle im Chor.

In Israel hatte Renia Bensky sich zunehmend Sorgen über Pola Ganz und Joseph Zelman gemacht. Mehrmals hatte sie den Eindruck gehabt, sie dabei zu überraschen, wie sie zärtliche Blicke tauschten.

Als sie wieder in Australien war, zweifelte Renia Bensky nicht länger daran, daß Pola Ganz und Joseph Zelman eine Wärme füreinander hegten, die in ihr beim Beobachten hitzige Gefühle ganz anderer Art auslöste.

»Arme Mina Zelman«, sagte Renia zu Josl. »Sie hat wohl noch nicht genug mitgemacht! Sie hat in Bergen-Belsen wohl noch nicht genug durchgemacht! Muß sie jetzt auch noch einen Romeo zum Ehemann haben? Und was ist mit dem armen Moishe Ganz? Vielleicht ist er nicht so intelligent wie unser guter Joseph Zelman, aber er war Pola immer ein erstklassiger Ehemann. Das Problem mit Pola ist, daß sie nie weiß, wenn sie es gut hat. Sie will immer etwas Neues. Zu mir sagt sie: ›Ach Renia, ich habe eine neue Schneiderin entdeckt. Ach Renia, meine neue Maniküre ist besser und billiger.‹ Und jetzt denkt Pola, das, was Joseph Zelman vielleicht in seiner Hose hat, wäre besser als das, was sie zu Hause hat.«

Renia wußte, daß nach dem Krieg merkwürdige und übereilte Ehen geschlossen worden waren. Frauen heirateten um der Sicherheit willen. Männer heirateten Mütter. Fremde heirateten Fremde. Es dürstete die Leute nach Trost, Gesellschaft und Zuneigung. Sonderbare Ehen wurden eingegangen. Nicht immer war genug Zeit, um auf die Liebe zu warten.

Junge Mädchen heirateten ältere Männer. Studentinnen heirateten ihre Professoren. Nachbarn und Cousins heirateten. Jedermann hatte es eilig, ein normales Leben zu beginnen.

Tote Ehefrauen, tote Ehemänner und tote Kinder waren bei vielen dieser Eheschließungen anwesend.

Renia gelangte zu der Ansicht, daß in bezug auf Pola und Joseph etwas unternommen werden mußte. Sie heuerte einen Privatdetektiv an. Zwei Wochen später überreichte der Privatdetektiv Renia ein Foto von Joseph Zelman, der vor dem Haus von Pola Ganz in seinem Wagen saß. Renia war sehr zufrieden mit sich.

Es war Ostern, und alle fuhren nach Olinda. Renia packte das Foto sorgfältig ganz unten in ihren Koffer. Josl hatte sie von dem Detektiv nichts gesagt.

In Olinda sah alles nach einem weiteren schönen Osterurlaub aus. Die Gruppe tat, was sie im Urlaub immer tat. Sie frühstückten ausführlich, gingen spazieren, saßen in der Herbstsonne. Sie aßen gut zu Mittag, legten sich nach dem Mittagessen aufs Ohr, gingen wieder ein bißchen spazieren, und schon war es Zeit für das Abendessen. Nach dem Abendessen spielten sie Karten. Nach drei Tagen waren alle bester Laune und fühlten sich dank der Landluft wie neugeboren.

Am Sonntagabend zeigte Renia Ada Small das Foto. Ada sagte nicht viel. »Warum hast du ein Foto von Joseph in seinem Wagen?« fragte sie. Renia erklärte, wo das Foto aufgenommen worden war und was das bedeutete.

Ada Small ging schnurstracks zu Pola Ganz. Pola lachte und zeigte das Bild Moishe. Moishe sah sich das Foto eingehend an. Er sagte kein Wort. Später sagte er zu Josl: »Und was beweist dieses Foto? Überhaupt nichts.« Josl mußte ihm recht geben.

Niemand sprach das Foto Mina Zelman gegenüber an.

»Sie hat Sorgen genug«, sagte Ada Small. »Sie ist so groß. Mit ihrer Körpergröße findet sie nie einen neuen Ehemann.«

Pola weigerte sich, mit Renia Bensky zu sprechen. Renia versuchte Pola zu erklären, daß sie es um ihretwillen getan hatte, doch Pola wollte sie nicht einmal sehen.

»Wenn sie sich so unintelligent aufführt«, sagte Renia zu Josl, »dann kann sie mir im Mondschein begegnen. Mit Pola Ganz bin ich fertig.«

Die Atmosphäre wurde so unerfreulich, daß die Gesellschaft einen Tag früher als vorgesehen abreiste.

Das Schockierendste an alledem, sagte Ada Small zu ihrer Maniküre, bestand darin, daß Renia Bensky und Pola Ganz beinahe Machatunim geworden wären. Dafür gab es kein englisches Wort, erklärte Ada. Machatunim war die Bezeichnung für die Schwiegereltern eines Paares. Renia und Pola wären fast die Schwiegermutter des Kindes der jeweils anderen geworden. Renias Tochter Lina hätte fast Polas Sohn Sam geheiratet.

In der Gesellschaft war man zu der unausgesprochenen und einstimmig gefaßten Entscheidung gelangt, den Kindern nicht zu sagen, warum man nicht länger befreundet war. Die Kinder mußten beschützt werden.

Eine Arbeitskollegin erzählte Lina, sie habe gerüchteweise gehört, das Zerwürfnis zwischen Renia und Pola gründe in Renias Anschuldigungen, Pola habe mit Joseph Zelman Ehebruch begangen.

Sam Ganz lachte, als Lina ihm das erzählte. »Meine Mutter mit einem Liebhaber? Du machst wohl Witze! Sie geht in Flanellnachthemden und mit Cremes eingeschmiert ins Bett, mit Gesichtscreme, Halscreme, Dekolletécreme, Arm- und Beincreme. Als Kind habe ich mich immer gewundert, warum sie nicht gleich wieder aus dem Bett herausgeglitscht ist, wenn sie reingehopst war. Es muß einen anderen Grund geben, warum Renia und Pola nichts mehr miteinander zu tun haben wollen.«

Auch Mrs. Zelman fragte sich, warum Renia und Pola nicht mehr miteinander verkehrten. Vielleicht hatte Mrs. Ganz sich mit Mrs. Benskys Josl Freiheiten herausgenommen, die sie sich nicht hätte herausnehmen dürfen. Es hätte sie nicht allzusehr verwundert, wenn Pola Ganz sich mit dem Ehemann einer anderen eingelassen hätte.

Mr. Zelman und Mrs. Ganz stellten den Verkehr ebenfalls ein. »Er war ein beschissener Liebhaber«, sagte Mrs. Ganz zu ihrer Schwester. »Im Bett behielt er die Socken an.«

Die Gesellschaft brach auseinander. Mr. Small und Mr. Pekelman und Mr. Berman trafen sich mit Mr. Zelman und Mr. Ganz, um zu versuchen, die Dinge wieder einzurenken. Sie kamen überein, daß man vergeben und vergessen mußte. Einen Neuanfang machen. Aber die Frauen waren unerbittlich.

Moishe Ganz glaubte seiner Frau und wollte nichts Gegenteiliges hören. Josl fand zwar, Renia hätte sich nicht einmischen sollen, wußte aber, daß sie es nicht aus Bosheit getan hatte.

Man ergriff Partei. Mr. und Mrs. Small waren auf der Seite der Ganzes, und Mr. und Mrs. Pekelman blieben den Benskys treu. Chaim Berman blieb beiden Seiten freundschaftlich verbunden.

Zweiunddreißig Jahre lang hatte die Gesellschaft keine Kinovorstellung am Samstag versäumt. Jetzt gingen sie nicht mehr hin. Sie spielten nicht mehr Karten. Sie gingen nicht mehr zum Essen aus. Sie blieben zu Hause.

Mr. und Mrs. Small und Mr. Berman gingen in Caulfield spazieren, doch es machte ihnen kein rechtes Vergnügen. Die Zelmans versuchten Bridge spielen zu lernen, doch alle anderen im Herzl Club spielten gut, und sie gaben es auf.

Izak Pekelman versuchte es mit Golf. Eine Woche später ließ er es bleiben.

Bei Hochzeiten, Bar-Mizwas, Verlobungen, Jahrestagen und Geburtstagen setzte man die Benskys und die Ganzes umsichtig an verschiedene Tische.

Genia Pekelman verkehrte sowohl mit Renia als auch mit Pola. Sie flehte sie an, sich zu versöhnen. Sie sagte zu jeder von ihnen: »Kannst du es nicht einfach hinter dir lassen und einen Neuanfang machen?« Das hatte bei Genias Tochter Rachel nichts bewirkt, und es bewirkte auch bei Renia und Pola nichts.

Genia versuchte es wieder. »Wenn ihr keine Freundinnen sein könnt, dann seid wenigstens keine Feindinnen. Können wir nicht wenigstens wieder alle miteinander ausgehen? Vielleicht wird es dann allmählich besser. Und wir sind wieder eine Gruppe. Und die Leute reden nicht mehr über uns. Und selbst wenn es nicht so gut steht, wie es den Anschein hat, würde es doch wenigstens so aussehen, als wäre es so.« Dieses alte Sprichwort hatte Genias Mutter immer im Munde geführt. Auf Jiddisch hatte es einen melodisch lispelnden Klang, der in der Übersetzung verlorenging. Doch nichts, was Genia Pekelman sagen konnte, hatte den geringsten Einfluß auf Renia oder Pola.

Das war der Preis des Erfolgs, dachte Genia. Dazu kommt es, wenn man es sich leisten kann, einen Privatdetektiv zu engagieren. In den alten Tagen in Melbourne war das Leben so ungekünstelt, dachte Genia.

Als sie nach Australien gekommen waren, hatten sich bisweilen zwei Familien ein Zimmer geteilt. Sogar die Smalls, die damals am wohlhabendsten waren, lebten in einem Hinterzimmer der Fabrik, in der sie arbeiteten.

Am Wochenende spielten ihre Kinder miteinander. Wenn

Genia jetzt Rachel daran erinnerte, daß Jack Zelman keine Freundin hatte, erwiderte Rachel: »Jack Zelman kann mir gestohlen bleiben.« Als kleine Kinder hatten Rachel und Jack so nett miteinander gespielt.

Genia hatte gedacht, sie hätte für ihre Rachel und ihre Esther in Australien Cousins und Cousinen gefunden. Eine neue Familie. Sie dachte, ihre Freunde und ihre Kinder würden einander als Familie betrachten. Als Cousins, Cousinen, Tanten, Onkel, Neffen und Nichten. Doch keine ihrer Kinder waren miteinander befreundet bis auf Lina und Sam. Und jetzt waren auch die Freunde keine Freunde mehr.

Sie waren alle wieder dort angekommen, dachte Genia, wo sie sich nach dem Krieg in Deutschland befunden hatten. Keine Familie. Keine engen Freunde. Wenigstens hatten sie ihre Kinder. Aber die Kinder waren ein eigenes Kapitel. Selbst die Kinder hatten ihnen Sorgen beschert.

Und bald, dachte Genia, würden sie einer nach dem anderen sterben. Und sie würden allein sterben. Eine der tröstlichsten Vorstellungen für Genia war der Gedanke gewesen, daß sie nicht allein würde sterben müssen. Nicht wie die Hunderten und Aberhunderten Toten auf den Straßen des Ghettos.

Und so hat alles geendet, dachte Genia Pekelman. So hat alles geendet in der goldenen Medine, der neuen Welt.

Die Kinder

Sam Ganz war leitender Direktor der Firma Champs Elysees Blouses. Sam verhandelte am Telefon über den Kauf eines Musik-Buffets aus der Zeit der Jahrhundertwende. Wenn man die Glastüren öffnete, wurde *Für Elise* gespielt. Sam war kurz davor, sich mit dem verlangten Preis einverstanden zu erklären, als sein Vater das Büro betrat. »Ich rufe heute nachmittag zurück, dann können wir uns darüber unterhalten«, sagte Sam zu dem Antiquitätenhändler. »Es ging um den Volvo. Er braucht vorne neue Bremsbeläge«, sagte er zu seinem Vater.

Moishe Ganz war der Vorstandsvorsitzende von Eiffel Tower Fashions, dem Unternehmen, zu dem Champs Elysees Blouses gehörte. Pola und Moishe hatten die Firma 1950 gegründet.

Pola und Moishe hatten sich 1946 in Paris im Hotel Lutétia kennengelernt. Beide hatten soeben in Polen den Krieg überlebt – sie in einem Versteck, er in einem Arbeitslager. Und nun kümmerte man sich im Hotel Lutétia um sie.

Während des Krieges hatte das Hotel Lutétia das Pariser Hauptquartier der Gestapo beherbergt. Jetzt war es Sammelpunkt für die wenigen Juden, die das Europa der Nazis überlebt hatten.

117

Pola und Moishe wohnten im gleichen Stockwerk des Lutétia. Sie begannen miteinander zu sprechen. Schon bald trafen sie einander morgens im Hotelfoyer. Dann verbrachten sie die Tage miteinander.

Nach zwei Wochen hielt Moishe um Polas Hand an. Pola sagt: »Nie im Leben! Ich will nicht heiraten. Ich will ein bißchen leben, ich will erwachsen werden. Ich bin einundzwanzig und hatte noch nie einen Freund. Die meisten Dinge, die ein normales Mädchen tut, habe ich nie getan. Ich weiß nicht, wer ich bin und wo ich bin. Ich weiß nur, daß ich nicht heiraten will. Jetzt nicht und nie.« – »Nie soll man nie sagen«, sagte Moishe. Drei Wochen später heirateten Pola und Moishe.

Sie zogen vom Hotel Lutétia in eine kleine Einzimmerwohnung in der Rue de Rennes. Ihre Wohnung im sechsten Stock in der Rue de Rennes teilten Pola und Moishe mit einer Familie dunkelbrauner Ratten. Brot, Kaffee, Tee, Zucker und sogar Butter bewahrten Pola und Moishe in Zeitungspapier eingewickelt auf; diese Päckchen hingen in Kissenbezügen von einem Haken in der Wand.

Eines Tages wollte Pola einen ihrer Schuhe aus dem Schrank nehmen. In dem Schuh überraschte sie eine schlafende Ratte. Die Ratte lief an Polas Arm empor. Pola brach in Tränen aus. Die Ratte kackte ihr auf den Rock. »Ich wußte, daß ich besser nicht geheiratet hätte«, sagte Pola zu Moishe.

Pola und Moishe erlebten auch schöne Dinge in Paris. Sie machten lange Spaziergänge am Fluß. Sie gingen in den Zoo. Sogar damals, kurz nach dem Krieg, war Paris die Stadt der Verliebten. Pola und Moishe lernten einander allmählich kennen. Es war eine Zeit des Ausruhens und der Erholung. In gewisser Weise waren es Flitterwochen.

Sie warteten darauf, ihre Ausreisepapiere ausgehändigt zu bekommen. Moishe brachte Pola das Schlittschuhlaufen bei. Sie fütterten Tauben im Jardin du Luxembourg. Arm in Arm gingen sie neben anderen Liebenden in den Tuilerien und am Boulevard St. Germain spazieren. In späteren Jahren erinnerte sich Pola, wenn andere Leute von der Schönheit der Stadt Paris schwärmten, nur an die Ratten.

Drei Monate bevor Pola und Moishe nach Australien abreisten, kam das Baby Sam zur Welt. Bei der Geburt ihres Sohnes weinte Pola vor Glück. Sie hatte in der Nacht nach ihrer Befreiung aus dem Keller, in dem sie das letzte Kriegsjahr verbracht hatte, einen Traum gehabt. Ihr Vater, der in dem Keller gestorben war, war in dem Traum zu ihr gekommen. »Pola, meine Tochter«, sagte er, »Eines Tages wirst du einen Sohn bekommen. Und dieser Sohn wird alle Väter und alle Söhne unserer Familie in sich tragen. Ich werde in ihm existieren. Dein Großvater ebenfalls. Und der Großvater deines Großvaters. Wir werden alle da sein. Sobald du deinen Sohn siehst, wirst du uns sehen.«

Sam war ein wunderschönes Baby. Er hatte ein kluges Gesicht und eine friedliche Wesensart. Pola sah, daß ihr Vater recht gehabt hatte. Sam sah genauso aus wie er.

Moishe war ebenfalls in seinen Sohn vernarrt. Jeden Tag küßte er ihn Hunderte Male. Als Sam zwei Monate alt war, nahm Moishe ihn mit zum Kasperletheater im Bois de Boulogne. Auf der Straße zeigte er ihm Hunde und Katzen und Vögel. Die Namen der Tiere wiederholte er für Sam auf jiddisch, auf französisch und auf englisch. Sobald er Sam erblickte, hatte Moishe gesehen, daß Sam Moishes Mutter wie aus dem Gesicht geschnitten war. Auch Sams Augen erkannte Moishe wieder: Es waren die seiner jüngsten Schwester Chana. Chana und ihre Mutter waren im Ghetto an Tuberkulose gestorben.

Moishe hatte gehofft, daß Sam in Australien geboren werden würde. Jeden Tag war er zur Australischen Botschaft gegangen, um nachzufragen, ob die Visa erteilt worden waren. »Ich will, daß mein Kind in Australien geboren wird. Ich will, daß es durch und durch Australier wird«, hatte Moishe gefleht. Doch die Bürokratie ließ sich nicht beschleunigen.

Die Ganzes gelangten im Mai 1949 nach Australien. Den ersten Monat wohnten sie in einem Obdachlosenheim in Bonegilla. Pola und Sam schliefen im Frauentrakt. Moishe schlief im Männerschlafsaal. Polas Bett stand mitten in vielen Reihen von Betten. Die Toiletten waren draußen. Nachts gab es kein Licht. Sam ging es nicht gut. Er hatte Durchfall. Nachts wechselte Pola seine Windeln im Dunkeln. Sobald er eine frische Windel anhatte, bekam er neuen Durchfall. Pola hatte Australien voller Unruhe entgegengeblickt. Australien sollte sich als schlimmer erweisen als ihre schlimmsten Befürchtungen.

Moishe fand ein nettes Zimmer in Brunswick. Die Jüdische Wohlfahrtsorganisation besorgte Möbel für das Zimmer, und die Ganzes zogen ein. Moishe war glücklich. Es ging bergauf.

Pola zog ihr bestes Kleid an und ging zu Georges, dem nobelsten Bekleidungsgeschäft von Melbourne. Sie nahm einen Bleistift und einen Notizblock mit. In der Umkleidekabine der Abteilung für Damenmoden zeichnete Pola hastig ein halbes Dutzend der Blusen, die in dem Geschäft ausgestellt waren.

Moishe kaufte Stoff. In ihrem Zimmer in Brunswick

nähten Pola und Moishe die Blusen nach. Mehrere kleine Läden in Melbourne bestellten diese Blusen bei Moishe. Champs Elysees Blouses war aus der Taufe gehoben.

»Mum«, sagte Sam, »ich habe eine Anzahlung auf ein Buffet geleistet. Es ist eine wunderschöne Antiquität, und es wird eine prima Geldanlage sein. In ein paar Jahren wird es doppelt soviel wert sein, wie ich dafür gezahlt habe.« – »Schon recht, mein Schatz«, sagte Pola. Sie sah es gern, wenn Sam glücklich war.

»Es war sehr teuer«, sagte Sam. »Aber dieses Buffet ist einmalig. So etwas findest du nie wieder, und in meiner Bude wird es umwerfend aussehen. Ich habe es Ruth gezeigt, und sie war sofort hingerissen.«

Leider war Mrs. Ganz von Ruth überhaupt nicht hingerissen. Sie war der Ansicht, Ruth habe Sam aus Berechnung geheiratet. Ruth entstammte einer armen Familie. An den Lebensstil der Wohlhabenden hatte sie sich schnell gewöhnt. Zu schnell, fand Pola.

»Nun, ja, Liebling, viel Spaß mit dem Buffet«, sagte Pola. »Wieviel hast du dafür bezahlt?«

»Fünfzigtausend«, sagte Sam.

»Was, bist du verrückt geworden? Fünfzigtausend? Hat es achtzehnkarätig vergoldetes Eßbesteck in den Schubladen? Bist du völlig meschugge? Ja, das bist du, du bist übergeschnappt.«

Schließlich beruhigte sich Pola. Es war nur Geld, dachte sie. Sam war ihr einziger Sohn. Was hatte es schon zu bedeuten? Er schadete niemandem mit dem Kauf. Pola hatte dennoch das Gefühl, daß es nicht klug wäre, Moishe auf die Nase zu binden, daß Sam für ein Buffet fünfzigtausend Dollar bezahlt hatte.

Wenn Moishe sich über Sam ärgerte, nannte er ihn einen
»kleinen Prinzen«. »Er hat keine Ahnung, was es heißt,
schwer zu arbeiten, sein eigenes Geld zu verdienen«, sagte
Moishe dann.

Moishe war von Sam enttäuscht. Nicht daß er das laut
sagte. Moishe war der Ansicht, daß man Probleme ge-
wichtiger machte, indem man darüber sprach. Sam war ein
schlechter Schüler gewesen und hatte das Abitur nicht
bestanden. Die Ganzes hatten keine Wahl gehabt. Sie hatten
Sam in die Firma genommen.

Pola und Sam kamen überein, daß Sam das Buffet mit
drei Schecks bezahlen würde. Seinem Vater würde er erzählen, er kaufe drei Möbelstücke, nicht eines. Fünfzigtausend
Dollar für drei Möbel würde vertretbar erscheinen.

Moishe achtete nicht auf Sams Einkäufe. Er hatte andere
Sorgen. Seine beiden Töchter wollten ihre Ehemänner verlassen. Moishe war ratlos.

Letzte Woche hatte Debbi, die ältere Tochter, ihm eröff-
net, daß sie ihren Ehemann Oscar verlassen werde. Sie sagte,
sie liebe Adrian Gartener. Moishe konnte keinen großen
Unterschied zwischen Oscar und Adrian Gartener sehen.
Warum Debbie ihre Liebe vom einen auf den anderen über-
trug, ging über Moishes Begriffsvermögen.

»Liebe, Liebe«, sagte er erbost zu Pola, »immer führen
sie das große Wort Liebe im Mund. Und nicht einfach
Liebe, sondern LIEBE mit Großbuchstaben. Sag mir, Pola,
kannst du sehen, warum dieser Adrian Gartener mehr sein
soll von einem Mensch als Oscar Kreutzer? Beide sind sie
Pizer.«

Helen, die andere Tochter der Ganzes, suchte ebenfalls
nach Selbstverwirklichung. Sie hatte zu ihrem Vater gesagt:

»Issy ist ganz in Ordnung. Er ist nett und lieb zu den Kindern, aber ich ertrage es nicht, wenn er mich anrührt. Nicht daß er das so oft tun würde. Zum Glück interessiert er sich dafür überhaupt nicht. Aber wenn er sich mir im Bett nähert, wird mir ganz schlecht.«

Pola Ganz wußte, daß Helen mit einem ihrer Kollegen an der Universität von Melbourne eine Affäre gehabt hatte. Sie hatte Helen eingeschärft, sich auf keinen Fall etwas anmerken zu lassen. »Schätzchen, nur wegen ein paar Minuten Gehopse im Bett eines anderen schmeißt man nicht weg einen guten Ehemann«, hatte sie zu ihrer Tochter gesagt.

Die Ganzes hatten ihren Schwiegersöhnen das Studium finanziert. Danach hatten sie ihnen ihre Firmen finanziert. Sie hatten Issy eine Anwaltskanzlei gekauft und Oscar eine Zahnklinik.

Moishe fand es ermüdend, an seine Töchter zu denken. Er hatte gehofft, die Zeiten seien vorbei, in denen seine Kinder ihm Sorgen bereiteten. Was war nur mit den jungen Leuten heutzutage los? Sie hatten kein Durchhaltevermögen. Sie mußten immer alles sofort haben. Kein Wölkchen durfte ihr Liebesleben trüben. Ihr Sex mußte aus den neuesten und ausgesuchtesten Manövern bestehen. Wenn sie nicht gleichzeitig mit dem Partner ihren Orgasmus hatten, sahen sie sich nach einem neuen Partner um.

Und Liebe? Zärtlichkeit? Geduld? Loyalität? Für seine Kinder war das Leben zu flüchtig, um Platz für Liebe zu bieten, dachte Moishe.

Pola und Moishe hatten ihren Kindern alles gegeben. Die Kinder waren verzogen und verzärtelt worden. Moishe hatte Champs Elysees Blouses einen Häuserblock von der Elwood-Grundschule entfernt angesiedelt, damit Pola mittags Sam und den Mädchen heiße Suppe bringen konnte.

Und doch waren seine Mädchen immer noch besser als die Töchter anderer Leute, dachte Moishe. Man denke nur an die arme Renia Bensky! Ihre Lola, die in der Schule so aufgeweckt war, hatte sich geweigert zu studieren. Und dann hatte sie einen Goj geheiratet. Aber durch den Ehestand, dachte Moishe, war Lola wenigstens Frau und Mutter geworden. Vorher war sie ein Hippie gewesen. Überall, sogar in der Collins Street, war sie barfuß gegangen, mit Glöckchen um den Hals und in schmutzigen langen Gewändern. Moishe hatte Renia Bensky zutiefst bedauert.

Und, dachte Moishe, seine Debbi und seine Helen waren immer noch besser als Genia Pekelmans Esther. Esther war nervös und geistesabwesend. Sie konnte keinen Satz zu Ende sprechen. Sie war blind vor Furcht. Letztes Jahr war sie bei Gelb über eine Kreuzung gefahren und hatte einen alten Mann getötet. Sie hatte ihn nicht gesehen. Izak und Genia Pekelman hatten die Familie des alten Mannes aufgesucht, um zu fragen, ob sie etwas für sie tun könnten. Die Familie hatte gesagt, die Pekelmans könnten nichts für sie tun. Es gab keine Zeugen; der Tod war von der Polizei als Unfall registriert worden. Izak spendete dem Royal Children's Hospital im Namen des Toten eine beträchtliche Summe.

Sam Ganz hatte ein Problem. Der Preis, den er für das Buffet ausgehandelt hatte, betrug siebzigtausend, nicht fünfzigtausend. Er wußte, daß seine Eltern kein Verständnis dafür haben würden. Sie waren eben nicht besonders kultiviert, dachte Sam. Sie hatten keine Ahnung von Antiquitäten. Er mußte die zwanzigtausend Dollar auftreiben.

Alle Ausgaben, die Sam und Ruth machten, gingen durch die Firmenbücher. So kam es, daß Pola genau darüber auf dem laufenden war, wieviel Geld Ruth jede Woche bei Figgins und Georges und David Jones ausgab.

Sam runzelte die Stirn. Er mußte einen Weg finden, die zusätzlichen zwanzigtausend Dollar zu bezahlen. Vielleicht konnte er seinem Freund Solly Rosenberg einen Scheck über den Betrag geben. Moishe konnte er dann erzählen, er habe Solly für einen sehr guten Preis seinen Computer abgekauft, für zu Hause. Und Solly konnte ihm einen Barscheck über zwanzigtausend ausschreiben, den er dem Antiquitätenhändler geben konnte.

Bei Champs Elysees Blouses verdiente Sam hunderttausend Dollar im Jahr. Außerdem erhielt er ein Fünftel des Firmengewinns. Sam war ein reicher Mann, aber er kam sich vor wie ein kleiner Junge, der über sein Taschengeld nicht frei verfügen durfte. Mit dieser Unbill fand Sam sich ab. Hin und wieder kam ihm der Gedanke, etwas zu tun, was ihn mehr interessierte, aber ihm fiel nichts ein.

Jeden Winter fuhren Pola und Moishe für drei Wochen nach Surfers Paradise. Pola fuhr Anfang Juni hin, und wenn sie drei Wochen später zurückkam, fuhr Moishe. Sie waren beide der Ansicht, daß sie nicht gleichzeitig die Firma allein lassen konnten.

»Wenn Sam geschäftsführender Manager ist, dann sollte er in der Lage sein, die Firmengeschäfte auch zu führen«, sagte Ada Small oft zu den Ganzes. »Moishe, Sam ist zweiunddreißig. Er ist kein Säugling. Er kann auf die Firma aufpassen.« Aber Pola und Moishe waren trotzdem der Ansicht, daß es unklug wäre, wenn beide gleichzeitig verreisten.

Jeden Sonntag traf sich die gesamte Familie Ganz zum Mittagessen. Sam, Debbi und Helen, ihre Ehegatten und ihre Kinder kamen zu Pola und Moishe nach Hause. Polas

Haushälterin Mrs. Staub kochte. Pola gehörte zu den wenigen Frauen in ihrem Zirkel, die eine echte Hausangestellte hatten. »Ich arbeite den ganzen Tag. Warum soll ich noch mehr arbeiten, wenn ich nach Hause komme?« sagte Pola. Sie hatte immer das Bedürfnis, sich dafür zu rechtfertigen, daß sie eine Haushälterin hatte. Mrs. Staub war eine exzellente Köchin. Polas Freundinnen und Polas Kinder fanden Mrs. Staubs Mahlzeiten minderwertig, weil Pola sie nicht eigenhändig zubereitet hatte.

An diesem Tag hatte Mrs. Staub gefilte Fisch, gehackte Leber, einen Salat aus geriebenem Ei und Zwiebeln, Kartoffelsalat, Brathuhn und Hühnerbrustschnitzel für die Kinder und ein Lachspastetchen für Issy vorbereitet.

Issy Segal war ein heikler Esser. Jeden Tag aß Issy zum Frühstück einen Teller Kelloggs-Cornflakes. Dieses Frühstück aß er seit zwanzig Jahren, seit seinem zehnten Lebensjahr. Zum Lunch aß er ein Käsesandwich. Weißbrot mit Havartikäse. Siebzehn Jahre lang hatte Issy eine Scheibe Kraft-Cheddar auf seinem Sandwich gehabt. Eines Tages hatte Debbi zu ihrem Schwager gesagt: »Könntest du nicht einmal einen anderen Käse probieren? Einen echten Käse. Das Zeug, das du ißt, ist reines Plastik. Probier es mal mit Havarti.« Das tat er. Und jetzt aß er Havartikäse auf seinem Sandwich. Letztes Jahr hatte Debbi Issy vorgeschlagen, es einmal mit Jarlsbergkäse auf seinem Sandwich zu versuchen. Issy hatte gesagt, er sei mit Havarti rundum zufrieden.

Jeden Sonntag stocherte Issy in seinem Lachspastetchen herum. Die übrigen Familienmitglieder aßen mit gesundem Appetit. »Der gefilte Fisch ist heute besonders gut«, sagte Pola. »Letzte Woche konnte man in ganz Melbourne keinen Murray-Barsch bekommen. In den Läden, wo es Murray-Barsch gab, hat er gekostet ein Vermögen. Jedes Pessach ist es so. Die Fischgeschäfte sparen ihre Vorräte an Murray-Barsch bis kurz vor Pessach auf und setzen die Preise hoch, weil sie wissen, daß sie zu Pessach das Doppelte verlangen können.«

»Mum, wir können es uns leisten, für Murray-Barsch etwas mehr zu bezahlen«, sagte Debbi. »Du hast leicht reden«, sagte Pola. »Hört sie nur!« fuhr Pola fort. »Sie sagt: ›Wir können uns das leisten.‹ Wer ist ›wir‹, der sich das leisten kann? Wer ist ›wir‹, der das Geld verdient hat, um diesen Murray-Barsch zu bezahlen? Bist du das, meine inniggeliebte Tochter?«

Zum Glück ließ in diesem Augenblick eines der Enkelkinder ein Stück rote Bete auf sein weißes Hemd fallen und lenkte alle von der Frage ab, wer in dieser Familie das Geld verdiente.

Das Thema Geld wurde von dem Thema Essen abgelöst. Pola, Debbi und Helen versuchten die Kinder zum Essen anzuhalten.

»Harry, nimm ein bißchen Huhn!«

»Melanie, iß bitte zuerst das Schnitzel und dann die Kartoffeln!«

»Jonathan, du mußt den Fisch aufessen, bevor du Salat bekommst!«

»Jason, du weißt, daß das Lachspastetchen für Daddy ist. Nimm einen Hühnerflügel!«

»Hast du schon etwas getrunken?«

»Trink die Limonade nicht aus, bevor du aufgegessen hast!«

»Iß nicht so viele Eier, sonst wird dir noch schlecht! Nimm ein paar Kartoffeln!«

»Iß mehr von dem Eiersalat, das tut dir gut!«

Nach dem Essen spielten Pola und Moishe mit den Enkeln, und Debbi und Helen spülten das Geschirr ab. Die Schwestern hatten sich nie gut miteinander vertragen. Sie hatten einander nie ins Vertrauen gezogen. Jede hielt die andere für die Lieblingstochter der Eltern. Doch sie hatten einige Gemeinsamkeiten. Beide wollten ihre Ehemänner verlassen. Beide fanden, daß bei ihrem Bruder Sam Hopfen und Malz verloren sei. Und beide haßten Ruth.

»Hast du gesehen, was Ruth heute anhat?« sagte Helen.
»Ich habe es bei Gucci gesehen. Es kostet dreitausend Piepen.«

»Dreitausend Piepen!« sagte Debbi. »Du lieber Himmel, wenn unsere Kinder groß sind, ist kein bißchen Geld mehr von der Firma übrig bei dem Tempo, mit dem Ruth es durchbringt. Und mir ist aufgefallen, daß sie wieder einen neuen Ring hat. Sam kauft ihr dauernd Schmuck. Aber als erstes hat Sam sich eine Ehefrau gekauft. So war es, mit seinem Auto und mit dem dicken Verlobungsring hat er Ruth gekauft. Und jetzt zahlt er immer weiter. Er ist ein Vollidiot.«

»Ich frage mich bloß, was sie hat, daß sie dieses viele Geld wert sein soll«, sagte Helen.

Helen erwog, ihrer Schwester von der Affäre mit Malcolm Bourke zu erzählen. Manchmal wünschte sie sich, ein vertrautes Verhältnis zu ihrer Schwester zu haben, doch in letzter Minute schrak sie immer zurück. Helen beschloß, Debbi nichts zu sagen. Debbi konnte das Wissen möglicherweise gegen sie verwenden.

Helen wußte, daß ihre Affäre mit Malcolm Bourke keine Zukunft hatte. Malcolm war kein Jude, und Helen konnte sich nicht vorstellen, mit einem nichtjüdischen Mann verheiratet zu sein. In der Gegenwart von Juden verspürte sie Trost und Vertrautheit und Geborgenheit.

Jüdische Männer waren Helen nur in Ausnahmefällen sexy erschienen. Als sie am Spülbecken ihrer Mutter stand, schloß Helen für einen Moment die Augen. Sie dachte daran, wie Malcolm sie leckte, sie stimulierte. Sie dachte daran, wie Malcolm ihre Pobacken streichelte, seinen Kopf zwischen ihren Beinen. Helen mußte sich festhalten. Ihre Beine gaben nach. Bei den wenigen Gelegenheiten, wenn sie und Issy miteinander schliefen, behielt er die Schlafanzugshose an. Helen schob ihr Nachthemd bis knapp über die Taille hoch. Drei Minuten lang waren sie in wortloser Kommunion vereint.

Helen fragte sich, ob sie jemals einen Juden kennenlernen würde, mit dem sie unbedingt vögeln wollte. Würde es jemals einen Juden geben, nach dem es sie gelüstete? Nach dem sie gierte? Der sie heiß machte?

Es gab Charles Roth. Er war der Anwalt der Familie. Er war klein, wortgewandt und feurig. Er war witzig und geistreich auf eine Weise, die Helen anziehend fand. Er war nicht dauernd mit sich selbst beschäftigt. Er wirkte unermüdlich. Seine Begeisterungsfähigkeit war ansteckend. Charles Roth hatte sich das Jurastudium finanziert, indem er abends in Jazzbars Klavier spielte. Inzwischen hatte er eine erfolgreiche Kanzlei und war ein vermögender Mann. Aber leider war Charles Roth verheiratet. Glücklich verheiratet, soweit Helen wußte.

Na, und wenn schon, dachte Helen. Sie würde sich bemühen, so viele jüdische Männer wie möglich kennenzulernen. Besser jetzt versuchen, einen neuen Ehemann zu finden, als in zehn Jahren, wenn sie nicht mehr die Jüngste sein würde. Alles wäre besser als die kurze Verknäuelung von Schlafanzug und Nachthemd.

»Es ist besser, wenn ich jetzt gehe«, hatte Helen gesagt,

als ihre Mutter vorschlug, sie solle warten, bis die Kinder älter waren. »Mum, die Kinder sind auch glücklicher, wenn ich glücklicher bin. Issy ist jeden Abend bis um acht in der Klinik. Sie sehen ihn sowieso fast nie. Wenn ich warte, bis ich vierzig bin, habe ich bis dahin wahrscheinlich vergessen, wie es ist, wenn man eine richtige Frau ist.«

»Helen, Herzchen, eine gute Ehe ist mehr als nur gut zu schtupen. Glaub mir, ich weiß, wovon ich spreche«, sagte Pola Ganz.

Helen und Debbi waren mit Abspülen fertig.

»Debbi, ich bin mit Issy nicht glücklich«, sagte Helen. »Können wir morgen irgendwo Kaffee trinken und reden?«

»Klar«, sagte Debbi. »Wir sehen uns um neun im Place.«

Debbi und Helen verließen Oscar und Issy in derselben Woche.

»Schau mal, Pola«, sagte Moishe, »wenn die Leute schon reden müssen, dann sollen sie das ganze Gerede über uns in einem Aufwasch erledigen. Um so besser, daß die Mädchen es gleichzeitig getan haben. Sonst hätten sich alle diese Woche das Maul über uns zerrissen und nächste Woche oder nächsten Monat oder nächstes Jahr wieder. Und jetzt haben sie doppelt soviel Vergnügen an ihrem Gerede, und wir müssen es nur einmal über uns ergehen lassen.«

Pola sah ein, daß das etwas für sich hatte. Jedermann in ihrem Freundeskreis würde die doppelte Freude am Versagen der Ganzes als Eltern empfinden, und die Ganzes würden die Demütigung nur die halbe Zeit ertragen müssen. Moishe konnte immer das Gute im Schlechten erkennen, dachte Pola.

»Moishe, meinst du, ich sollte mit Sam über diese Ruth sprechen?« sagte Pola. »Ich meine, Moishe, wenn schon die

Leute über uns reden müssen und Ehen enden müssen und Enkelkinder leiden müssen, dann sollte ich Sam vielleicht vorschlagen, daß er endlich dieses Luder Ruth verläßt. Drei Scheidungen wären auch nicht viel schlimmer als zwei. Vielleicht könnten wir bei einem Scheidungsanwalt Mengenrabatt bekommen. Schlimmer kann es nicht mehr kommen. Und Sams Schwestern, die genau wissen, was Sam durchmacht, können sich um ihn kümmern und ihn trösten. Moishe, was sagst du dazu?«

Moishe begann zu lachen. Er kannte Pola seit vierunddreißig Jahren, aber ihr Pragmatismus setzte ihn immer wieder in Erstaunen. »Pola, ich glaube, wir sollten seine Ehe oder seine Scheidungsabsichten Sam überlassen.«

Pola war enttäuscht, aber sie wußte, daß Moishe recht hatte. Dennoch konnte sie sich nicht zurückhalten, ein paar Erkundungen einzuziehen.

»Sammy, mein Schatz, brät dir Ruth dein Schnitzel so, wie du es magst?« sagte sie zu ihrem Sohn.

Sam sah sie verblüfft an. »Nein, Mum. Ruth brät keine Schnitzel. Sie fritiert nichts. Sie kann den Geruch von Backfett nicht ertragen. Sie sagt, es hängt ihr stundenlang in den Haaren.«

Pola schlug sich die Hände vor den Mund, um ihre Antwort für sich zu behalten.

Sam wunderte sich über das Interesse seiner Mutter an Ruths Kochkünsten. Er war froh, daß Pola dadurch abgelenkt war. Sam brauchte etwas Ruhe und Frieden. Gestern hatte er einen Hutständer für zehntausend Dollar gekauft. Es war ein wunderschönes Stück. Es hatte himmelblaue Porzellanknäufe am Ende jedes Hakens und eine Porzellaneule als Fuß.

Jetzt mußte Sam einen Weg finden, den Hutständer zu

bezahlen, ohne daß die Transaktion in den Büchern von Champs Elysees Blouses auftauchte. Sam dachte sich, daß Pola und Moishe durch die Scheidungen vielleicht abgelenkt genug wären, daß ihnen der Kauf eines weiteren Computers nicht weiter auffiel. Den Schecktausch konnte er mit Solly Rosenberg wiederholen.

Moishe saß mit seinem Anwalt und seinem Buchhalter zusammen. Sie waren damit beschäftigt, die Finanzen der Familie zu ordnen, damit das Vermögen in Sicherheit war, falls sich im Verlauf der Scheidungsverfahren seiner Töchter Streitigkeiten über die Vermögensregelung ergeben sollten.

Moishe hatte Kopfschmerzen. Es gab keine Gütertrennung, alles war treuhänderisch zugunsten der Kinder, der Enkelkinder angelegt. Darüber hatten sich bereits eine Woche lang zwei Anwälte und zwei Buchhalter den Kopf zerbrochen.

Moishe sah, daß Sam sich schon wieder einen Computer gekauft hatte. Manche Menschen sind leicht zufriedenzustellen, dachte er. Wenn doch seine Töchter auch mit einem neuen Computer zufrieden wären.

Eine Mischehe

Seit dem Tag, an dem Lola sich in einen anderen Mann verliebt hatte, roch ihr Mann schlecht. Es war wie der Geruch von altem, süßlichem Käse. Er ging von seinem Körper aus und hing als dichte Wolke über dem Bett. Lola wurde davon übel.

Sie begann bei offenem Fenster zu schlafen. Seit fünfunddreißig Jahren hatte sie hinter Riegelschlössern, Kombinationsschlössern und Eisenriegeln gelebt; die Einbruchssicherung war jedes Jahr überholt worden. Jetzt verblaßte ihre Furcht vor Vergewaltigern, Einbrechern und Mördern neben ihrem Abscheu vor dem Geruch.

Er kam aus seinen Ohren, von seinen Füßen, seinen Händen und seinem Hals. Wenn er duschte, konnte sie den Geruch im Badezimmer riechen. In der Küche kroch er über den Frühstückstisch. Er floß in ihren Kaffee und drang in ihren Grapefruitsaft.

Argwöhnte Rodney etwas? War das die Reaktion seines Körpers? Wie bei einem Stinktier, das Gestank absondert, wenn es sich bedroht fühlt?

Aber Rodney wußte nicht, daß sie jemand anderen liebte. Sie war ihm seit dreizehn Jahren vorbildlich treu gewesen.

Und mehr noch, sie waren das ideale Paar. Lola gefiel die Vorstellung von sich selbst als dunkle Jüdin mit widerspenstigem Haar und großen Augen neben dem großen, blassen Sohn aus den besten Kreisen der Stadt.

Der Geruch setzte sich in Lolas Kehle fest. Sie konnte nicht mehr essen. Sie stand auf und rief ihre Kinder über das Haustelefon. »Kinder, in fünf Minuten müssen wir los, sonst kommt ihr zu spät in die Schule.« Lola war noch nie zu spät gekommen. In allen Jahren ihrer psychotherapeutischen Behandlung war sie noch nie zu einer Sitzung zu spät gekommen. Lola lieferte ihre Kinder gerne möglichst früh in der Schule ab. Das ließ genug Zeit für eventuelle Verkehrsstauungen, geplatzte Reifen, Motorschäden und andere Notfälle. Lola hatte das Gefühl, jedem Notfall gewachsen zu sein und dennoch garantiert nicht zu spät zu kommen.

Am Vorabend von Lolas erstem Schultag hatte ihre Mutter ein ernstes Gespräch mit ihr geführt. Die Familie lebte seit drei Jahren in Australien. Mr. und Mrs. Bensky arbeiteten tagsüber an Nähmaschinen in der Fabrik und abends an Nähmaschinen zu Hause. »Lolala, meine kleine Lolala«, sagte Mrs. Bensky, »du wirst jetzt mit australischen Kindern in die Schule gehen. Ich möchte, daß du nie vergißt, daß ein jüdischer Junge der beste Ehemann für dich sein wird. Australische Jungen lernen von ihren Vätern Bier trinken und ihre Ehefrauen verprügeln. Meine kleine Lolala, was weißt du schon, was es heißt, verprügelt zu werden? Schlechter behandelt zu werden als ein Hund?«

Lola konnte sich nicht vorstellen, daß irgend jemand die wunderschöne Mrs. Bensky verprügelte. Sie wußte, daß die Nazis das getan hatten. Sie hatten eine Nummer auf

Mrs. Benskys schlanken starken Arm tätowiert. Jedem, der sie fragte, erzählte Lola, es sei ihre Telefonnummer.

»Lolala, sieh dir nur Mrs. Steins Tochter an! Sie hat jemanden geheiratet, der kein Jude ist. Einen netten Mann, dachten wir. Einen Buchhalter. Schau sie dir an, Lolala! Drei Kinder, kein Geld, überall Schmutz. Er geht jeden Abend direkt von der Arbeit in die Kneipe, und wenn er nach Hause kommt, verpaßt er ihr einen Klapp auf den Kopf, was sich gewaschen hat. Und das wird auch dir passieren, Lolala, wenn du einen Australier heiratest.«

Lola wunderte sich nicht über diese Aussicht auf familiäre Gewalt. Lola wußte, daß sie nicht einmal annähernd wußte, wie furchterregend das Leben war. Sie wußte, daß überall Gefahren lauerten und daß das Leben darin bestand, daß man immer wieder mit knapper Not entkam. Als Dreizehnjährige verfügte sie über ein hochentwickeltes und komplexes Instrumentarium zur Abwehr böser Geister. Sie mußte alle Türgriffe und Schrankgriffe in ihrem Schlafzimmer zehnmal in der richtigen Reihenfolge berühren, von links nach rechts, bevor sie ins Bett ging. Dann konnte sie einschlafen.

Sonntagabends sah die Welt für Lola heiterer aus. Nachmittags buk Mrs. Bensky einen Biskuitkuchen, der jedesmal mit einer weichen braunen Oberfläche wie zarter Samt aus dem Ofen kam. Als nächstes stellte sie die Schalen auf den Tisch. Eine Schale mit dunklen, glänzenden Pralinen, eine mit zierlichen Zweiglein voller Muskatellerrosinen und Mandeln, eine Schale mit schwarzen, fetten Pflaumen und eine Schale mit Sirupbonbons mit Fruchtgeschmack.

Dann bereitete sie das Abendessen zu. Es war immer das gleiche Essen. Salat aus geriebenem Ei und Frühlingszwiebeln, Hering in Schmalz, geräucherte Makrele, gehackte

Leber, Dillgurken, Radieschen in Blütenform, Tomaten-scheiben, Roggenbrot und Mazzen. Danach stellte sie in dem kleinen Salon vier Kartentische und Klappstühle auf. Um vier Uhr legten Mr. und Mrs. Bensky sich für eine Stun-de aufs Ohr. Gegen acht Uhr hing schweres Parfüm und Zigarettenrauch in der Luft. Mrs. Ganzes lange, glänzende Nägel funkelten, wenn sie die Karten austeilte. Lola liebte Mrs. Ganzes heisere Stimme und das Wogen ihres Busens, wenn sie ein- und ausatmete.

Mr. Ganz machte Mr. Berman Vorhaltungen: »Chaim, was bist du nur für ein Idiot! Du gehst mit geschlossenen Augen durchs Leben. Wenn du dich mit einem Idioten wie Felek Ganzgarten zusammentust, wird das dein Ruin sein. Das darfst du nicht tun.«

»Meine Herren, meine Herren«, sagte Mr. Bensky tadelnd in seinem förmlichsten Englisch.

Mrs. Small sang beim Spielen leise. »Motl, Motl, wos werd sajn mit dir, der Rebbe sogt, du kanst nit lernen.«

Und Mr. Small steckte Lola wie jedesmal ein paar sehr teure, große, schokoladenüberzogene Likörpflaumen zu. Mr. Zelman pfiff ein altes polnisches Wiegenlied, während er seinen Gewinn schwungvoll in seine Ecke schob.

Manchmal war das Stimmengewirr im Salon leise und friedvoll, andere Male war die Atmosphäre erregt. Spielzüge wurden angezweifelt, Neuigkeiten wurden verkündet, Ge-rüchte wurden unterdrückt oder diskutiert, Ratschläge wur-den erteilt und angenommen, Geld wurde gewonnen und verloren.

Mrs. Bensky spielte nie. Sie machte Tasse um Tasse schwarzen Tees mit Zitrone, füllte Soda in Gläser nach, leer-te die Aschenbecher und trug das Abendessen auf.

Während sie die Kinder zur Schule fuhr, erinnerte Lola sich an den dreiundzwanzigjährigen Rodney, dessen Sprechen fast ein Stottern war und in kurzen Ausbrüchen erfolgte. Er hatte immer viel glücklicher gewirkt, wenn er nichts sagen mußte. Und dann konnte Lola sich nach Herzenslust seine Gedanken ausmalen. Eines Tages hatte Rodney ihr erklärt, daß er nie heiraten wolle. Er sagte, er müsse sich dann zu viele Sorgen machen, daß seine Frau ihn verlassen könne. Diese Enthüllung paßte nicht zu Lolas Bild von Rodney. Sie hielt ihn für unabhängig, verschlossen und gelassen. Die Vorstellung, daß nicht sie diejenige war, die sich Sorgen machen mußte, man könne sie verlassen, gefiel Lola. Sechs Wochen später heirateten sie.

Lola und Rodney wurden gute Freunde. Sie lachten miteinander. Sie waren gute Eltern, und unbändiger Stolz auf ihre zwei schönen und aufgeweckten Kinder einte sie.

Die ersten Jahre ihrer Ehe war Lola von Rodneys Blondheit entzückt und völlig beglückt. Sie lag stundenlang wach neben ihm und betrachtete die glitzernden goldenen Härchen auf seinen Armen.

Lola setzte die Kinder ab und parkte den Wagen auf dem Parkplatz des Supermarkts. Sie ging zu einem Taxistand und nahm ein Taxi zu Garths Wohnung.

Unterwegs kamen ihr die Täuschungsmanöver und die Anspannung des letzten Monats kurz zu Bewußtsein, doch das Glücksgefühl war stärker und überdeckte sie.

Garth erwartete sie. Sein Lächeln war so breit, als könne es ihn vom Erdboden heben. Er zitterte, als er sie in die Arme schloß. Er hatte Kaffee gemacht. Sie sah ihm beim Einschenken zu.

Als sie sich das erste Mal geliebt hatten, war Lola sich vorgekommen wie eine Jungfrau. Sie und Rodney hatten Sex als etwas Gemütliches, Kameradschaftliches behandelt. Jetzt erfüllte sie schmerzliches Sehnen. Sie hatte ganz vergessen, was es hieß, sich nach einem Mann zu verzehren. Es war wie der Aufschrei einer Violine zwischen ihren Beinen.

Abends sagte Rodney beim Essen: »Ich glaube, Garth Walker ist in dich verliebt.«

»Was?« sagte sie.

»Ich habe gesehen, wie er dich anschaut«, antwortete Rodney. »Er wendet den Blick nicht von dir ab. Er redet mit den Kindern und schaut dabei dich an. Er redet mit mir und schaut dich an.«

»Sei nicht albern!« sagte Lola. Ihr wurde übel.

»Du bist in ihn verknallt«, sagte Lolas engste Freundin Margaret-Anne. »Das vergeht wieder. In ein paar Jahren ist es zwischen dir und Garth wie zwischen dir und Rodney. Mach dich nicht unglücklich für nichts und wieder nichts!«

Lola träumte davon, eine andere Frau für Rodney zu finden. Sie würde eine intelligente, belesene, humorvolle Frau für ihn finden, und sie würden alle Freunde sein. Sie würden sich einen kleinen Block mit Wohnungen kaufen und zu großen Wohnungen umbauen. Sie würden gemeinsam essen. Gemeinsam Ferien machen. Und den Kindern würde nichts fehlen. Die Aussicht auf dieses glückliche Gemeinschaftsleben machte, daß Lola sich erschöpft vorkam.

Lola wußte, daß es nicht leicht sein würde, Mrs. Bensky zu sagen, daß sie Rodney verlassen wollte.

»Weil es Hitler nicht gelungen ist, mich umzubringen, willst du es jetzt für ihn tun!« schrie Mrs. Bensky.

Mr. Bensky sagte: »Das Arbeitslager habe ich überlebt, damit du mir so etwas sagst? Ich wollte, ich wäre dort gestorben.«

Mrs. Bensky rief Rodney an und sagte, sie werde sich um seine Wäsche kümmern. Sie sagte, sie wolle Rodney die Demütigung ersparen, seine Kleidung von einer Ehefrau waschen zu lassen, die in einen anderen verliebt war.

Seit dem Tag, an dem sie ihnen gesagt hatte, daß sie Rodney heiraten wolle, hatte Lola ihre Eltern nicht mehr so fassungslos gesehen.

»Lolala, Lolala, wie kannst du uns so etwas antun?« hatte Mrs. Bensky damals gejammert. »Was sollen unsere Freunde dazu sagen? Sie werden sagen, daß wir dich nicht gut erzogen haben. Sie werden sagen, daß wir dich nach Mount Scopus und nicht auf eine australische Schule hätten schicken sollen. Lola, hol mir meine Magentropfen! Mir ist nicht gut.«

Jetzt waren Mr. und Mrs. Bensky untröstlich. »Lola, du und Rodney, ihr wart unsere große Hoffnung, unser Paradebeispiel für eine gute Mischehe. Alle sagen, was für ein wunderbarer Mensch Rodney ist und was für ein wunderbares Paar ihr seid. Lolala, wach auf!« rief Mrs Bensky.

Fast ihr ganzes Erwachsenenleben hindurch war es Lola schwergefallen, aufzuwachen. Sie erging sich in Tagträumen beim Putzen, beim Autofahren, beim Lesen und beim Fernsehen und wenn andere mit ihr sprachen. Hin und wieder nickte sie, und im allgemeinen fiel es niemandem auf.

Sie besaß ein ganzes Repertoire an Wunschträumen, in die sie sich flüchten konnte. Wenn Mrs. Bensky ihre regelmäßige Standpauke zum Thema Abnehmen hielt, schaltete Lola auf den Traum um, in dem sie gerade ihren fünften Bestsellerroman geschrieben hatte. Einen Roman, der Millionen Leser zum Weinen gebracht hatte. Einen Roman, der

Lola Hunderttausende Dollar eingebracht hatte. Einen Roman, der in den Salons von Paris, London und New York hitzige Debatten verursacht hatte. Letzte Woche wurde Lola, als Mrs. Bensky ihre Strafpredigt beendete, gerade von Johnny Carson in seiner *Tonight*-Sendung interviewt.

Wenn sie mit Garth zusammen war, war Lola hellwach. So wach, daß sie jeden einzelnen Körperteil spürte. Sie spürte ihr klopfendes Herz. Sie spürte ihre Knie. Ihr war, als könne sie die Erde einatmen und die Sterne berühren.

Garth brachte ihr die Kunst nahe. Er spielte ihr Musik vor. Mahler, Satie, Berg, Poulenc, Glass, Strawinsky. Er las ihr Gedichte vor. Gedichte von Achmatowa, Zwetajewa, Brodsky, William Carlos Williams. Gedichte von Anne Sexton. Und er sah sie unablässig an. Er sah sie an, während sie spazierengingen. Er sah sie an, während sie sich unterhielten. Er sah sie an, während sie aßen. Er sah sie an, während sie sich liebten. Und er malte sie. Er malte sie in ihrem Glück, und er malte sie in ihrer Traurigkeit. Er malte sie schmerzerfüllt, und er malte sie frohlockend. Er malte sie als Madonna, und er malte sie als kriegerische Königin, als Boadicea, die über die Leinwand jagt. Hunderte solcher Porträts lehnten an den Wänden seines Ateliers.

Mr. und Mrs. Bensky hatten Lolas Leben bis in jede Einzelheit überwacht. Was sie aß, wie oft sie die Unterwäsche wechselte, mit wem sie auf dem Schulhof sprach. Mrs. Bensky beobachtete Lola beim Mittagessen, nachdem sie ihr das tägliche warme Essen gebracht hatte. Später führte Mrs. Bensky auf einem Kalender im Küchenschrank Buch über Lolas Monatszyklus. Und das Haustelefon, das in allen Räumen installiert war, wurde nie ausgeschaltet.

Alles war eine potentielle Katastrophe. Ein Schnupfen deutete auf Lungenentzündung hin, ein Husten war das erste Anzeichen von Asthma, Magenschmerzen kündeten von Nieren- und Leberproblemen. Wurde unerwartet an die Tür geklopft, hielt Mrs. Bensky den Atem an, und wenn Lola sich einmal auf dem Nachhauseweg verspätete, rechnete Mrs. Bensky mit dem Schlimmsten.

Lola, die sich noch immer darüber beklagte, daß nichts, was sie tat, dem Argusauge ihrer Eltern entging, wurde selbst eine argusäugige Mutter. Ihren Sohn Julian liebte sie abgöttisch. Die ersten anderthalb Jahre seines Lebens verzeichnete sie seine gesamte Darmtätigkeit. Sie legte eine Tabelle an, deren Rubriken sie mit den Überschriften »Zeitpunkt«, »Größe«, »Beschaffenheit« und »Farbe« versah. Eine weitere Tabelle verzeichnete jeden Bissen, den der kleine Julian zu sich nahm. Die Rubriken lauteten »Nahrung«, »Qualität«, »Menge«, »Zeitpunkt« und »Einstellung«.

Als ihre Tochter Paradise geboren wurde, sah Lola ihr Elternsein etwas gelassener. Sie erlaubte Paradise, streunende Hunde zu streicheln und vom Küchenfußboden zu essen. Paradise schmierte stundenlang ihre Mahlzeiten auf die viereckigen braunen Fliesen unter dem Tisch, bevor sie sie abkratzte und in den Mund steckte.

Lola machte sich Sorgen über die Folgen, die es haben konnte, daß sie Paradise vom Boden essen ließ, doch sie tröstete sich mit dem Gedanken, daß Paradise zumindest eine gute Esserin war. Julian war ein so heikler Esser, daß Lola so tun mußte, als wäre alles, was sie ihm zu essen gab, Hühnchen. Der größte Teil von Julians Hühnchenschokoladenpudding oder Hühnchenobstsalat oder Hühnchenkotelett landete in Lolas Mund.

Mr. und Mrs. Bensky verbrachten die Samstagnachmittage fast jeden Sommer am Strand von St. Kilda. Die ganze Freundesschar ging dorthin. Mrs. Bensky brachte immer harte Eier und Roggenbrot mit, und Mrs. Ganz machte ihren speziellen Salat aus Möhren und Ananas. Die Zelmans brachten Schinken mit, und Mr. Pekelman brachte lange Schlangengurken aus seinem Garten.

Sie saßen unter den Teebäumen am Ufer auf dicken, weichen Matten und aßen und tranken und redeten. Der Italiener, der Erdnüsse verkaufte, freute sich immer, wenn er sie sah. Sie kauften zwölf große Tüten Erdnüsse. Genug Erdnüsse bis zum Abendessen.

Hin und wieder ging einer von ihnen ins Wasser. Die meisten aus der Bande konnten nicht schwimmen. Mrs. Bensky war die einzige gute Schwimmerin. Sie schritt in ihrem Goldlamébikini oder in ihrem zweiteiligen Badeanzug mit silbernen und violetten Tupfen oder in dem mit aufgenähten Latexblättern ins Wasser.

Als Kind trug Lola immer weite Badeanzüge, die auch an den Schultern gerüscht waren. Das Röckchen kaschierte Mrs. Bensky zufolge Lolas Hüften und Oberschenkel.

Jetzt würde Lola bald ihren ersten Bikini tragen können. Sie verlor jetzt nur so Gewicht. Jeden Tag wurde sie dünner. Garth befriedigte all ihren Appetit, und sie verspürte keinen Hunger mehr.

Um fünf Uhr begann Lola sich auf ihren Aufbruch vorzubereiten. Garth bestellte telefonisch ein Taxi; dann kam er zu ihr und setzte sich neben sie. »Lola, ich liebe dich. Ich werde dich immer lieben. Es wird nie in meinem Leben etwas geben, was wichtiger wäre als dich zu lieben. Es kommt mir vor, als wäre ich geboren worden, um mit dir zusammenzusein.«

Am nächsten Tag sagte Lola zu Rodney, daß sie mit den Kindern ausziehen wolle. Seine Antwort lautete nur: »Hast du mit ihm geschlafen?«

»Nein«, log sie.

Mit seinem dunklen Haar und den großen Augen mit den schweren Lidern sah Garth jüdisch aus. Lola hoffte, daß die Benskys das als Fortschritt betrachten würden.

Du wirst zu deinen Wurzeln zurückkehren

Garths neue Hose hatte zu beiden Seiten des Reißverschlusses drei Falten. Bisher hatte er immer hautenge Levis mit geraden Beinen getragen. Lola sah Garth an. Den locker fallenden Stoff zwischen seinen Beinen fand sie anziehend. Sie begann daran zu denken, was hinter diesen parallelen Falten lag.

Seit ihrem siebzehnten Lebensjahr hatte Lola beim Anblick eines Männerschoßes keine lüsterne Erregung mehr verspürt.

Außerhalb des Bettes empfand Lola nur selten sexuelle Erregung. Es fiel ihr schon schwer genug, sie im Bett zu empfinden. Wo steckten die Kinder? Konnten sie lauschen? Stand ihr Eisprung bevor? Sollte sie lieber die hundertprozentig sichere und garantiert spermizide Verhütungscreme benutzen oder die absolut gefühlsechten Kondome? Wieviel Uhr war es? Mußte sie am nächsten Tag früh aufstehen? Das waren die Fragen, die Lola beschäftigten, wenn es nach Sex aussah.

Eine ferne Erinnerung blitzte in ihrem Kopf auf. Schnell versuchte sie auszurechnen, wie alt sie in den fünfziger Jahren gewesen sein mochte, als alle Männer Hosen mit Bundfalten trugen. Sie war gerade jung genug gewesen, um ihrem Vater auf dem Schoß zu sitzen und ihn zu umarmen, bis er keine Luft mehr bekam, wenn er aus der Arbeit gekommen war.

Lola hatte ihren Vater immer schon abgöttisch geliebt. Daran hatte sich nichts geändert. Seine Großzügigkeit und seinen Humor fand sie unwiderstehlich. Es entzückte sie, wenn er beim Lachen puterrot wurde und ihm Tränen das Gesicht hinunterliefen. Wenn er beim Essen lachte, flogen ihm Fisch- und Hühnerstückchen aus dem Mund und landeten am anderen Ende der Küche.

Lolas Freundinnen waren allesamt in ihren Vater verliebt. »Mr. Bensky, Mr. Bensky, können Sie uns zum Luna Park fahren?« bettelten sie ihn an. Samstags und sonntags konnte man sehen, wie Mr. Bensky in seinem rosa Pontiac Parisienne durch Melbourne fuhr, den Wagen voller schnatternder, kaugummikauender Vierzehnjähriger.

Wenn sie an Leo's Spaghetti Bar in der Fitzroy Street vorbeikamen, konnten die Mädchen sich darauf verlassen, daß Mr. Bensky eine Runde »Schokoladen-Gelati« ankündigen würde.

Mr. Bensky liebte Gelati. Vor dem Krieg pflegte Mr. Bensky in Łódź wöchentlich mehr Geld für Eis auszugeben, als die meisten Leute verdienten.

Mr. Bensky entstammte einer der wohlhabendsten jüdischen Familien von Łódź. Sie besaßen Miethäuser und einen Holzhandel. Mit sechzehn war Mr. Bensky für den Holzhandel zuständig. Er verdoppelte den Umsatz, manipulierte die Bücher und steckte die Gewinne ein. Niemand merkte etwas.

Selbst als Schuljunge benutzte Mr. Bensky nie die öffentlichen Verkehrsmittel. Überall fuhr er mit der Droschke hin.

Zwei Droschken samt Fahrern unterhielt er ganz allein. Mit achtzehn kaufte er sich einen dunkelroten Skoda-Sportwagen.

Mr. Bensky lernte Mrs. Bensky kennen, als sie die sehr stille, fleißige und außergewöhnlich schöne Renia Kindler war. Herr und Frau Kindler wohnten mit ihren sieben Kindern in zwei winzigen Zimmern. Frau Kindler bezahlte dem Hausmeister ein paar Złoty zusätzlich, damit er eine der Außentoiletten für den exklusiven Gebrauch der Familie Kindler freihielt. Renia hatte den Ehrgeiz, Medizin zu studieren. Sie ließ sich nur ungern vom Lernen abhalten. Mr. Bensky warb unermüdlich um diese schmalhüftige, ernsthafte Sechzehnjährige. Er kaufte ihr eine Rolex-Uhr aus achtzehnkarätigem Gold. Er kaufte ihr französisches Parfüm und Schweizer Schokolade. Er kaufte ihr Pfirsiche und Erdbeeren und die erste Ananas, die sie zu sehen bekam.

Als Renia sich anschickte, die Universität von Wien zu besuchen, überfiel Deutschland Polen. Allen Juden von Łódź wurde befohlen, in ein Elendsviertel der Stadt umzuziehen, wo sie von der übrigen Welt völlig abgeschnitten waren.

Herr und Frau Kindler drängten Renia dazu, Mr. Bensky zu heiraten. Sie dachten, bei seiner Familie wäre sie besser aufgehoben.

In ihrer Hast und Verwirrung hatten die Benskys nur wenige Wertgegenstände einpacken können. Am Ende des ersten Jahrs im Ghetto waren sie so arm und so hungrig wie alle anderen. Ihren letzten Diamanten, einen blauweißen Stein von 2,4 Karat, hatten sie für einen Sack Kartoffelschalen verkauft.

Kartoffelschalen waren im Ghetto eine Kostbarkeit. Man mußte gute Beziehungen zu den Volksküchen haben, um an diese Delikatesse heranzukommen. Außerdem mußte man wissen, in welchen Küchen die Kartoffeln mit dem Messer geschält wurden. Kartoffelschalen aus Küchen, in denen Sparschäler verwendet wurden, waren meist nichts weiter als hauchdünner Schmutz.

Lola verabscheute die Geschichten von den Kartoffelschalen. Sie waren für ihre Begriffe zu sentimental. Schlimmer als die Geschichten von den Kindern, die auf der Straße starben, und von den Verwandten, die einander wegen eines Stücks Brot umbrachten, und von den Leuten, die waggonweise aus dem Ghetto geschafft wurden und auf Nimmerwiedersehen verschwanden.

Als Lola zwölf war, hatte sie sich einen Topf Kartoffelschalen gekocht. Sie hatte sich schon oft gefragt, wie das schmeckte. Sie hatte gerade begonnen, den ersten Mundvoll zu kauen, als Mrs. Bensky unerwartet nach Hause kam. Mrs. Bensky, die nie eine ihrer Töchter geschlagen hatte, nahm ihr den Topf mit Kartoffelschalen weg. Dann riß sie Lola weinend und schreiend am Haar, bis Lola ohnmächtig wurde.

Der Gedanke an den Penis ihres Vaters verursachte ihr Übelkeit. Wenn sie sich ihren Vater in sexueller Hinsicht vorstellte, mußte sie sich ihn vorstellen, wie er ihre Mutter vögelte. Diese Vorstellung versuchte sie aus ihren Gedanken zu verbannen.

Mit siebzehn hatte Lola regelmäßig, wenn auch unregelmäßig verstohlene sexuelle Begegnungen mit ihrem damaligen Freund. Eines Abends, als ihr Freund mit rotem Gesicht auf ihr lag, kam Lola plötzlich der Gedanke, daß ihre Eltern vielleicht in ihrem Schlafzimmer auf der anderen Seite des Flurs das gleiche taten. Ihr Magen hob sich, und sie erbrach sich endlos.

Glücklicherweise hielt Lolas Freund sich für einen existentialistischen Exzentriker. Er war der Ansicht, daß dieser ekelhafte, übelriechende und potentiell demütigende Zwischenfall nur eine weitere interessante Erfahrung in seinem Leben darstellte.

Melbourne ist eine kleine Stadt. Noch Jahre später wurde Lola gefragt, ob es wahr sei, daß sie Johnny Rosenberg beim Vögeln von oben bis unten vollgekotzt hatte.

Mrs. Bensky vermied es, Lola oder ihre Schwester zu berühren. Wenn sie sie zur Begrüßung oder zum Abschied küßte, verpaßte sie ihren Kuß laut schmatzend der Luft.

Wenn Mr. Bensky abends aus der Arbeit nach Hause kam, faßte er Mrs. Bensky am Hintern und küßte sie laut. Mrs. Bensky versuchte ihn abzuschütteln. »Seht euch nur eure wunderhübsche Mummy an!« sagte er zu den Mädchen. »Meine kleine Renia! Ist sie nicht wunderschön!« Bis dahin hatte Mrs. Bensky sich aus seiner Umarmung befreit und kümmerte sich geschäftig um das Abendessen.

»Du wirst zu deinen Wurzeln zurückkehren, wenn du mich heiratest«, lautete einer der Aussprüche, mit denen Garth Lola dazu zu bewegen versuchte, ihren Mann zu verlassen. Unermüdlich verfolgte er sie. Er rief sie mehrmals täglich an, er schrieb Gedichte für sie, malte sie, kaufte ihr einen achtzehnkarätigen goldenen Parker-Füller und ein ledergebundenes Notizbuch. Dann kam der Schmuck. Lola liebte Ringe. Garth kaufte ihr Granatringe, Smaragdringe, Rubinringe, Saphirringe und einen prunkvollen Art-déco-Diamantring.

Zu guter Letzt konnte Lola dieser Verehrung nicht widerstehen. Selbst vor ihrer Psychoanalyse hatte Lola gewußt, daß sie es genoß, verehrt zu werden. Und Garth war in sie vernarrt. Er sah sie unablässig an. In sieben Jahren hatte er mehr als fünfhundert Porträts von ihr gemalt. Letztes Jahr hatte er in Sydney eine Ausstellung gehabt. Die Ausstellung hieß *Bilder von Lola.* Einhundertundachtzig Porträts von Lola hingen an den Wänden der Creighton Galleries.

Lola stand vom Frühstückstisch auf. »Ich glaube, ich gehe duschen«, sagte sie zu Garth.

Es fiel Lola schwer, sich zu waschen. Sie hielt es für eine Qual. Lola duschte nur, wenn sie sich die Haare waschen mußte.

Mrs. Bensky duschte jeden Morgen und jeden Abend. Und sogar nachts, wenn Mr. und Mrs. Bensky sich geliebt hatten. Lola hörte das Wasser aus den Wasserhähnen strömen, während Mrs. Bensky sich unerbittlich und gründlich wusch.

Mrs. Bensky hielt ihr Haus so sauber wie ihren Körper. Die Böden wischte sie jeden Tag. Zweimal wöchentlich putzte sie Herd und Kühlschrank. Einmal wöchentlich balancierte sie einen großen Eimer Wasser auf der Leiter und putzte die Fenster. Wenn Mr. Bensky und die Kinder morgens das Haus verließen, saugte Mrs. Bensky Staub und nach dem Abendessen ein zweites Mal.

Manchmal wechselte Lola ihre Strumpfhose vierzehn Tage lang nicht. Die Füße wurden dann ganz steif. Lola fragte sich, ob der Schmutz die Strumpfhose länger halten ließ.

Jeden Dienstagabend und jeden Freitagabend besuchten Mr. und Mrs. Bensky Lola. Meistens blieben sie ungefähr eine Dreiviertelstunde lang.

Jahrelang hatte Lola den Eindruck, daß sie nur kamen, um die Kinder zu sehen. Sie waren in ihre Enkel völlig vernarrt. Mr. Bensky schaute Lolas Sohn Julian an, der mit sechzehn bereits einen Meter achtzig groß war, und sagte: »Wer hätte jemals gedacht, daß ich es erleben würde, Enkel zu haben?«

Mrs. Bensky stellte sich in ihrer Yves-St.-Laurent-Bluse, ihrer Kenzo-Hose und ihren Maud-Frizon-Schuhen an Lolas Spülbecken und spülte ab und scheuerte, bis alles blitzblank war.

Selbst zu Hause zog Mrs. Bensky nie eine Schürze oder Arbeitskleidung an. Sie putzte in ihrer Alltagskleidung, obwohl man Mrs. Benskys Kleidung kaum als alltäglich bezeichnen konnte. Sie besaß Satinkleider mit Perlenbesatz, Taftmäntel mit Straßverzierungen, Lamé- und Lurexcocktailkleider, Hosen aus Leinen und aus Leder, und alles von den ersten Modehäusern Europas.

Margaret-Anne und Ivana, Lolas beste Freundinnen, waren vorbildliche Hausfrauen. Ivana räumte bei Lola auf, wenn sie sie besuchte. Margaret-Anne sagte, sie empfinde Lolas Unordnung als beruhigend.

Margaret-Anne und Ivana waren beide groß und dünn. Mrs. Bensky war ebenfalls sehr schlank. Lola fragte sich, ob Ektomorphie mit krankhafter Reinlichkeit verbunden war.

Lola hatte nie abgespült. Sie besaß genug Geschirr, um zwischen den zweiwöchentlichen Besuchen der Putzfrau über die Runden zu kommen. Nach ihrem ersten Jahr Psychoanalyse begann Lola ihr Geschirr zu spülen. In fortgeschrittenem Alter entdeckte Lola das Vergnügen an sauberen Töpfen und blitzblanken Oberflächen.

Lola war es immer schwergefallen, etwas in Maßen zu tun. Eine Zeitlang übertrieb sie es mit der Reinlichkeit. Sie spülte jeden Löffel, jede Gabel, jeden Becher ab, sobald sie benutzt worden waren. Sie räumte den Küchenschrank und den Schrank im Badezimmer aus und verstaute alles in etikettierten Gefäßen. Sie räumte die Besteckschubladen und die Geschirrschränke um. Sie saugte die vordere Veranda und putzte den Briefkasten. Sie machte alle wahnsinnig, und die Kinder flehten sie an, es endlich wieder sein zu lassen.

Garth stand neben Lola. Er wand sein Bein um ihr Bein und streichelte ihr Gesicht. Die Kinder waren in der Schule. Sie gingen ins Bett und vögelten geräuschvoll.

Nachdem sie gekommen war, weinte Lola unaufhörlich. Nach einem starken Orgasmus weinte sie oft. Sie wußte, daß es meistens bedeutete, daß sie sich von heftigen Emotionen abgekapselt hatte, daß sie sich ihrer Traurigkeit entzogen hatte.

Lola sagte oft, daß sie den Eindruck hatte, mit einem Überhang an Traurigkeit auf die Welt gekommen zu sein. Was sie damit sagen wollte, wußte sie selbst nicht. Ging es um all die toten Verwandten – Onkel, Tanten, Cousins und Cousinen, Großmütter und Großväter –, die alle an den Himmel verfüttert worden waren? Die Asche der Auschwitz-Opfer erstickte fast die Weichsel.

Mr. und Mrs. Bensky teilten eine Vergangenheit, an der Lola niemals teilhaben konnte. Lola spürte den Wunsch, einen Keil in ihre Verbundenheit zu treiben. Mit zehn hatte sie einen solchen Triumph errungen. Sie hatte darum gebettelt, sich Löcher in die Ohren stechen lassen zu dürfen. Mrs. Bensky hatte gesagt, Ohren zu durchstechen sei eine barbarische Sitte und sie seien eine zivilisierte Familie. Solange Lola in ihrem Haus lebe, werde sie keine Löcher in den Ohren haben.

Lola übte nicht mehr Klavier. Sie führte den Hund nicht mehr spazieren. Sie saß stundenlang in ihrem Zimmer und schaute jammervoll drein. Mr. Bensky gab nach. Hinter dem Rücken Mrs. Benskys fuhr er mit Lola in die Stadt und hielt ihre Hand, während eine Krankenschwester ihr Löcher in die Ohren stach.

In der folgenden Woche wusch Mrs. Bensky das Geschirr doppelt so lärmend ab wie üblich, während die übrige Familie zu Abend aß.

Lola trug noch immer die goldenen Ringlein in den Ohren, die Mr. Bensky ihr gekauft hatte. Inzwischen hing an dem Ring im rechten Ohr ein goldenes herzförmiges viktorianisches Medaillon, das eine Locke von Garth enthielt.

»Lola, meine Liebste, meine wunderschöne Frau, mein allerliebstes Hühnchen, wollen wir Kaffee trinken gehen?« rief Garth aus dem Schlafzimmer.

»In Ordnung, ich bin im Handumdrehen fertig«, antwortete sie.

Lola ging gern Kaffee trinken. Kaffee trinken zu gehen bedeutete, daß man spazierenging, daß man Kuchen kaufte, daß man sich unterwegs unterhielt. Weiter oben in der Straße hatte sie neue Ohrringe gesehen. Kleine Ohrstecker mit Rubinen. Vielleicht würde sie einen zweiten Blick auf sie werfen.

Chopins Klavier

Lola Bensky würde in Kürze in Warschau eintreffen. Sie versuchte zu ergründen, ob sie nervös oder verängstigt war. Nervös war in Ordnung. Verängstigung verursachte ihr Schwindelgefühle. Sie fragte sich, ob sie eine Valiumtablette nehmen sollte. Wenn das, was sie empfand, normale Anspannung war, wollte sie kein Valium nehmen. Wenn es Verängstigung war, brauchte sie Valium.

Das Flugzeug landete. Ein unverständlicher Schwall undeutlichen Polnischs erklang aus der Lautsprecheranlage. Lola empfand Atemnot. Sie konnte es nicht leiden, andere nicht zu verstehen und sich nicht verständlich machen zu können. In der freudlosen Einreise- und Zollabfertigungshalle standen die Leute in langen Warteschlangen. Lola war bestürzt. Sie bemühte sich immer, Schlangen aus dem Weg zu gehen. Schlangestehen gehörte zu den Dingen, die sie besonders verängstigten. Ihr Analytiker hatte ihr erklärt, diese Verängstigung empfinde sie, weil sie es nicht ertragen könne, auf die Brust warten zu müssen. Sie sei wütend darüber, daß sie von ihrer Mutter abhängig sei. Sie sei empört darüber, daß ihre Mutter etwas habe, was sie nicht habe. Sie sei neidisch und eifersüchtig auf ihre Mutter, könne aber den

Schmerz nicht ertragen, den diese negativen Gefühle ihr verursachten, und verleugne deshalb das Bedürfnis, das sie nach ihrer Mutter habe. Diese Erkenntnis hatte Lola nicht weitergeholfen, was das Schlangestehen betraf.

Der gelbhaarige, fahlgesichtige junge Mann hinter dem Schalter klopfte laut mit seinem blauen Kugelschreiber auf die Schreibplatte, während er Lola seine Fragen stellte.

»Nationalität?« fuhr er sie an.

Lola riß sich zusammen. Er hielt ihren Paß in der Hand. Warum fragte er sie nach ihrer Nationalität?

»Australisch«, sagte sie demütig.

»Grund der Reise?« bellte er.

»Polen kennenzulernen«, flüsterte Lola. Sie konnte sehen, daß er das nicht für eine vernünftige Antwort hielt. Mit einer barschen Gebärde forderte er sie weiterzugehen auf.

Draußen war es dunkel und eisig kalt. Lola war erhitzt und aufgeregt. Sie spürte Schweißtropfen zwischen ihren Brüsten perlen. Sie trug ein wollenes Unterhemd mit langen Ärmeln und lange wollene Unterhosen, ein dreiteiliges Wollkostüm, Angorasocken, Stiefel, eine Pelzmütze, unterarmlange Handschuhe und einen weiten dicken Mantel. Um den Hals hatte sie einen Kaschmirschal geschlungen. Sie nahm ein Taxi zum Hotel Victoria. Unterwegs registrierte sie überrascht, daß Warschau wie eine ganz normale Stadt aussah. Die Straßen waren von anmutigen klassizistischen vier- und fünfstöckigen Wohnhäusern gesäumt. Weiches gelbes Licht, das glückliches Familienleben verhieß, sickerte zwischen den Vorhängen der Fenster nach draußen. Nichts Bedrohliches lag in der Luft.

Das Hotel Victoria war ein spätmodernes Gebäude aus den sechziger Jahren. Lola kannte diesen Stil. In Caulfield wimmelte es von Paradebeispielen dieses Baustils.

Angespannt betrat Lola das Hotel. Das Innere war eine große Kopie der Wohnzimmer von Caulfield und Bellevue Hill. Die gleichen Oberflächen aus Marmor und Granit, das gleiche Holz mit abgerundeten Kanten, die gleichen schweren Rohseidenvorhänge, die gleichen großen Ledermöbelgarnituren und die gleichen expressionistischen Fünfzigerjahreaschenbecher und -vasen. Von der Decke hingen Kronleuchter.

Die kleine, untersetzte Frau, die sie führen sollte, erwartete sie im Foyer. Lola erklärte Frau Potocki-Okolska, daß sie nach Polen gekommen sei, um die Vergangenheit ihrer Eltern, das wenige, das von der Vergangenheit ihrer Eltern übriggeblieben war, zu sehen.

Sie wolle nach Łódź fahren, sagte sie zu Frau Potocki-Okolska, um zu sehen, wo ihre Eltern vor dem Krieg gelebt hatten. Wo sie zur Schule gegangen waren, wo sie gespielt hatten, wo sie gegangen waren. Sie würde auch gerne besichtigen, was vom Ghetto von Łódź übrig war. Sie erklärte, daß ihre Eltern viereinhalb Jahre im Ghetto von Łódź verbracht hatten, bevor sie nach Auschwitz verschleppt worden waren.

»Meine Mutter war die einzige Überlebende ihrer Familie. Ihre Brüder Schimek, Abramek, Jakob und Felek und ihre Schwestern Fela, Bluma und Marilla und ihre Mutter und ihr Vater wurden vergast und danach verbrannt. Mein Vater hat seine Eltern, drei Brüder und eine Schwester verloren.«

»Ja, es war eine schreckliche, schreckliche Tragödie«, sagte Frau Potocki-Okolska. »Aber auch Polen haben Angehörige verloren. Die Nazis haben nicht nur Juden ermordet. Wir haben gelitten. Oh, was haben wir gelitten! Die Cousine meiner Mutter hat ihre Mutter verloren, eine un-

schuldige Frau, die niemandem etwas zuleide getan hatte.«
Hier mußte Frau Potocki-Okolska innehalten. Tränen liefen ihr das Gesicht hinunter.

Frau Potocki-Okolska begleitete Lola zu ihrem Zimmer.
Ein Schild an der Innenseite der Zimmertür wies darauf hin,
daß nach zehn Uhr abends keine Gäste in den Zimmern
erlaubt seien. Lola vermutete, daß damit nicht die Gäste
gemeint waren, die das Zimmer gemietet hatten.

Der Kühlschrank der Minibar war mit schwarzem Johannisbeersaft, schwarzem Johannisbeersaft mit Wodka und
Coca-Cola gefüllt. Frau Potocki-Okolska trank vier Flaschen Coca-Cola. Sie dankte Lola überschwenglich dafür,
sagte gute Nacht und ging.

Lola sah aus dem Fenster. Warschau schlief. Eine zarte
Schneedecke hüllte die Stadt ein. Alles wirkte friedvoll.

»Das überlebst du nicht. Sie werden dich ins Gefängnis
werfen«, hatte Mrs. Bensky Lola gewarnt. »Sie werden dich
nicht aus dem Land lassen. Die Polen waren schlimmer als
die Deutschen. Sie haben uns wegen unserer abgerissenen
KZ-Uniformen ausgelacht. Kleine Kinder haben nach uns
getreten, wenn wir in den Städten in der Nähe des Lagers
zur Arbeit gingen. Oh, diese netten Polen, diese guten Menschen, sie konnten es kaum abwarten, den Deutschen die
Juden anzugeben. Sie konnten es kaum abwarten, unsere
Wohnungen zu übernehmen, als wir ins Ghetto ziehen
mußten. Sie haben unsere Kleider genommen, unser Porzellan, unsere Möbel. Sie haben die Geschäfte der Juden
übernommen. Sie haben sich einfach bedient. Die Hausmeisterin in dem Mietshaus meiner Eltern, um die meine
Mutter sich gekümmert hatte, als gehörte sie zur Familie,
hatte nichts Eiligeres zu tun, als zur Gestapo zu laufen, um
uns zu melden.

Und nach dem Krieg geschah ein Wunder. Kein einziger Mensch in Polen wußte das geringste über das, was mit uns passiert war. Kilometerweit konnte man um Auschwitz das verbrannte Fleisch riechen. Die Schornsteine rauchten vierundzwanzig Stunden am Tag. Der Himmel war Tag und Nacht rot, aber die Polen merkten nichts davon.

Und als mein Cousin Adek nach dem Krieg zurückging, was mußte er da sehen? Er sah, daß man sich wunderte, daß er noch am Leben war. Frau Boleslaf, die Hausmeisterin, sagte zu ihm: ›Oh, ich dachte, ihr wärt alle tot.‹ Ihr Sohn trug den Anzug meines Vaters, sagte Adek. Der Flügel meines Bruders stand mitten in ihrem Wohnzimmer. Und Frau Boleslaf bot ihm Tee an mit dem schönen weiß und silbern gemusterten Porzellan, das zur Aussteuer meiner Mutter gehört hatte. Wozu willst du nach Polen fahren? Etwas Schreckliches wird dir dort passieren.«

Im Morgenlicht sah die Stadt weniger lebendig aus. Lola war entsetzt, wie niedergeschlagen und bedrückt die Leute wirkten. Sie gingen mit gesenktem Kopf. Sogar die Kinder waren still und ausdruckslos. Männer und Frauen waren grau gekleidet und graugesichtig. Ihr Haar war glatt und glanzlos. Kein Shampoo, fiel Lola ein.

Lange Schlangen warteten vor den spärlich bestückten Geschäften. Die Schlangen schienen sich nicht zu bewegen. Niemand sprach. Lola fand diese kollektive Depression erschreckend. Sie hatte Depressivität bislang für eine individuelle und isolierende Erfahrung gehalten.

An der Bushaltestelle sprach niemand ein Wort. Der Bus kam an. Die Wartenden stiegen ein und schubsten mit den Ellbogen einander und Lola aus dem Weg. Lola kam nicht hinein. Vom Bus aus rief ihr Frau Potocki-Okolska zu, daß sie an der nächsten Haltestelle aussteigen und zu ihr zurücklaufen werde.

Bis zum Mittag hatte Lola das Palais Radziwiłł, das Palais Potocki, das Palais Tyskiewicz, das Palais Uruski, das Palais Czapski, das Palais Staszic, ein Dutzend Kirchen und mehrere Kathedralen besichtigt. Frau Potocki-Okolska spendete in jeder Kirche Geld und weinte, während sie die Spende dem Andenken ihrer Mutter weihte. In der Heilig-Kreuz-Kirche gab es eine Urne mit Chopins Herz. Der Marktplatz in der Altstadt war wie der größte Teil Warschaus von den Nazis zerstört worden. Frau Potocki-Okolska deutete auf ein altertümliches Gebäude des siebzehnten Jahrhunderts nach dem anderen und verkündete: »1953 erbaut« oder: »1956 erbaut« oder: »Dieses Gebäude ist noch nicht fertig.«

Lola war erschöpft. Ihre Füße schmerzten. Sie durchlitt die Verängstigung, die sie empfand, wenn sie ignoriert wurde. Frau Potocki-Okolska hatte sich geweigert, ihr Desinteresse an Kirchen, Palästen und Denkmälern berühmter Generäle zur Kenntnis zu nehmen, als sie es angesprochen hatte.

Lola hatte sich zum Mittagessen mit Herrn Konrad Serbin verabredet, dem Vater der Freundin einer Freundin. Sie hatte das Gefühl, es könne nicht schaden, die Bekanntschaft Herrn Serbins zu machen, der zu Polens führenden Anwälten zählte, und seiner Frau, einer hochgeachteten Ärztin.

Lola wollte Blumen für Frau Serbin kaufen. Frau Potocki-Okolska führte Lola zu einem kleinen, schwachbeleuchteten, schäbigen Lädchen. An der Rückwand des Lädchens waren Regale angebracht. Jedes Regalbrett enthielt drei Vasen und jede Vase zwei Blumen. Eine Nelke und eine Freesie. Ein rundlicher rotgesichtiger Mann packte eine rosa Nelke sorgfältig in ein kleines Stück Wachspapier.

Lola bat Frau Potocki-Okolska, ein Dutzend Nelken zu verlangen. Frau Potocki-Okolska sah sie entsetzt an. »Es ist sehr unhöflich, so viele Blumen zu kaufen«, sagte sie. »Der Vater Ihrer Freundin muß denken, daß Sie ihm zeigen wollen, wieviel Geld Sie haben. Das ist ungehörig, ja, sehr ungehörig sogar.« Frau Potocki-Okolska sah sehr auf Etikette. Heute morgen am Frühstückstisch hatte sie Lola einen Zahnstocher aus der Hand gerissen. »So etwas gilt in Polen als ungehörig!« hatte sie gerufen.

Die Nelken waren dünn und mager. Lola dachte, ein Dutzend davon würde zumindest ein gewisses Volumen ergeben.

»Was soll ich tun? Was soll ich tun? Was soll ich tun?« seufzte Frau Potocki-Okolska.

Frau Potocki-Okolska verlangte ein Dutzend Nelken.

Feindseliges Murren erhob sich in der Warteschlange. Der Florist bedachte Lola mit einem empörten Blick und wickelte die Blumen nachlässig ein. Zwölf Nelken kosteten soviel, wie die meisten Leute in einer Woche verdienten. Blumenzüchter waren die neuen Reichen in Polen.

Frau Potocki-Okolska behielt recht. Frau Serbin sah verstimmt aus, als Lola ihr die Blumen überreichte.

Herr und Frau Serbin waren wohlhabende Polen. Ihre Zweizimmerwohnung war voller Bilder des neunzehnten Jahrhunderts mit romantischen und historischen Sujets, Orientläufer, ledergebundener Bücher, Silber und Kristall.

Die Serbins freuten sich über das Paket mit Stiften, Kugelschreibern, Seife, Zahnpasta, Strumpfhosen, Aluminiumfolie und Küchentüchern, das Lola ihnen von ihrer Tochter mitbrachte. Herrn Serbins Bruder und Schwägerin gesellten sich zum Mittagessen zu ihnen. Frau Serbin servierte zur Vorspeise geräucherte Forelle mit Meerrettichsauce. Als sie ein Stück Forelle in den Mund steckte, kam Lola plötzlich der Gedanke, daß alle fünf anwesenden Polen Mitte sechzig waren. Im gleichen Alter wie Mr. und Mrs. Bensky. Wo waren sie gewesen, als die Juden zusammengetrieben und in das Ghetto gepfercht wurden? Wo waren sie gewesen, als das Warschauer Ghetto brannte? Hatten sie zu dem aufgeheizten grölenden Pöbel auf arischer Seite gehört? Hatten sie zugesehen, wie Juden von der Feuersbrunst in die dunkle Nacht geschleudert wurden?

Lola wurde übel. Sie entschuldigte sich und lief zur Toilette. Die Toilette war ein winziger Raum, wenige Meter vom Eßtisch entfernt. Die Tür ließ sich nicht richtig schließen. Lola versuchte, die Tür mit dem Fuß zuzuhalten, während sie auf der Toilette saß. Ihr war übel und schwindelig. Schweiß rann ihr das Gesicht hinunter. Sie konnte jedes Wort hören, das am Tisch gesprochen wurde. Sie hustete laut, um ihre eigenen heftigen Entleerungen zu kaschieren. Eine halbe Stunde später erschien sie wieder. Frau Potocki-Okolska sprang eilfertig auf.»Sie sehen schrecklich aus. War es die Leber, oder waren es die Nieren?« fragte sie.

Frau Serbin brachte auf einem großen georgianischen Silbertablett ein großes Glas Nescafé. Sie schaufelte jeweils sechs Teelöffel Kaffeepulver in die Tassen der Tischrunde. Lola fragte, ob sie Tee haben könne. Die anderen Gäste tranken ihren Kaffee mit Wohlbehagen.

Am nächsten Morgen traf Lola sich um halb neun mit Frau Potocki-Okolska am Bahnhof. Um elf Uhr gab es eine Durchsage, daß der Neunuhrzug nach Łódź ausfalle. Frau Potocki-Okolska rannte mit Lola zum Taxistand.

Lola betrachtete die Jammermienen in der Taxischlange. Deren Ungemach stimmte sie froh.

»Das habt ihr verdient«, flüsterte sie dem Mann zu ihrer Linken zu.

Lola saß auf dem Rücksitz des Taxis. Frau Potocki-Okolska saß auf dem Beifahrersitz. Sie forderte den Fahrer auf, die Heizung aufzudrehen, und machte es sich mit einer Tüte Bonbons gemütlich.

Lola hatte ihre eigenen Vorräte dabei. Life Savers, Minties und Steam Rollers. Steam Rollers waren Lolas Ansicht nach besonders gut gegen Übelkeit geeignet.

Nach einer Stunde Fahrt fühlte Lola sich elend. Ihre Haut brannte und juckte. Sie knöpfte Mantel und Jacke auf. Juckende rote Flecken bedeckten ihren Oberkörper. Sie nahm an, daß sie der wahrscheinlich einzige Mensch in ganz Polen war, der an einem Hitzeausschlag litt.

Sie öffnete das Fenster einen Spaltbreit.

»Was ist das?« brüllte Frau Potocki-Okolska. »Machen Sie das zu, schnell, schnell! Sie holen sich noch ein Lungenleiden. Das ist sehr gefährlich. Sehr, sehr gefährlich.« Lola schloß das Fenster.

Sie erreichten Żelazowa-Wola, Chopins Geburtsort. Lola war froh, das Auto verlassen zu können. Eineinhalb Stunden später hatte Lola Chopins Klavier, das Klavier von Chopins Mutter, Chopins Schlafzimmer, das Schlafzimmer von Chopins Mutter, Chopins Garten und Chopins Badezimmer besichtigt.

Lola befürchtete, daß sie möglicherweise nie nach Łódź gelangen würden. Erneut dachte sie, daß Łódź möglicherweise gar nicht existierte. Vielleicht würde Herrn und Frau Benskys Vergangenheit sich ihr für immer entziehen. Frau Potocki-Okolska verließ Żelazowa-Wola widerstrebend, die Grande Polonaise summend.

Sie fuhren kilometerlang über flaches, schneebedecktes Land. Diese weiße, weiche Stille wurde hin und wieder durch kleine Gehölze spindeliger schwarzer Fichten unterbrochen.

Sie befanden sich jetzt zehn Kilometer vor Łódź. Lola hatte bereits zu weinen begonnen.

Freitag ist ein guter Tag für Fisch

Lola lag mit dem Rücken zu Garth. Sie war fast eingeschlafen. Garth hatte ihre Schultern geknetet. Er hatte sie getätschelt und geknetet und gestreichelt. Sie schwebte geradezu vor Seligkeit.

Garth senkte den Kopf und küßte ihren Rücken von einer Seite zur anderen. Er drückte sich an sie. Sein Streicheln wurde intensiver. Er streichelte sie nicht länger in den Schlaf, sondern weckte sie.

Mit ihren vierzig Jahren war Lola noch immer bisweilen nervös und schüchtern, wenn es um Sex ging. Sie drehte sich zu Garth um. Sie vergrub ihren Kopf an seiner Brust. Sie liebte seinen Geruch. Sie hatten sich seit über einer Woche nicht mehr geliebt. Sie streichelte ihn und liebkoste ihn. Sie streichelte seinen Penis. Sie wiegte ihn zwischen Daumen und Zeigefinger hin und her. Sie war glücklich.

»Das Kleid, das wir meiner Mutter gekauft haben, gefällt ihr gut«, sagte sie. »Ich bin froh, daß ich nicht ein Buch oder einen Wasserkessel gekauft habe. Ich habe mich sehr gefreut, daß es ihr so gefallen hat.«

Garth begann zu lachen. »Du spielst mit mir so geistesabwesend wie mit deinem Haar. Mein Schwanz springt vor und zurück, und du redest vom Geburtstagsgeschenk deiner Mutter.«

Garth zog sie auf sich.

»Können wir die Position wechseln, bevor wir kommen? Kannst du dich auf mich legen?« sagte sie.

Er lachte. »Mußt du immer alles organisieren? Hast du noch mehr Instruktionen?«

Sie liebten sich. Lola hielt sich am Bettlaken fest, um sich aufzurichten. »In Ordnung«, sagte sie, »wir müssen nicht die Position wechseln.«

Lola hatte einen langen Orgasmus. Ihr war, als wäre sie weit weg gewesen. In einer anderen Dimension. In einer anderen Zeit. Sie schlief ein.

Lola war in Łódź. Sie befand sich im Wohnzimmer der Wohnung. Alles war genauso, wie ihr Vater es beschrieben hatte. Das Sofa und die Sessel mit abgerundeten Kanten, der weißgekachelte Heizkörper. Was fehlte, war die Familie. Die Eltern ihres Vaters, seine drei Brüder und seine Schwester.

Sie hatten gewußt, daß das Ende bevorstand. Jengelef Boleswaf, der polnische Hausmeister der Familie, der dreiundachtzig Jahre alt war, als Lola ihn in Polen besuchte, hatte es ihr gesagt.

»Ihr Großvater kam zu mir, bevor er ins Ghetto ging. Er sagte zu mir: ›Mich gibt es in einigen Jahren vielleicht nicht mehr, aber mein Haus wird noch in hundert Jahren stehen.‹«

Niemand hatte je zuvor »Ihr Großvater« zu Lola gesagt.

Jengelef wohnte noch immer im Erdgeschoß des Miethauses, das Lolas Großvater gebaut hatte. Jengelef wohnte in einem kleinen Zimmer. Alles in diesem Zimmer war makellos sauber. Den kleinen Tisch neben dem Fenster bedeckte ein gestärktes weißes Leinentischtuch. In die Ecken des Tischtuchs waren rote Rosen gestickt. In der Mitte des Zimmers stand ein schlichtes Messingbett.

Jengelefs Frau lag in dem Bett. Sie lag im Sterben. Sie lag völlig reglos. Sie schien fast nicht zu atmen. Ihre Haut war blaß und klar, ihr Haar war gebürstet und flaumig. Sie trug ein weißes Nachthemd, das mit einer Sicherheitsnadel geschlossen war. Lola hatte weinen müssen, als sie sah, wie rührend Jengelef sich um seine Frau kümmerte. Aber Lola hatte ohnehin die ganze Zeit, die sie in Łódź war, weinen müssen.

Als Lola in Łódź ankam, hatte sie sofort die Nummer 23 in der Zakatna-Straße aufgesucht. Der Taxifahrer hatte auf der gegenüberliegenden Seite der Straße angehalten. Aus dem Wagenfenster konnte sie den Balkon im ersten Stock sehen, von dem ihr Vater so oft erzählt hatte. Sein Vater pflegte auf diesem Balkon zu sitzen und auf seine Kinder zu warten, wenn sie aus der Schule nach Hause kamen. Lolas Vater vergewisserte sich jedesmal, daß er seine Schulmütze aufhatte, bevor er seinem Vater unter die Augen kam.

Lola stieg aus dem Taxi und stand auf dem Gehsteig. Sie war so verängstigt, daß sie es nicht wagte, die leere Straße zu überqueren. Ihr Herz klopfte laut, und sie zitterte. Sie ging über die Straße. Die Eingangstür des Hauses stand offen. Lola trat ein.

Sie stand in dem menschenleeren Flur. Ihr Brustkorb schmerzte, ihre Kehle war wie zugeschnürt. Sie atmete mühsam. Sie stand in dem menschenleeren Flur. Die Luft war voller Menschen. Sie konnte ihre Gegenwart spüren. Sie konnte ihre Stimmen hören. Die Stimmen von Menschen, die ihren Alltagsverrichtungen nachgingen. Die zur Arbeit gingen, in die Schule, auf den Markt. Sie konnte das Hin und

Her spüren. Sie konnte das Leben spüren. Sie stand im Flur und weinte hemmungslos.

Lola weinte jedesmal, wenn sie das Gebäude besuchte. Sie besuchte es jeden Tag. Oft stand sie stundenlang im Flur. Sie berührte die gefliese Wand mit ihrer Wange. Sie streichelte die Balustrade. Sie wäre am liebsten in die Marmorstufen der Treppe eingesunken. Wäre am liebsten in die Luft eingegangen. Teil der Vergangenheit geworden.

Jengelef hatte den Mietern im Haus erzählt, wer Lola war. Manche hatten Lola angesehen, als wäre sie ein Gespenst. »Ich dachte, sie hätten alle Juden von Łódź umgebracht«, hatte Mr. Krupnik aus dem zweiten Stock zu Lola gesagt.

Lola wusch ihr Haar, als das Telefon läutete. Es war ihr noch nie gelungen, ein klingelndes Telefon zu ignorieren. Sie nahm ab. Shampoo tropfte an ihr hinunter.

»Ich bin's, Morris«, sagte Lolas Freund Morris Lubofsky.

»Hi, Morris«, sagte Lola. Morris klang etwas niedergeschlagen.

»Was ist los?« fragte sie.

»Ich habe gerade erfahren, daß mein Bruder für zwei Monate nach Melbourne kommt«, sagte Morris. »Und meine Leute setzen mich unter Druck, weil ich ihn bei mir wohnen lassen soll. Ich bin alles andere als begeistert, ihn wieder im Lande zu haben, geschweige denn in meinem Haus.«

Morris und sein Bruder Boris waren Zwillinge. Zweieiige Zwillinge, nicht eineiige. Boris, ein Banker, hatte seit seinem zwanzigsten Lebensjahr in New York gewohnt. Lola fand Boris ganz in Ordnung. Sie konnte nicht verstehen, was Morris an Boris auszusetzen hatte. Schließlich hatte er fast nie mit ihm zu tun.

»Vielleicht kommt ihr bei diesem Anlaß miteinander ins

reine. Wir sind ein bißchen zu alt für zänkischen Geschwisterzwist«, sagte Lola. Dieser Zungenbrecher gefiel ihr. Zänkischer Geschwisterzwist. Sie wiederholte ihn mehrmals, während Morris sich über Boris beschwerte.

Morris rief aus Sydney an. Er befand sich seit einer Woche dort. »Sydney deprimiert mich«, sagte er. »Die Leute machen alle einen verschlagenen Eindruck. Immer auf ihren Vorteil bedacht. Wahrscheinlich werde ich langsam alt. Und die Drogenszene hier ist auch deprimierend. Die Leute sind alle auf Koks oder Ecstasy. Ich schwör's dir, die Hälfte meiner Freunde kokst.«

Lola dachte, daß sie und Morris langsam alt wurden. War das Morris Lubofsky, der ihr als Zwanzigjähriger Joints und Speed und LSD besorgt hatte? Diese Drogen, hatte Morris ihr erklärt, würden ihr Bewußtsein und ihren Horizont erweitern. Lola hatte zu jener Zeit genug eigene Probleme mit ihrem Bewußtsein. Ihr Zugriff auf die Realität kam ihr bereits unzulänglich und wackelig genug vor; sie wollte ihn nicht noch prekärer machen. Die Wahrnehmungsverzerrungen, die das LSD bewirkte, waren Lola zu chaotisch. Als Bundesgenossin auf der Suche nach Reinheit, Erleuchtung und Wahrheit hatte Lola sich für Morris als große Enttäuschung erwiesen.

Lola hatte einen Bademantel angezogen, während Morris weiterredete. Ihr Haar tropfte immer noch. Es war unbehaglich. An diesem Vormittag kam sie sich dick vor. Sie hatte am Vorabend zuviel Mohnkuchen gegessen. Lola erlaubte sich jeden Donnerstag eine Scheibe Mohnkuchen. Gestern abend war die Scheibe fast so groß gewesen wie der halbe Kuchen.

»Ja, die Hälfte meiner Freunde hat ein Kokainproblem«, sagte Morris.

»Die Hälfte meiner Freundinnen hat ein Kuchenproblem, Morris«, sagte Lola. »Ich muß jetzt weitermachen«, sagte sie. »Ich war unter der Dusche, als du angerufen hast, und inzwischen habe ich sicher eine Lungenentzündung.«

»Bis nächste Woche in Melbourne«, sagte Morris.

Lola sprang unter die Dusche zurück. Sie wusch sich das Shampoo aus den Haaren, trocknete die Haare, rieb Schaumfestiger hinein und zog sich an. Sie sah sich um. Ihre zwei Schreibtische waren aufgeräumt. Ihre Gedichte waren abgelegt. Ihre Bleistifte waren gespitzt. Alles wartete darauf, daß sie zu arbeiten begann.

Lola sah sich das Gedicht an, mit dem sie zur Zeit kämpfte. Was versuchte sie auszudrücken? Sie versuchte auszudrücken, daß es ihr allmählich besser ging. Daß sie sich veränderte. Daß sie zu erkennen in der Lage war, daß sie nicht länger eine Opferrolle einnehmen konnte.

Schuldzuweisungen waren ihre Spezialität gewesen. Lola wußte immer, wessen Schuld etwas war. Es war immer die Schuld eines anderen. Sie war auch Expertin darin, Nachteile zu entdecken. Lola konnte überall Nachteile entdecken. Man konnte ihr die freudigsten Neuigkeiten erzählen, und in weniger als zehn Sekunden konnte sie einem sagen, was der beunruhigende Aspekt an der Sache war.

Kurz vor der Mittagessenszeit rief Lolas Mutter an. »Lola, Liebchen, Genia Pekelman nimmt mich mit zu dem Ausverkauf bei Georges. Die ganze Markenunterwäsche wird ausverkauft. Liebchen, hättest du Lust mitzukommen?« sagte Renia.

»Ich glaube nicht, Mum«, sagte Lola. »Ich habe zuviel zu tun.«

»Sie haben Seidenunterröcke und wunderschöne träger-

lose BHs und rückenfreie BHs und Schweizer Baumwoll-
unterhosen. Lola, Schätzchen, sie haben BHs von Lily of
France«, sagte Renia.
Lola hatte sich jahrelang geweigert, Unterwäsche zu tragen. Danach machte sie eine Phase durch, in der sie zerris-
sene und verfärbte Unterwäsche trug. Unter den schönsten
perlenbesetzten und bestickten Kleidern trug sie löcherige
und verfleckte Unterwäsche.
»Wir wollen uns nicht lange in der Stadt aufhalten, Herzchen«, sagte Renia.»Genia fühlt sich heute nicht besonders
gut, und deshalb wollen wir nur schnell hinfahren und wieder nach Hause fahren. Ich will nur ein paar BHs kaufen,
und Genia will ein paar Unterhosen kaufen.«
Lola begann Kopfschmerzen zu verspüren. Sie wollte
nicht mit Genia Pekelman Unterhosen kaufen.
Als Lola dreizehn war, hatte Genia Pekelman ihr eine
Geschichte erzählt, die sie mit Entsetzen erfüllte.»Als ich in
deinem Alter war«, hatte Genia zu Lola gesagt,»sind die
Deutschen in Polen eingefallen. Ich ging die Straße entlang,
als mich ein ganzer Wagen voller deutscher Soldaten anhielt.
Sie haben mich gezwungen, meine Unterhose auszuziehen
und die Windschutzscheibe ihres Wagens mit meiner Unter-
hose abzuwischen. Alle fünf Soldaten standen neben dem
Wagen, während ich die Scheibe abwischte. Einer von ihnen
hob immer wieder meinen Rock hoch, damit jeder auf der
Straße hinschauen konnte.«
»Mum, ich glaube wirklich nicht, daß ich mitkommen
kann«, sagte Lola.»Vielleicht kannst du mir einen weißen
Lily-of-France-BH in Größe 14 C und einen schwarzen
Halbunterrock in Größe 16 besorgen?«
»Größe 16 brauchst du nicht«, sagte Renia.»Du hast
doch soviel abgenommen.«

»Doch, brauche ich«, sagte Lola. »Meine Hüften sind riesig.«

»Nein, du hast genug abgenommen. Mehr brauchst du nicht abzunehmen. Du siehst ganz prima aus. Zu dünn darfst du auch nicht sein«, sagte Renia.

Lola hatte sich an diese neue Entwicklung noch nicht gewöhnt. Nachdem sie ihr ganzes Leben lang ermahnt worden war abzunehmen, mußte sie sich jetzt davor in acht nehmen, zu dünn zu werden. Zu dünn. Wenn sie es doch nur wäre. Wäre sie zu dünn, dürfte sie noch etwas Mohnkuchen essen.

»Lola, Liebchen, ruf doch Lina an!« sagte Renia. »Sie ist deine Schwester. Schwestern sollten Schwestern sein. Und schließlich bist du die Ältere.« Lola fragte sich, wie alt sie wohl werden mußte, bis man sie nicht mehr für die Ältere halten würde.

Letzte Woche hatten Renia und Josl ein großes Abendessen zur Feier ihres siebenundvierzigsten Hochzeitstags gegeben. Alle Gäste aßen und redeten, nur Lina nicht. Lina stocherte mit der Gabel in einem Teller Blatt- und Gurkensalat herum.

Lina fragte Renia, ob es Hühnerknochen gebe.

»Ja, natürlich, Schätzchen«, sagte Renia. Sie brachte einen großen Teller voller Hühnerknochen. Lina nahm sich einen Schenkelknochen und kaute daran. Lola beugte sich über den Tisch.

»Wenn du eine Diät machst, solltest du keine Hühnerknochen kauen«, sagte sie.

»Hühnerknochen können doch keine Kalorien enthalten«, sagte Lina.

»Das tun sie aber«, sagte Lola. »Das Knochenmark ist ziemlich fett, und in den Knorpeln ist verborgenes Fett enthalten.« Lina legte den Knochen weg und widmete sich wieder ihrem Salat.

»Haben Hühnerknochen wirklich Kalorien?« fragte Garth später.

»Keine Ahnung«, sagte Lola.

»Oj, Herzchen, ich muß jetzt gehen«, sagte Renia. »Genia und Izak kommen mich abholen. Bis später, Liebchen.« Izak Pekelman fuhr die Frauen also zum Einkaufen. Jüdische Männer waren verblüffend, dachte Lola. Sie taten alles für ihre Ehefrauen. Sie gingen einkaufen, fuhren sie, begleiteten sie. Sogar beim Kauf von Unterwäsche.

Lola mochte Izak Pekelman. Er wirkte immer gutgelaunt. Alle Freunde Izak Pekelmans bewunderten ihn für seine gärtnerischen Fähigkeiten. Nicht viele Juden waren gute Gärtner. In seinem Garten in Caulfield besaß Izak Mandelbäume, Walnußbäume, Kastanienbäume, Aprikosenbäume, Pfirsichbäume und Pflaumenbäume und Orangen-, Zitronen- und Limonenbäume. Izak war auch Gemüsegärtner. Er züchtete Zucchini, Blumenkohl, Kohl, Karotten, Bohnen, Erbsen, Kartoffeln und Frühlingszwiebeln.

Als Kind in Łowicz war Izak für den Küchengarten seiner Familie verantwortlich gewesen. Er hatte Karotten, rote Bete, Zwiebeln, Kartoffeln und Rettiche angebaut. Vor und nach der Schule hatte Izak sich jeden Tag um sein Gemüse gekümmert.

Im Ghetto, wo jeden Tag Menschen verhungerten, hielt Izak seine Eltern mit seinem Gemüse am Leben. Izak züchtete Zwiebeln und Rettiche und Kartoffeln in einem alten Kinderwagen. Den Kinderwagen hatte er von einem Cousin für einen Laib Brot und den Ehering seiner Mutter gekauft. Izak hatte den Kinderwagen immer bei sich. Wenn er schlief, stand der Kinderwagen neben seiner Matratze, und tagsüber während der Arbeit parkte er den Kinderwagen vor dem Fenster, hinter dem er saß und für die Deutschen Uniformen nähte.

»Die Leute haben mich ausgelacht«, hatte er Lola erzählt. »Sobald die Sonne ein bißchen schien, lief ich nach draußen, um den Kinderwagen umzustellen. Die Räder des Kinderwagens schloß ich mit einer Kette ab, und über das Gemüse hatte ich Draht gespannt, damit es nicht so leicht zu stehlen war. Eines Tages war ich in Melbourne im Kino, und ein Mann kam auf mich zu und sagte: ›Sie sind der Junge, der in dem alten Kinderwagen Gemüse gezogen hat. Meine Mutter hat mir erzählt, daß Sie sich um dieses Gemüse gekümmert haben, als hätten Sie es mit den geliebtesten Kindern der Welt zu tun.‹ Um ehrlich sein, Lola, ich habe mitten in diesem Kino zu weinen angefangen, als er von meinem Kinderwagen gesprochen hat.«

Izak Pekelman trug immer Sandalen. Sandalen und Socken. Sandalen und Socken trug er sommers wie winters. Am Strand und bei Bar-Mizwas. Als er arm war, wurde er wegen seiner Socken und Sandalen ausgelacht. Jetzt, da er wohlhabend war, bewunderten seine Geschäftspartner ihn für seine Exzentrik.

Izak konnte keine Schuhe tragen. Seine Zehen waren verkrümmt und verdreht. Seine Zehennägel waren schwarz, rissig und brüchig. Geschwollen und verwachsen saßen sie auf seinen Zehen.

Lola hatte Izak Pekelman einmal gefragt, warum er immer Sandalen trug. »Meine Füße sehen nicht sehr hübsch aus«, hatte er gesagt.

»Was ist mit ihnen los?« hatte Lola gefragt. Einen Augenblick lang hatte Izak ausgesehen, als wolle er Lolas Frage nicht beantworten, doch dann antwortete er.

»Im Konzentrationslager Sachsenhausen, wo ich war«,
sagte er, »hatten sie einen Bereich, in dem Schuhe ausprobiert
wurden. Einer der Schuhfabrikanten aus der Gegend wollte
seine Ware auf verschiedenen Oberflächen testen. Deshalb
wurde ein bißchen geforscht, und dann wurden Strecken mit
neuen verschiedenen Oberflächen angelegt. Jeden Tag mußten einige von uns Häftlingen ein anderes Paar Schuhe anzie-
hen und ungefähr vierzig Kilometer auf den Strecken aus
verschiedenen Sorten Beton, aus Schlacken, Bruchstein,
Sand und Kies gehen. Und damit es für sie lustiger war,
haben die SS-Wachen uns Schuhe gegeben, die ein oder zwei
Größen zu klein waren, und wir mußten Sandsäcke mit
zwanzig Kilo Gewicht schleppen. Du siehst also, Lola, daß
ich froh sein konnte, daß ich meine Zehen noch habe.«

Lola brachte kein Wort heraus. Sie schämte sich fürchterlich, daß sie Izak wegen seiner Sandalen gefragt hatte.
Izak wirkte nicht verstört. Er wirkte gelassen.

»Ich wußte immer, daß ich ein Glückspilz bin«, sagte er.
»Ich hatte sogar Glück, daß ich in Sachsenhausen ankam.
Als wir aus dem Zug stiegen, erwartete uns eine Men-
schenmenge am Bahnhof. Für die Bewohner von Oranien-
burg war es ein aufregender Zeitvertreib, den Häftlingen bei
der Ankunft zuzuschauen. Männer und Frauen und Mütter
mit ihren Kindern schauten uns zu. Als wir aus dem Zug
stiegen, sangen und schrien und brüllten sie schreckliche
Dinge über die Juden, und sie warfen mit Steinen nach uns,
mit Holz und mit Straßenschmutz. Vom Bahnhof zum
Konzentrationslager mußten wir drei Kilometer laufen, und
unterwegs wurden wir von den SS-Wachen getreten und geschlagen. Wer hinfiel, wurde erschossen. Tote und Verwun-
dete markierten unseren Weg. Hinter uns fuhren Patrouil-
lenwagen, die sie einsammelten. Ob Tote oder Lebende, das

war egal, sie sammelten sie alle ein, weil die SS die genaue Anzahl Häftlinge abzuliefern hatte, die für dieses Lager festgesetzt worden war. Das war die deutsche Gründlichkeit.

Zu den ersten Dingen, die ich in Sachsenhausen zu sehen bekam, gehörte ein Schild mit der Aufschrift: ›Es gibt einen Weg zur Freiheit. Seine Meilensteine sind Gehorsam, Fleiß, Ehrlichkeit, Ordnungsliebe, Sauberkeit, Nüchternheit, Wahrheitsliebe, Opferbereitschaft und Vaterlandsliebe.‹

Ich hatte Glück, dieses Schild zu sehen. Mein Freund Felix war in dem Zug, der uns nach Sachsenhausen brachte, gestorben, und mein Cousin Moishe wurde zusammengeschlagen, als er ausstieg, und erschossen, als er hinfiel.«

Um vier Uhr beschloß Lola, für diesen Tag zu arbeiten aufzuhören. Mit dem Gedicht kam sie gut voran; sie war glücklich. Sie beschloß, das Abendessen früh zuzubereiten; sie war gerne früh dran. Vielleicht würde sie eine schöne Kartoffel-Zwiebel-Suppe und ein leichtes Nudelgericht machen.

Lola zerschnitt die vierte große Zwiebel, als es an der Tür läutete. Es waren Renia und Genia und Izak.

»Hallo, hallo, hallo«, riefen sie im Chor. Genia und Renia hatten gerötete Gesichter und waren gehobener Stimmung. Der Einkaufsbummel war offenbar erfolgreich gewesen.

Renia sah wunderschön aus. Ihre Haut war glatt und goldfarben. Sie trug ein schwarzes Chanel-Kostüm mit doppelter Knopfreihe. Sie sah atemberaubend aus. Renia sah in letzter Zeit viel glücklicher aus, dachte Lola. Es hatte sich langsam ergeben, über die letzten Jahre hinweg. Glücklichsein stand ihr gut, fand Lola.

»Es war ein sehr guter Ausverkauf, Schätzchen«, sagte Renia. »Ich habe dir sechs Lily-of-France-BHs gekauft und drei Unterröcke. Genia hat sich die schönsten Schweizer Unterhosen und ein Hemdhöschen aus dem gleichen Material gekauft, und ich habe mir Christan-Dior-Seidenstrümpfe für ein Viertel des normalen Preises gekauft.«

»Wir waren auch bei Myers«, sagte Renia. »Ich habe dir einen Challe gekauft, etwas Rinderbrust und gefilte Fisch. Alles von Myers. Bei Myers kann man sehr guten Challe kaufen. Und der Fisch ist auch sehr gut. Freitag ist ein sehr guter Tag für Fisch. Freitags ist er immer frisch.«

Izak nahm Lola beiseite. Er wußte einen neuen Witz. Er wußte, daß Renia seine Witze nicht schätzte.

»Hast du die Geschichte über Mrs. Rosenberg gehört?« fragte Izak Lola. »In Mrs. Rosenbergs Wohnung läutet das Telefon. Sie nimmt den Hörer ab. ›Hallo‹, sagt sie. Am anderen Ende ist ein Mann. ›Ich weiß, was Sie wollen‹, sagt er. ›Sie wollen, daß ich komme und Ihnen die Kleider vom Leib reiße. Sie wollen, daß ich Sie schtupe bis zur Besinnungslosigkeit. Sie wollen, daß ich Sie an das Bett fessle und Sie schtupe bis zur Besinnungslosigkeit‹, sagt er. ›Das können Sie alles aus einem einzigen Hallo heraushören?‹ sagt Mrs. Rosenberg.«

Lola lachte.

»Wir müssen jetzt gehen, sonst kommen wir in den Feierabendverkehr«, sagte Renia. »Auf Wiedersehen, Herzchen, laß dir den Fisch schmecken!«

Lola küßte Renia, Genia und Izak zum Abschied. »Auf Wiedersehen, auf Wiedersehen, auf Wiedersehen!« riefen sie.

Fünf Minuten später war das Trio wieder da.

»Ich habe vergessen, dir den Meerrettich zu geben, der zu dem Fisch gehört. Garth liebt Meerrettich«, sagte Renia.

»Danka, Mum. Auf Wiedersehen!« sagte Lola.

»Auf Wiedersehen, auf Wiedersehen!« riefen Genia und Izak. Lola wußte nicht, ob sie lachen oder weinen sollte. Sie konnte die Herzensgüte, die Freundlichkeit, die Liebe in dieser Hektik, diesem Übereifer erkennen. Warum verursachte es ihr trotzdem Kopfschmerzen? Vielleicht würde sie die Antwort nach ein paar weiteren Jahren Psychoanalyse wissen.

Später am Abend aßen Lola und Garth. Die Kinder waren in Sydney zu Besuch bei Garths Eltern.

»Der gefilte Fisch ist vorzüglich«, sagte Garth.

»Er ist von Myers«, sagte Lola. »Meine Mutter sagt immer, der gefilte Fisch von Myers sei besonders gut. Sie hat es so oft gesagt, daß ich nie hingehört habe. Ich frage mich, was ich sonst alles nicht gehört habe.«

Nach dem Abendessen gingen Lola und Garth zur Eröffnung der Ausstellung von Stephen Newsomes Bildern in den Smithson Galleries. Newsome war ein alter Freund von Garth.

Lola mochte keine Vernissagen. Das grelle Licht in Galerien verstärkte oft ihre Ängstlichkeit. Dazustehen und sich mit anderen zu unterhalten hatte ebenfalls etwas Beängstigendes. Heute abend wollte sie sich bemühen, sich nicht auf sich selbst zu konzentrieren. Sie wollte nicht eingehend nach Symptomen der Beängstigung suchen. Sie wollte nicht alle Energie auf die Frage richten, ob sie Beängstigung verspürte. Sie fragte sich, ob andere Leute ähnlich bewußte Anstrengungen unternehmen mußten, um nicht die ganze Zeit mit sich selbst beschäftigt zu sein.

Lola und Garth sagten Stephen Newsome, wie sehr sie seine Bilder mochten, doch Newsome war so betrunken, daß er sie fast nicht erkannte. Er war so betrunken, daß er sich kaum auf den Beinen halten konnte.

»Newsome und mir ist es im Lauf der Jahre ziemlich schwer gefallen, uns auf den Beinen zu halten«, sagte Lola zu Garth. »Ihm, weil er nie nüchtern war, mir, weil ich im Kopf nie klar war.« Lola und Garth begrüßten ein halbes Dutzend Leute und verließen die Galerie.

Zu Hause machte Lola sich für das Bett fertig. Sie reinigte und rubbelte und cremte sich das Gesicht. Sie sah sich im Spiegel an. Sie sah so jüdisch aus. Jüdische Augen, jüdische Locken, jüdischer Gesichtsausdruck. Sie hatte ein jüdisches Gesicht. Ein Gesicht, das verzagt aussah, wenn sie glücklich war, und verzweifelt, wenn sie traurig war.

Lola wandte den Blick vom Spiegel ab. Wenn ihr ernsthaft daran lag, daß die Analyse Erfolg hatte, durfte sie sich nicht dauernd Gedanken darüber machen, wie sie aussah. Sie dachte immer, wenn ihre Locken die richtige Form hätten, dann wäre alles andere auch in Ordnung.

Lola ging aus dem Badezimmer durch das Wohnzimmer und in Garths Atelier. Garth malte. Luciano Pavarotti sang »Nessun dorma«. Garths Hüften und Beine bewegten sich im Takt der Musik. Er war in seine Leinwand versunken und hörte sie nicht hereinkommen.

Sie blieb stehen und sah ihm zu. Sie dachte daran, wie glücklich sie war. Sie war glücklich, daß sie Garth hatte. Glücklich, daß sie die Kinder hatte. Sie war glücklich. Der Gedanke überraschte sie. Für einen Moment war sie verwirrt. Es war kein abartiger Gedanke, nur ein neuer.

Sie küßte Garth und wünschte ihm eine gute Nacht. Noch immer glücklich ging Lola in das Schlafzimmer zurück. Sie wußte, daß Garth bis tief in die Nacht malen würde, und deshalb hatte sie sich eine Wärmflasche gemacht. Sie stieg ins Bett. Die neuen Laken, die sie gekauft hatte, fühlten sich gut an. Sie drückte die Wärmflasche zärtlich an sich. Noch immer glücklich, schlief sie ein.

Ich habe gehört, daß du einen neuen Mann hast

Zehn Jahre lang war es Lola unmöglich gewesen, mit Juden zu verkehren. Zehn Jahre lang hatte es Lola Beklemmungen verursacht, auch nur die Acland Street entlangzugehen, am Restaurant Scheherezade und an Benedykt-Brothers-Delikatessen vorbei.

Sie kannte die meisten Leute, die in Grüppchen auf dem Gehsteig standen und plauderten. »Lolala, hallo, was ist mit dir passiert? Das letzte Mal, als ich dich sah, warst du dünn, und jetzt?« Lola wußte bei diesen Begegnungen nicht viel zu sagen. »Guten Morgen, Lola, ich habe gehört, daß du geschieden worden bist, und jetzt habe ich gehört, daß du einen neuen Mann hast.«

Garth liebte die Acland Street. Immer grüßte er Tivele, der an Parkinson litt und gefährlich zitterte, während er seinen Tee mit Zitrone trank, mit einem Klaps auf den Rücken und einem Händedruck. Abe fragte er, was der Kurzwarenhandel mache. Er lächelte wie ein gütiger Vater, wenn Adek, Edek und Isaac redeten. Sie redeten ohne Punkt und Komma. Einer fiel dem anderen ins Wort. Alle gleichzeitig. Wieviel Energie sie hatten, diese Bande älterer Männer! dachte Lola. Alles war wichtig. Alles war von Bedeutung.

Lola trat in das Scheherezade. Sie setzte sich an einen Tisch neben der Theke. Sie bestellte ein Glas Borscht und einen Teller gekochte Kartoffeln. Sie beobachtete Mr. Krongold, der hinten im Restaurant in Parka und Kapuze seine Latkes aß. Schnitzel und gekochte Kartoffeln hatte er bereits hinter sich. Mr. Krongold war ein schmächtiger, zartgliedriger Mann. Er aß wie ein Scheunendrescher.

Lola aß oft über den Mülleimer gebeugt. Sie riß Stücke von einem Brotlaib. Ein Stück Brot in den Mund, eines in den Mülleimer, wieder eines für sie und ein paar krustige Stücke für den Eimer. Lola mußte den Laib beseitigen. Er würde sie sonst belasten. Noch ein paar Bissen, und das letzte Stück konnte in den Eimer wandern.

Lola konnte alle Gedanken, die sie verstörten, wegschieben. Sie blinzelte sie sich aus dem Kopf. Dreimal geblinzelt, und alle störenden Gedanken waren fort. Das einzig Problematische daran war, daß fast alles andere, was sich in Lolas Kopf befand, ebenfalls fortgeblinzelt wurde.

Lola fiel es schwer, sich lebendig zu fühlen. Oft atmete sie sich zu Tode. Sie atmete immer langsamer und flacher. Sie konnte stundenlang reglos dasitzen. Sie konnte mit ihren Kindern zusammensein oder sich mitten in einer Gruppe von Leuten befinden und den Eindruck machen, als sei sie von der Unterhaltung entzückt, während sie in Wahrheit anderswo war, tot war. Wenn sie auch nicht so tot war wie all die Toten, war sie es doch beinahe.

Mr. Lipnowski, der oft im Scheherezade aß, kam zu Lola. »Ich habe die wunderschöne Zeichnung gesehen, die Garth in der Zeitung gehabt hat. So eine schöne Zeichnung! Man kann sehen das Leiden der ganzen Welt in den Augen. Wie er gezeichnet hat diese Augen. Wundervoll!«

»Und mein Artikel?« sagte Lola.

»Zu kurz«, sagte Mr. Lipnowski. »Zu kurz, und ich habe gar nichts daraus erfahren.«

Lola hatte gute Laune. Ihr Analytiker hatte ihr erklärt, sie müsse an ihrer Analyse arbeiten oder er werde nicht weitermachen. Diese Neuigkeit hatte sie aufgeschreckt. Sie fühlte sich lebendiger als seit Wochen. Sie lächelte Mr. Lipnowski an.

Sie erinnerte sich an ein Gespräch, das sie im letzten Sommer mit Mr. Lipnowski gehabt hatte. Ihr Buch mit Gedichten über das Leben im Konzentrationslager war gerade erschienen. Mrs. Frydman von der Buchhandlung um die Ecke wollte keine Exemplare des Buchs bestellen, solange sie nicht wußte, ob Nachfrage bestand.

»Ich war in Auschwitz«, sagte sie, »und schreibe ich deshalb Gedichte?«

Mr. Lipnowski hatte zu Lola gesagt: »Ich habe Mrs. Frydman gesagt, daß sie soll verkaufen Gatkes und nicht Bücher.«

Gatkes, hatte Lola Garth erklärt, waren Unterhosen.

Nachdem sie lange genug in die Analyse gegangen war, erkannte Lola, daß die offenbare Schroffheit, Härte, Unverblümtheit eine liebenswerte Direktheit, eine belebende und unmißverständliche Art der Verständigung war. Sie drückten sich alle so aus. Mr. Lipnowski, Mrs. Frydman, Mr. und Mrs. Bensky. »Das ist richtig. Das ist falsch. Das ist schlecht. Das ist schrecklich. Das hat keinen Sinn. So sehe ich die Dinge. So ist es, und so bleibt es.« Sie wußten alle Bescheid.

Ihren Kindern fiel es schwer zu entscheiden, ob etwas so war oder nicht so war. Lolas Freund Ben, dessen Vater in Polen auf Seite der Partisanen gekämpft hatte und heute die Sunsoaked Swimwear Industries besaß, gehörte dem Shiva-Yoga-Verein an. Jeden Morgen zwischen fünf und sechs

Uhr tanzte Ben zu indischen Gesängen. Von sechs bis sieben meditierte er. Den Rest des Tages verbrachte er mit der Ausarbeitung seiner Vorstellung einer zeitgenössischen Theaterproduktion des Ramayana-Balletts.

Ben lächelte die ganze Zeit. In den letzten Jahren, in denen er die Ränge der Ashram-Hierarchie erklommen hatte, war in ihm mehr Interesse an seinem Judentum erwacht. Inzwischen waren seine Oms mit Ojs durchsetzt.

Und es gab Morris Lubofksy. Es fiel Lola schwer zu glauben, daß Morris der Sprößling Rivka Lubofskys war. Als Dreizehnjährige durch die Nazis zur Waise geworden, hatte Rivka sich den Krieg hindurch in den polnischen Wäldern versteckt. Lola war von Rivkas Schönheit wie hypnotisiert. Rivka hatte widerspenstiges, dunkelrotes Haar und riesengroße verführerische und einladende Augen. Sie sprach sechs Sprachen. Und sie lachte. Sie lachte mit dem ganzen Körper.

Rivka machte ihren Abschluß in Jura im gleichen Jahr, in dem Morris das Studium der Zahnmedizin an den Nagel hängte, um die Zeitschrift *Teenybopper* herauszugeben.

Eine Stunde nach der Ankunft im Haus seiner Eltern und zwanzig Minuten nach Beenden seines üblichen Sonntagmittagessens mit ihnen lag der vierzigjährige und dreimal geschiedene Morris Lubofsky auf dem Sofa im Wohnzimmer seiner Eltern. Sein Magen hob und senkte sich leicht, und er schlief ein.

Letzten Sonntag hatte Mr. Lubofsky Morris beim Mittagessen den Prospekt für den neuen Jaguar Sovereign überreicht.

»Geliefert wird er im Dezember. Herzlichen Glückwunsch zum Geburtstag.«

»Oh, Klasse. Danke, Dad«, sagte Morris und ging zum Sofa und schlief ein.

Lola war diese Krankheit, in Gegenwart der Eltern unter keinen Umständen wach bleiben zu können, wiederholt aufgefallen. Sie hatte sich darüber mit Morris' katholischer erster Frau unterhalten, die es empörend und unbegreiflich fand. Lola hatte das Syndrom schon am eigenen Leib festgestellt.

Lola wirkte in Anwesenheit von Mr. oder Mrs. Bensky nie aufgeregt oder begeistert. Überraschung gab sie selten zu erkennen, Freude, Fröhlichkeit oder Glück zeigte sie in ihrer Gegenwart nie. Sie schien keinerlei Humor zu haben. Sie lachte nie, wenn sie mit ihren Eltern zusammen war.

Bisweilen hatten sie sie dabei überrascht, daß sie mit einer Freundin lachte. Lola hatte einmal gesehen, daß Mr. Bensky sie sehr erstaunt angeblickt hatte, als sie sich vor Lachen schüttelte, während sie ihrer Freundin Margaret-Anne die Geschichte erzählte, wie sie Dean Robertson begegnet war, einem berühmten politischen Journalisten und früheren Kollegen. Lolas Sohn war damals fünf Jahre alt und befand sich in einer Phase, in der er an jedes Wort den Buchstaben »l« anhängte. Er sagte Buchl, Rauchl, Hundl, Katzl. Dean Robertson hatte Lola gefragt, was sie zu Zeit tue. »Ich bin nur Hausfrau«, hatte sie erwidert. Dean Robertson hatte sich mit einer Grimasse des Entsetzens eilig verabschiedet.

Lola schaute ein Foto von Garth an, das sie in der Brieftasche hatte. Er sah nicht jüdisch aus. Er sah zu glücklich aus.

Selbst die Jiddisch-Lektionen, die Lola und Garth gemeinsam lernten, waren nicht allzu heiter. Jeder Satz wurde langsam vorgesprochen und wiederholt. Das Gespräch zum Thema »Wie geht es Ihnen?« verlief folgendermaßen:

Wie geht es Ihnen?

Danke, gut.
Nicht übel.
Geht so.
Mir geht es nicht gut.
Was fehlt ihm?
Er hat Kopfschmerzen.
Was fehlt ihr?
Sie hat Zahnschmerzen.
Wir sind krank.
Was fehlt Ihnen?
Wir haben Magenschmerzen.
Mir geht es nicht gut.
Was fehlt Ihnen?
Mir tun die Füße weh.
Meinen Eltern geht es nicht gut.
Was fehlt ihnen?
Ihre Kinder bereiten ihnen Herzeleid.
Mir tut der Kopf weh.
Ihr tut der Rücken weh.
Ihm tut die Hand weh.
Ihnen tun die Knochen weh.
Uns tun die Füße weh.
Ihnen tun die Füße weh.

Als Zwanzigjährige verkehrte Lola nicht mit Juden. Sie arbeitete als Rockjournalistin. Ihre drei besten Freundinnen waren blaß, groß und ungelenk und neigten, wie sie bei näherem Nachdenken erkannte, alle drei zu Verstopfung.

Sie verliebte sich in blonde, blauäugige Männer, deren Väter einen Golfclub leiteten und deren Mütter dem Hockeyteam der Schule vorgestanden waren. Jüdische Jungen fand Lola entsetzlich. Sie sahen verwöhnt aus, verweichlicht und weibisch. Sie sahen aus, als fürchteten sie sich vor ihren Müttern und vor ihren Vätern. »Jüdischen Jungen klebt noch die Muttermilch im Gesicht«, sagte Margaret-Anne.

Als Lola und Johnny Rosenberg achtzehn waren, war er mit dem Vauxhall seines Vaters auf einen anderen Wagen aufgefahren. Lola mußte am Knie genäht werden, und Johnny hatte sich die Nase gebrochen. Er saß im Royal Hospital von Melbourne und weinte. »Wie kann ich das meinen Eltern sagen? Der Schock wird sie umbringen.«

Die meisten jüdischen Kinder lebten unter dem Eindruck, daß sie die Macht hatten, ihre Eltern umzubringen. Übliche Gesprächsfetzen unter Kindern lauteten: »Das wird meine Mutter umbringen.« – »Das kann ich meiner Mutter nicht sagen, das würde sie umbringen.« – »Das kann ich nicht tun, das würde mein Vater nicht überleben.« – »Ich kann meine Frau nicht verlassen, das würde meine Eltern umbringen.«

Lola bildete keine Ausnahme. Lieber log Lola über alles und jedes, als ihre Eltern umzubringen. Sie log über ihren nichtjüdischen Freund. Die Benskys waren glücklich und zufrieden, daß Lola Angus Nankin, einen »schottischen Juden«, als festen Freund hatte. Mr. und Mrs. Nankin spielten mit. Mr. Nankin trug beim Abendessen eine Jarmulke, und an Jom Kippur besuchten sie alle gemeinsam die Synagoge. Mrs. Bensky erklärte ihren Freunden, daß diese Anglojuden einfach kein Jiddisch sprechen konnten. Die Benskys waren zutiefst enttäuscht, als Lola und Angus sich trennten.

Lola log, daß sie noch Jungfrau sei, sie log über ihre Eßgewohnheiten, sie log, was ihr Studium an der Sorbonne betraf. Nach der High School hatte Lola ihre Eltern angebettelt, sie in Paris an der Sorbonne Sprachen studieren zu lassen. Lola verbrachte zwei Tage an der Sorbonne. Sie fühlte sich einsam und verloren und außerstande, sich verständlich zu machen. Sie floh nach London, kaufte ein altes Londoner Taxi und fuhr sechs Monate lang in Europa herum. Sie reiste durch Italien, Spanien, Frankreich, Deutschland, Österreich, die Schweiz. In Neapel schiffte sie das Auto auf einer Fähre ein und fuhr nach Israel, wo sie ihren Cousin in einem Kibbuz in der Negevwüste besuchte. Eine Studentin in Paris leitete Lolas Briefe weiter, und jedermann war glücklich. Mr. und Mrs. Bensky brüsteten sich noch immer mit Lolas Sprachbegabung und damit, wie sie an der Sorbonne alle anderen Studenten überflügelt hatte. Lola wußte, daß man an Lügen nicht starb.

Doch den Tod ihrer Eltern fürchtete sie, und sie hatte das Gefühl, daß es ihre Schuld sein würde, wenn sie eines Tages starben, und ihre Schuld, wie sie starben.

Sie hatte Verständnis für Morris Lubofsky. Wenn Leute sagten, wie reich er einmal sein würde, sagte Morris immer: »Ich hoffe, daß ich vor meinen Eltern sterbe.« Lola wußte genau, was er damit sagen wollte.

»An meinem Grab wirst du bittere Tränen weinen, aber dann wird es zu spät sein«, sagte Mrs. Bensky immer zu Lola. Was wäre, wenn sie sogar dann nicht weinte? fragte Lola sich jedesmal.

Jetzt fragte sie sich, wie sie so hartherzig hatte sein können. So fühllos. Wie hatte sie so wenig Mitgefühl, so wenig Interesse für das aufbringen können, was Mrs. Bensky durchgemacht hatte?

Wenn Lola über Mrs. Benskys Leben nachzudenken begann, konnte sie nicht begreifen, warum Mrs. Bensky nach dem Krieg überhaupt am Leben bleiben wollte oder warum sie Kinder haben wollte. Lola hatte den Eindruck, daß sie an ihrer Stelle aufgegeben hätte. Sie hatte schon oft aufgegeben. Sie hatte immer das Gefühl gehabt, daß nichts die Anstrengung wert sei. Dieses Gefühl, das begriff Lola jetzt, war ein trauriger Luxus. Das Ich-finde-alles-so-öde-, das Ich-finde-alles-so-fade-Syndrom. Meistens ging es Hand in Hand mit der Meine-Eltern-haben-mein-Leben-ruiniert-Denkweise, und das Postskriptum dazu hieß Und-dafür-werden-sie-Büßen.

Lola faltete ihre Ausgabe der *Jewish News* zusammen. Sie hatte ein Stück Apfelkuchen gegessen, obwohl es der erste Tag ihrer neuen Diät war. Sie bezahlte ihren Kaffee und ihren Kuchen. Sie winkte Tivele zum Abschied zu. Sie lächelte Mr. Rosenberg und Mr. Schwarz zu, die vorne im Restaurant saßen, und ging nach Hause.

Wenn du lange genug lebst

»Mmm, Elizabeth ist so ungeheuer schön.« Morris Lubofsky sprach von seiner fünfundzwanzigjährigen Freundin. »Sie hat so kraftvolle Gliedmaßen. Du solltest sie aus der Nähe sehen. Ich meine, richtig aus der Nähe. Richtig aus der Nähe sehen die Leute ganz anders aus.«

Lola Bensky und Morris Lubofsky gingen die Lygon Street entlang. Morris sprach voller Begeisterung weiter. »Du mußt wissen, daß sie eine wahnsinnig gute Sängerin ist. Niemand in diesem Land kann so gut singen wie sie.« Lola schwieg.

Manchmal mußte Lola sich ins Gedächtnis rufen, daß sie Morris sehr gern hatte. Sie mochte seinen Humor und seine verbissene Loyalität. Wenn Morris diese Monologe über seine Freundin zum besten gab, mußte Lola nicht so tun, als hörte sie interessiert zu. Morris war sein eigenes Publikum. Lolas mangelndes Interesse fiel ihm nicht auf.

Morris rief Lola für gewöhnlich mehrmals in der Woche an. Er rief an, um zu erzählen, wie schön Elizabeth war oder wie brillant ihre Fortschritte als Fotografin waren. Manchmal wollte er berichten, was er für sein Haus gekauft hatte oder kaufen wollte. Morris wohnte in einer ehemaligen

Meierei von sechstausend Quadratmetern Grundfläche in Williamstown.

»Sie sagt, ich wäre ein fabelhafter Liebhaber«, sagte Morris. Lola wußte darauf nichts zu erwidern. Sie gingen weiter. »Gestern haben wir den ganzen Tag im Bett verbracht, und heute nachmittag kommt sie zu einer Produktionsbesprechung zu mir nach Hause.«

Morris war wieder da. Er war zurückgekehrt. Er hatte sich als Amateur versucht. Als Herausgeber unverkäuflicher Zeitschriften. Morris hatte den *Teenybopper* und in den siebziger Jahren die Underground-Wochenzeitschrift *The Joint* gegründet. Sein letztes Unternehmen hatte *Vegetarian Monthly* geheißen.

Jetzt hatte Morris mit einem Startkapital von 500.000 Dollar, von seinem Vater zur Verfügung gestellt, eine Werbeagentur gegründet und sich auf Fernsehspots spezialisiert.

Sogar zur Zeit des *Teenybopper*, dessen höchste Auflage fünfhundert Exemplare in der Woche gewesen war, hatte Morris ununterbrochen telefoniert. Jetzt, im Werbegeschäft, hatte er eine Telefonanlage mit acht Verbindungen, ein Fax und vier Computer. Wenn man Morris Lubofsky anrief, ob um sechs Uhr morgens oder um elf Uhr abends, war er immer mit einem anderen Telefonat beschäftigt. »Hallo, Sekunde, ich bin gerade am anderen Apparat«, sagte er stets.

Wenn Lola ihn anrief, hatte sie immer ein Buch oder eine Arbeit zur Hand, damit sie sich beschäftigen konnte, während sie darauf wartete, daß Morris seine anderen Gespräche beendete.

Und jetzt, während sie Morris zuhörte, begriff Lola, was sie an ihm nicht leiden konnte. Er war immer mit sich selbst beschäftigt. Das war zu nahe an dem, was Lola in sich selbst bekämpfte, dem ichbezogenen Teil ihrer selbst, den sie endlich loswerden mußte.

Wie kam es, fragte sie sich, daß eine Generation widerstandsfähiger, tüchtiger, erdverbundener Eltern verzärtelte Sensibelchen wie Morris oder lethargische Hypochonder wie Fay Faber oder Susan Wiener oder unterschwellige Depressive wie Ben Hertz, der den ganzen Tag meditierte und »om« summte, hervorgebracht hatte?

Ihre Eltern waren im Konzentrationslager gewesen, im Arbeitslager, im Ghetto. Sie hatten den Krieg jahrelang im Bunker, im Wald, im Heuschober überlebt.

Sie kamen an Leib und Seele wund und mittellos nach Australien. Aber sie waren zäh. Sie kamen dankbar und mit Mut, Optimismus und der Bereitschaft, von vorne zu beginnen. Sie schufen sich ein neues Leben. Und sie bekamen Kinder.

Für ihre Kinder wollten sie nur das Beste, und sie gaben ihnen alles. »Für die Kinder tue ich alles. Ich will nichts für mich selbst«, sagte Renia Bensky regelmäßig zu Lola, seit Lola sich erinnern konnte.

Lola glaubte ihr das nie. Renia kam mit einem neuen Cocktailkleid aus der Stadt. »Schau nur, Lola, Mr. Gross hat mir dieses Kleid für so gut wie nichts gegeben. Es war ein Kollektionsmuster, und zum Glück habe ich diese ausgefallene Kleidergröße, daß es mir wie angegossen paßt.«

Für Lola war bei diesen Einkäufen immer etwas dabei. »Lola, Schätzchen«, sagte Mrs. Bensky, »ich habe dir ein paar neue Unterhemden gekauft. Reine Baumwolle. Englisches Fabrikat. Schrecklich teuer. Wirklich schockierend, wie teuer so etwas ist.« Lola legte sie auf ihren Stapel Unterhemden und Unterhosen aus reiner Baumwolle.

Morris redete noch immer. Sie waren zum Café Roma gegangen, wo sie mit Garth zum Lunch verabredet waren. Garth hatte sich verspätet. Nach einer halben Stunde begannen Morris und Lola ohne ihn zu essen.

»Meine Mutter hat diese fabelhafte Wohnzimmergarnitur für mich ausgesucht«, sagte Morris. »Graues Leder, Art déco. Drei Sofas und zwei Sessel«, sagte er. Er schob sich einen Bissen Spinatlasagne in den Mund und redete weiter. »Meine neue Diät ist wirklich gut. Letzte Woche habe ich sie unterbrochen und drei Kilo zugenommen, aber da ich vorher zehn Kilo abgenommen hatte, bleiben mir immer noch sieben Kilo Gewichtsverlust. Es kommt nur darauf an, welche Nahrungsmittel man kombiniert. Beispielsweise darf man nie Kohlehydrate mit Proteinen essen.«

Lola gähnte. Morris Lubofsky war der Mittelpunkt seiner Welt. Und seine Welt war die beste aller Welten. Sein Chiropraktiker war der beste Chiropraktiker. Der Kaffee im Café Nero neben seinem Haus war besser als der Kaffee in dem Café nebenan bei anderen Leuten. Wollte man Morris Lubofsky Glauben schenken, war der Kaffee im Café Nero der beste Kaffee von ganz Melbourne. Sein Anwalt war der beste Anwalt in Australien, und sein Proktologe war der beste Proktologe der Welt. Wenn Morris Lubofsky vegetarisch lebte, war Fleisch reines Gift. Jetzt, wo er Fleisch aß, konnte gehacktes rohes Rinderfilet mit Algen und Sojasauce einem das Leben retten.

Inzwischen redete Morris Lubofsky von seinen Hämorrhoiden. »Wußtest du«, sagte er, »daß Hämorrhoiden oft ein Anzeichen für Darmkrebs sind? Ich lasse mir meine entfernen. Heutzutage werden sie mit einem Gummi abgebunden und weggeschnipst. So wie beim Schafekastrieren.« Lola war am Ende ihrer Kräfte. Es hatte sie erschöpft, nicht von sich sprechen zu können.

Endlich erschien Garth. Lola war überglücklich, ihn zu sehen. Sie waren seit zehn Jahren verheiratet, und Lola empfand noch immer ein übermächtiges Glücksgefühl, wenn sie ihn sah. Garth küßte Lola für Morris' Geschmack etwas zu lange. Morris hüstelte. »Okay, Freunde, laßt es gut sein!« sagte er.

Garth strahlte, fand Lola. Sein Lächeln hob ihn aus der Menge normaler Sterblicher heraus. Sie war völlig vernarrt in ihn. Und er liebte sie abgöttisch. Er besänftigte ihre Ängste und ihre Nervosität. Er verlor nie die Ruhe. Er genoß die Gegenwart und freute sich auf die Zukunft.

Lola war fasziniert von Leuten, die langfristige Pläne schmiedeten. Wie konnte irgend jemand auf das bauen, was in der Zukunft lag?

Morgens erwachte Lola oft, wenn Garth noch schlief. Dann lag sie im Bett und sah ihn an. Er wirkte immer so friedlich wie ein Säugling. So behaglich wie eine schnurrende Katze. Heute morgen hatte er ein Bein über die Bettdecke gelegt gehabt und eine halbe Hinterbacke sehen lassen.

Lola schlief in die Bettdecke eingemummelt. Sie rollte sich ein wie ein Igel. Sie hielt im Schlaf die Arme um sich geschlungen.

»Freiheit war etwas, was Sie sich nie erlaubt haben«, hatte ihr erster Analytiker in einem Brief geschrieben, den er ihr Jahre nach der Beendigung ihrer Analyse bei ihm geschickt hatte. Lola hatte nicht recht verstanden, was das hieß, doch der mitfühlende Ton hatte sie gefreut.

Renia und Josl Bensky waren entsetzt gewesen, als Lola Rodney wegen Garth verlassen hatte. Inzwischen sahen die

Dinge anders aus. Jedem, der es hören wollte, verkündete Josl stolz, er tausche Garth »nicht gegen zwanzig Juden« ein. Seinen Beliebtheitsgrad bei Josl konnte Garth immer gut ablesen. An einem richtig guten Tag wollte Josl ihn nicht einmal gegen fünfzig Juden eintauschen.

Garth hatte Humor. Sogar Renia brachte er zum Lachen. Er brachte ein Element der Fröhlichkeit in die Familienmahlzeiten. Garth liebte Renia und Josl Bensky. Er fürchtete sich nicht vor ihnen, und sie schüchterten ihn nicht ein. Er litt nicht unter der quälenden Vorstellung, jedes Wort, das er sagte, könnte sie umbringen. Er neckte sie. Er zog sie in sein Vertrauen. Er war großzügig ihnen gegenüber. Die Beziehung zwischen den Benskys und Lola bekam eine Lockerheit und Freiheit und Leichtigkeit, die sie nie zuvor gehabt hatte.

Morris, Lola und Garth teilten sich eine Zuppa Inglese und eine Creme Caramel. Morris hatte gesagt, er wolle kein Dessert. Bis dahin hatte er den Großteil der Vanillecreme der Zuppa Inglese gegessen, und jetzt machte er sich über die Creme Caramel her. »Garth, habe ich dir schon von meiner Diät erzählt?« fragte er.

Juden sind immer Diätexperten, dachte Lola. Das Abnehmen nahm kein Jude auf die leichte Schulter. Letzte Woche war Lola bei Izzy Staubs Beerdigung gewesen. Die Feier war sehr bewegend. Izzy war von jedermann geliebt worden, und viele der Trauergäste weinten. Nach der Beerdigung wartete Lola mit den anderen, um Izzys Töchtern Eva und Irena zu kondolieren. Eva und Irena waren voller Kummer. Irenas Augen waren gerötet und verquollen. Als Lola sie ansprach, blickte sie zu ihr auf. »Schau nur, Eva, schau nur, wieviel Lola abgenommen hat. Wie hast du das fertiggebracht?« Lola fand es tröstlich, daß das Abnehmen sogar mitten in einer Beerdigung ein wichtiges Thema blieb. Auf der Rückfahrt vom Friedhof mußte sie bei dem Gedanken daran lachen.

Morris redete noch immer von seiner Diät. Lola konnte sehen, daß Garth vor Langeweile zu schielen begann. Garth hatte noch nie eine Diät gemacht. Morris sprach lebhaft und eindringlich. Er legte Garth haarklein dar, wieviel er zugenommen und wieviel er abgenommen hatte.

Die Obsession mit dem Essen war den Juden offenbar genetisch eingebaut, vermutete Lola. Josl Bensky war zweiunddreißig gewesen, als er nach dem Krieg nach Australien gekommen war. Die wenigen Dinge aus den ersten zweiunddreißig Jahren des Lebens ihres Vaters, die ihr Vater ihr erzählte, hatten allesamt mit Essen zu tun.

Ein-, zweimal jährlich erging Josl sich in Erinnerungen an den Schinken von früher. »Oj!« sagte er dann. »Oj, was war das für ein besonders guter Schinken, wie man ihn gemacht hat in Polen! Ich ging in das Grand Hotel von Łódź. Dort gab es den besten Schinken. Er schmeckte fast süß. Mein Vater hätte mich umgebracht, wenn er hätte gewußt, daß ich Schinken esse.«

Lolas früheste Erinnerungen waren die an den Bialik-Kindergarten. Sie erinnerte sich daran, daß sie hoffte, eine zweite Portion Schokoladenpudding verdrücken zu können, bevor ihre Mutter sie abholte.

Lolas beschämendste Erinnerungen hatten ebenfalls mit dem Essen zu tun. Während die übrigen Zehnjährigen der Marilyn-Brown-Tanzschule die Kostümprobe für *Fella With an Umbrella* absolvierten, war Lola im Umkleideraum und aß Shirley Berrys Kokosschnitte.

Als Mrs. Brown vor die Klasse trat und in strengem Ton fragte: »Gut, wer von euch hat Shirley Berrys Kokosschnitte gestohlen?«, verhielt Lola sich ganz still. Sie hoffte, daß keine Krümelspuren sie verrieten.

Später hatte Lola Gewissensbisse und tröstete Shirley Berry. Beide vertraten die Ansicht, daß Cheryl Buchanan wahrscheinlich die Übeltäterin war.

Der andere Zwischenfall war so beschämend, daß Lola es fast nicht über sich brachte, daran zu denken. Damals hatte sie Dr. Benders Bananen gestohlen. Die Benders und die Benskys waren gemeinsam für eine Woche nach Rosebud gefahren. Lola war damals sieben. Dr. Bender war die Zahnärztin der Familie. Sie war eine stille, schmale und ernsthafte Frau. Dr. Bender und ihr Mann und ihre Tochter waren sechs Monate lang in Bergen-Belsen gewesen. Nach der Befreiung mußte Mr. Bender sechs Monate im Krankenhaus bleiben, bevor er wieder essen konnte, ohne sich sofort zu übergeben.

Dr. Bender durfte nicht legal als Zahnärztin arbeiten. Die australische Regierung erkannte ihre polnische Qualifikation nicht an. Sie studierte Zahnmedizin an der Universität von Melbourne. Gleichzeitig hatte sie zu Hause eine Praxis eingerichtet, in der sie meistens abends behandelte. Fast alle Patienten waren neueingetroffene Juden. Sie war eine ausgezeichnete Zahnärztin, und sie war billig. Ihre Praxis gedieh, und sie konnte ihr Studium finanzieren.

Die Woche in Rosebud war der erste Urlaub der Benders in Australien. Die beiden Familien bewahrten ihr Essen in verschiedenen Küchenschränken auf. Das entsprach nicht Renia Benskys Wünschen. Renia hätte lieber alles in einen Topf geworfen, doch sie beugte sich Dr. Benders Bedürfnis nach Trennung und Ordnung.

Am ersten Tag nahm Lola drei Bananen aus dem Schrank der Benders. »Gab es einen besonderen Grund, daß Sie

unsere Bananen gegessen haben?« fragte Dr. Bender Renia
Bensky.

»Was für ein geiziges Schwein diese Dr. Bender ist«,
sagte Renia zu Josl, nachdem das Debakel ans Licht gekommen war. »Eine gebildete Frau und benimmt sich wie ein
Schwein. Zählt jeden einzelnen Bissen ab und beschuldigt
uns, als wären wir Schwerverbrecher.« Zu Lola sagte Renia
Bensky: »Lola, du bist ein gieriges Schwein.«

Lola konnte Dr. Bender jahrelang nicht in die Augen
sehen. Wenn sie an die Bananen dachte, schämte sie sich. Als
Lola zweiundzwanzig war, begegnete sie Dr. Bender auf der
Regent Street in London. Sie gingen Kaffee trinken.

»Weißt du Lola, dein Zuhause, als du klein warst, das
war der Haushalt mit der angespanntesten Atmosphäre, den
ich je erlebt habe.« Lola wußte nicht, was sie mit dieser
Information anfangen sollte. Es schockierte sie. Sie hätte am
liebsten tausend Fragen gestellt. Warum angespannt? Wie
äußerte sich das? Was war Dr. Bender an ihrem Leben aufgefallen? Dr. Bender war die einzige Erwachsene, die je
etwas gesagt hatte, woraus sich entnehmen ließ, daß das
Familienleben der Benskys etwas anderes als rundum vollkommen war.

Lola öffnete den Mund. Aber sie schwieg. Die Fragen
blieben ihr im Hals stecken.

Meinte Dr. Bender den Lärm in ihrem Zuhause? Es
herrschte ständig Lärm. Türen wurden laut geöffnet und ge-
schlossen, Schränke und Schubladen ebenso. Es gab die
Küchengeräusche und die Badezimmergeräusche und die
Anweisungen und Befehle, die geschrien wurden. Hatte
Dr. Bender das gemeint?

Als Kind sehnte Lola sich nach Stille. Sie beneidete ihre
Freundinnen, deren Eltern sie in Ruhe ließen. Lola hatte den

Eindruck, als wären ihre Eltern allgegenwärtig. Und gleichzeitig hatte sie den Eindruck, als wären sie gar nicht anwesend. Sie hatte den Eindruck, daß sie sich ihr entzogen. Wenn sie etwas sagte, hatte sie den Eindruck, daß sie nicht zuhörten. Sie waren von etwas anderem abgelenkt. Von etwas Größerem. Von etwas, wozu Lola keinen Zugang hatte.

Morris Lubofsky bestellte eine neue Portion Creme Caramel und drei weitere Tassen Kaffee. »Den heutigen Tag kann ich abschreiben, was meine Diät betrifft, also kann ich ruhig richtig schweinen«, sagte er. »Mit der Diät mache ich morgen weiter.«

Lola hatte eine wissenschaftliche Theorie, warum alle Juden Diät hielten. Sie hatte Garth letzte Woche von der Theorie erzählt, und er schien der Ansicht zu sein, daß etwas Wahres daran sein könne. Sie erklärte Morris ihre Theorie.

»Morris, ich glaube, daß du und ich genetisch dafür programmiert sind zuzunehmen. Verstehst du, ich glaube, daß die Juden, die das Konzentrationslager überlebt haben, einen so effizienten Stoffwechsel besessen haben, daß sie mit sehr wenig Nahrung sehr lange auskommen konnten. Das bedeutet logischerweise, daß die Nachkommen von Leuten mit so extrem langsamem Stoffwechsel ebenfalls einen extrem langsamen Stoffwechsel haben. Und das würde erklären, warum Garth essen kann, was er will, ohne zuzunehmen, während du und ich sowenig essen können, wie wir wollen, und trotzdem zunehmen.«

»Das kommt mir einleuchtend vor«, sagte Morris Lubofsky.

In diesem Moment betrat Aviva Jacobsen das Café Roma. Aviva war die Tochter von KZ-Überlebenden. Sie hatte zehn bis fünfzehn Kilo Übergewicht. Morris und Lola nickten einander zu. Aviva war der wandelnde Beweis, daß Lolas Theorie zutraf.

»Hi, Freunde, wie geht's?« sagte Aviva. »Ich bin auf dem Sprung zwischen zwei Verhandlungen. Um vier ist Urteilsverkündung, und vorher muß ich zum Jugendgericht, deshalb setzte ich mich gar nicht erst.« Aviva war Anwältin und pausenlos auf dem Sprung. Pausenlos verteidigte sie diesen Mörder und jenen Dieb, diesen verzweifelten Vater, jenes mißhandelte Kind. Lola dachte oft, daß Aviva wie besessen war. Wenn Aviva nicht arbeitete, ging sie ins Theater, in die Oper, ins Kino, ins Konzert, auf Ausstellungseröffnungen und ins Museum. Sie war immer beschäftigt. Und immer in Eile. Lola fand Avivas unablässige Aktivitäten erschöpfend.

Avivas Schwester Fay bewegte sich sehr bedächtig. Fay sah aus, als stünde sie ständig unter Beruhigungsmitteln. Sie lebte in Israel. Die wenigsten israelischen Männer sind schlaff oder träge, aber Fay Jacobsen hatte einen solchen Israeli ausfindig gemacht und geheiratet. Sie hatten vier lärmende, eigensinnige Kinder und erwarteten ihr fünftes Kind. Fay und ihr Mann wurden von Fays Vater unterhalten.

Lola hatte Avivas und Fays Vater letzte Woche gesehen. Er hatte ihr erzählt, daß er gerade mit Fay gesprochen hatte. »Ich habe sie gefragt«, sagte er zu Lola, »wie die wirtschaftliche Lage in dem Land aussieht. Sie hat zu mir gesagt: ›Das weiß ich nicht, Dad. Ich gehe nicht arbeiten, und Igal geht nicht arbeiten. Wie sollen wir da wissen, wie es mit der Wirtschaft aussieht?‹« Mr. Jacobsen sah aus, als wäre er angesichts dieser Antwort seiner Tochter sowohl stolz als auch beunruhigt.

»Weißt du, Lola«, sagte Mr. Jacobsen, »als ich nach Australien kam, hatte ich einen Traum. Mein Traum war, soviel Geld zu verdienen, daß meine Kinder nie Geldsorgen haben würden. Und das habe ich getan.« Mr. Jacobsen sah bekümmert aus.

Morris Lubofsky erzählte Garth von den Beinen seiner Freundin Elizabeth.

»Sie hat unglaublich lange Beine«, sagte er gerade.

»Morris«, sagte Lola, »diese Beziehung zu Elizabeth hat keine Zukunft. Selbst wenn sie dich heiratet, wird sie dich in ein paar Jahren verlassen. Und was willst du dann tun – mit fünfzig nach Ehefrau Nummer fünf Ausschau halten? Ich habe gesehen, wie Elizabeth dich angesehen hat, als du den Anfall von Heuschnupfen hattest. Ihre Besorgnis war rational, nicht liebevoll. Außerdem ist sie keine Jüdin, und sie ist zu jung für dich.«

Eine der netten Eigenschaften Morris Lubofskys, dachte Lola später, war seine Gutherzigkeit. »Im Augenblick mache ich mir keine Gedanken darüber, wie lange die Beziehung halten wird«, erwiderte Morris. »Ich bin glücklich mit Elizabeth. Sie hat mir ein Selbstvertrauen gegeben, das ich vorher nicht hatte. Sie sagt mir, daß ich ein fabelhafter Liebhaber bin, und das hat mir sehr gut getan.«

Lola hatte eine Frau für Morris Lubofsky im Auge. Es war ihre Freundin Roslyn. Aber Roslyn hatte eine Schwäche für nichtjüdische Männer. Ihre zwei Ehemänner waren keine Juden gewesen. Lola wollte Roslyn zeigen, daß sie auf dem Holzweg war. Sie wollte Roslyn davon überzeugen, daß ihr nächster Mann ein Jude sein sollte.

Roslyn und Morris wären das ideale Paar, dachte Lola. Roslyns Mutter hatte sich während des Krieges in Polen versteckt gehalten, genau wie Morris' Mutter. Roslyn war sehr klug. Wenn sie mit Morris verheiratet wäre, würde sie sich keinen Quatsch von ihm erzählen lassen. Sie würde Morris auf den richtigen Weg bringen, dachte Lola.

Eine Freundin hatte einmal zu Lola gesagt:»Lola, sieh zu, daß du jemanden heiratest, der mehr aus dir macht, als du bist, und nicht jemanden, der weniger aus dir macht, als du bist!« Roslyn würde aus Morris Lubofsky mehr machen, als er war. Und Roslyn hätte endlich kein schweres Leben mehr. Sie hatte es ihr Leben lang schwergehabt. Sie war in eine Ganztagsarbeit gegangen, während sie ihre Prüfungen absolvierte. Sie hatte immer auf eigenen Beinen gestanden. Als Mitglied der Familie Lubofsky hätte sie es um einiges leichter. Und Roslyn würde die Lubofskys nicht ausnutzen. Roslyn war ein bescheidenes und unabhängiges Mädchen.

Ja, Roslyn wäre genau die Richtige für Morris Lubofsky. Lola legte Roslyn dar, warum es so wichtig war, einen jüdischen Ehemann zu heiraten.»Und was ist mit Garth?« sagte Roslyn.»Garth ist mehr Jude als ich«, antwortete Lola.»Er weiß mehr über das Judentum als ich. Und im übrigen gibt es keinen zweiten Goj wie Garth.«

Josl Bensky war einmal bei Lola zu Besuch gewesen, als sie auf Roslyn einredete.»Du mußt aufhören, vor deinem Judentum wegzulaufen«, hatte Lola Roslyn ermahnt. »Denkst du etwa, ein Schinkensandwich an Jom Kippur wäre Beweis einer reifen Persönlichkeit, die mit sich im reinen ist?« fragte Lola Roslyn.»Du bist Jüdin«, fuhr Lola dramatisch fort,»und das ist etwas sehr Anziehendes an dir.«

Josl Bensky hatte zwischen den zwei Frauen gesessen. Er sah amüsiert aus. War das dasselbe Mädchen, dieselbe Lola, seine Tochter, die einen Abschleppwagenfahrer zum Freund gehabt hatte, die mit einem Schwarzafrikaner aus Nigeria liiert gewesen war, die in einen drogensüchtigen Rock-and-Roll-Sänger verliebt gewesen war? War das dieselbe Tochter, die sich gegen alle Eheanbahnungsversuche ihrer Mutter erbittert gewehrt hatte? Dieselbe Tochter, die seit ihrem achtzehnten Lebensjahr mit keinem jüdischen Jungen mehr ausgegangen war? War das wirklich Lolala Bensky?

»Lolala, mein Herzchen«, sagte Josl Bensky, »es gibt ein altes jüdisches Sprichwort. Es heißt: ›Wenn du lange genug lebst, wirst du alles erlebt haben.‹«

Lola und Garth verabschiedeten sich von Morris auf der Lygon Street.

»Sehen wir uns Samstagmorgen zum Kaffee?« fragte Morris. Lola nickte. »Gut«, sagte Morris. »Bis dann.«

Alles halb so schlimm

Lola Bensky sah sich auf der Leinwand. Da war sie. Sie war der zweite Gast rechts bei Zajtls und Motls Hochzeit in *Fiddler on the Roof*. Sie war es. Das Haar, die Augen, der Mund, der Gesichtsausdruck. Jetzt tanzte die Lola auf der Leinwand. Man sehe und staune. Ihre Röcke wirbelten. Sie drehte sich hierhin und dorthin. Trat nach rechts. Trat nach links. Jetzt klatschte sie beim Tanzen in die Hände. Sie tanzte Hora. Sie tanzte das Mizwa-Tenzl. Jetzt konnte Lola Bensky sehen, daß es nicht sie in *Fiddler on the Roof* auf der Leinwand war. Lola Bensky konnte nicht tanzen.

Lola hatte versucht zu tanzen. Mit sechzehn, als ihre Freundinnen zu Chubby Checker, Bobby Darren und Crash Craddock swingten, hatte Lola sich bemüht, wie ein sorgloses Rock-and-Roll-Girl auszusehen. Sie hatte die richtigen Petticoats an, die richtigen Ballerinas, trug den richtigen Lippenstift und die richtige Frisur. Aber sie hatte den falschen Gesichtsausdruck. Sie sah verängstigt aus, besorgt und verlegen. Sie hatte versucht »Only the Lonely« und »Boom Boom Baby« mit Dauerlächeln durchzustehen, doch ihr Unbehagen hatte das Lächeln verzerrt.

Lola hatte sich Anfang Zwanzig ein weiteres Mal bemüht; damals wurde das Tanzen kreativer. Man durfte sich eigene Schritte ausdenken oder sich an den Go-Go-Girls orientieren. In Ziggys Diskothek hielt Lola den Blick unverwandt auf die Go-Go-Girls gerichtet. Sechs Go-Go-Girls tanzten in Käfigen, die von der Decke hingen. Lola wurde oft schwindelig, wenn sie zu den Tänzerinnen hochsah, während sie ihre Arm- und Beinbewegungen nachahmte, doch Lola hatte keinen Sinn für Choreographie. Ihre Phantasie erstreckte sich nicht auf Tanzschritte. Wenn sie die Go-Go-Girls nicht sah, konnte sie nicht tanzen.

Mit dreiundzwanzig gab Lola das Tanzen auf. Sie tanzte nie wieder, bis sie Garth kennenlernte. Garth war ein fabelhafter Tänzer. Lola klammerte sich an Garth, der sich auf dem Tanzboden drehte und bewegte und verdrehte. Garth hielt Lola eng an sich gedrückt und ließ sie nicht los. Von dieser sicheren Position aus konnte Lola Bensky lächeln, während sie tanzte.

Lola hatte sich schon früher auf der Leinwand gesehen. Sie hatte sich in alten Aufnahmen der Häftlinge in Dachau gesehen, die von der amerikanischen Armee befreit wurden. Sie wußte, daß das junge Mädchen hinter dem Stacheldrahtzaun in Dachau vor dem Graben voller Leichen sie war.

Lola sah sich auch auf Fotografien. Sie sah sich auf Fotografien von Straßenkindern im Ghetto von Łódź. Sie sah sich auf einem Foto von einem kleinen Mädchen, das im Ghetto neben seiner toten Mutter sitzt. Sie sah sich auf Fotos von Jüdinnen, die in Lagern für Displaced Persons in die Kamera lächelten.

Lola suchte auf diesen Fotos auch nach Verwandten. Fotos, Bücher und Filme suchte sie nach Mitgliedern ihrer

Familie ab. Sie suchte nach dem Sohn, den ihre Eltern vor dem Krieg bekommen hatten. Sie suchte nach ihren Großeltern. Sie suchte nach ihren Tanten und Onkeln und Cousins und Cousinen.

In ihrer Handtasche hatte sie ein Notizbuch mit den Namen der Eltern und Brüder und Schwestern ihrer Eltern. In diesem Notizbuch bewahrte sie auch ein Verzeichnis der Titel der Bücher über den Holocaust auf, die sie besaß.

Lola haßte das Wort Holocaust. Es war zu ordentlich verpackt. Es hatte keine losen Enden, keine Zipfel und Fransen. Der Holocaust. Eine nette kompakte Abstraktion. Aber was sollte sie sonst sagen? Die Alternativen waren so wortreich. Sie konnte sagen Vernichtung der europäischen Juden durch die Nazis. Sie konnte sagen Massentötung der Juden durch die Nazis. Sie konnte sagen Hitlers Ermordung von sechs Millionen Juden.

Lola besaß mehr als tausend Bücher über den Holocaust. Die meisten davon hatte sie gelesen. Lola hatte ein gutes Gedächtnis. Sie hatte schon immer ein gutes Gedächtnis gehabt. Sie konnte Hunderte, wenn nicht Tausende Telefonnummern behalten. Gespräche, die sie vor zehn Jahren geführt hatte, konnte sie Wort für Wort wiederholen. Und doch verschwanden die Tatsachen und Statistiken des Holocaust aus ihrem Gedächtnis. Sie mußte die Informationen immer wieder überprüfen. War es das Lager Bergen-Belsen gewesen, wo die britischen Truppen mehr als zehntausend Leichen gefunden hatten? War es Bergen-Belsen gewesen, wo in der Woche nach der Befreiung jeden Tag fünfhundert Insassen dem Typhus und dem Hunger zum Opfer gefallen waren? War es Mauthausen gewesen, wo die Nazis in den letzten vier Kriegsmonaten dreißigtausend Juden ermordet hatten? Lola mußte es immer wieder nachprüfen.

Als Dreißigjährige hatte Lola begonnen, ihre Eltern nach ihren Erlebnissen während des Krieges auszufragen. Sie hatten ihr geantwortet, zögerlich zuerst, doch sie hatten geantwortet. Lola hatte zugehört. Sie hatte still zugehört. Sie hatte mitgeschrieben. Einige der Gespräche hatte sie aufgenommen. Ein langes Interview mit ihrer Mutter und eines mit ihrem Vater hatte sie auf Video aufgenommen. Und dennoch vermischten und drehten sich ihre Geschichten in ihrem Kopf.

Lola hatte zu ihrem Entsetzen festgestellt, daß andere Juden in ihrem Alter nicht wußten oder sich nicht daran erinnerten, was im Krieg ihren Eltern widerfahren war. Solomon Seitz, der einen Oxford-Abschluß hatte, wußte nichts davon. Susan Shuster, die für den Premierminister arbeitete, konnte sich nicht erinnern. Boris Kronhill, der Physiker, hatte eine nebulöse Vorstellung. Er erzählte Lola, daß seine Mutter sich in einem Kloster versteckt habe und sein Vater in einem Arbeitslager in Rußland gewesen sei. Lola wußte, daß Boris sich alles falsch gemerkt hatte. Renia kannte die Kronhills und hatte Lola erzählt, daß Mrs. Kronhill in Auschwitz war und Mr. Kronhill zwei Jahre lang auf einem Bauernhof in Polen in einem Heuschober versteckt worden war.

Renias und Josls Freunde fanden, daß Lola mit ihren ganzen Fragen und Büchern verrückt sein müsse. »Wozu will sie Bücher über Konzentrationslager lesen?« sagte Genia Pekelman. »Will sie den Verstand verlieren?«

Lola kam aus dem Adelphi-Kino in Mordialloc. Mordialloc war weit weg von Rußland und von der Welt Tewjes und Zajtls und Motls.

Lolas Mutter war neun Monate zuvor gestorben. Und gestern abend war Lola aus dem Gleichgewicht gewesen. Im

Herald hatte sie gesehen, daß im Adelphi *Fiddler on the Roof* gespielt wurde, und sie war zu der Ansicht gelangt, daß sie es sehen mußte. Heute vormittag hatte Lola ein Päckchen Fantales gekauft und ein Päckchen Minties und war eine Stunde lang nach Mordialloc gefahren, um die Matinee im Adelphi zu sehen.

In der großen Höhle des Kinosaals waren nur fünf weitere Zuschauer gewesen. Lola nahm an, daß sie und die vier älteren Frauen und der eine sehr alte Mann offenbar die einzigen Leute in Melbourne waren, die *Fiddler on the Roof* noch nicht gesehen hatten.

Jetzt, draußen vor dem Kino, kam Lola sich ein bißchen orientierungslos vor. Es war ein klarer, blauer, heißer Tag. Mordialloc wirkte wohlhabend. In der Pizzeria neben dem Adelphi aßen die Leute Chico Rolls und Pasteten. Der arme Tewje war so arm gewesen, daß er seine Milchkannen selbst tragen mußte, als sein Pferd zu alt dafür geworden war. Hier besaß jeder ein Auto und konnte sich einen Milchshake leisten.

Lola kaufte einen Butterkuchen und fuhr nach Melbourne zurück. Auf dem Weg nach Hause hielt sie bei Texoform, der Fabrik, in der ihr Vater arbeitete. Josl arbeitete seit neun Jahren bei Texoform. Josls eigene Bekleidungsfirma Joren Fashions hatte wie viele kleine Betriebe in den siebziger Jahren schließen müssen. Zuerst war Josl am Boden zerstört gewesen. Jetzt liebte er seine Stelle bei Texoform. Er hatte sein eigenes Büro und war für die Stoffbestellungen zuständig. Josl war zumute, als wäre Texoform seine eigene Firma. Er war überglücklich, wenn er Geld für die Firma sparte, und er arbeitete unermüdlich, um die Arbeitsmoral zu heben und den Arbeitern Loyalität einzuflößen.

Josl war überrascht, seine Tochter zu sehen, doch eigentlich konnte ihn nichts überraschen, was Lola tat. Jahrelang war Lola nicht mit sich zurechtgekommen. Und mit ihm. Mit seiner geliebten Renia, die gestorben war, als alles so vielversprechend aussah. Renia war gestorben, als beide Töchter glücklich verheiratet waren und die Enkel sich als all das zu erweisen begannen, was sie sich von ihren Töchtern erhofft hatte.

Josl wischte die Tränen weg, die ihm kamen, wenn er an Renia dachte. Er stand noch immer jeden Morgen früh auf und ging im Schlafzimmer auf Zehenspitzen, um sie nicht zu wecken. Und jeden Morgen riß ihn die Erkenntnis aus dem Gleichgewicht, daß Renia nicht mehr da war. Seine liebste Renia, die Frau, die er geliebt hatte, seit er zweiundzwanzig und sie sechzehn gewesen war, war tot.

Josl küßte Lola zur Begrüßung. Er sah sie an. Lola hatte sich verändert. Seit ihrem dreißigsten Jahr hatte Lola sich verändert, und alles, was Josl an der kleinen Lola geliebt hatte, war wiedergekommen. Er hatte ihre Neugier und ihre Begeisterungsfähigkeit geliebt. Und er hatte ihr Lachen geliebt. Als kleines Kind hatte Lola ununterbrochen gelacht. Wenn sie etwas lustig fand, lachte sie mit ihrem ganzen Körper, mit ihrem ganzen Wesen. Ihr Lachen erfüllte sie. Es bereitete Josl unendlich viel Freude.

»Hi, Dad«, sagte Lola. »Das Foto von Mum sieht an der Wand gut aus. Dein neues Büro gefällt mir. Wie geht es dir, Dad?«

»Alles in Ordnung, Lola. Alles in Ordnung«, antwortete Josl.

»Weißt du, was ich heute gemacht habe?« sagte Lola. »Ich bin nach Mordialloc gefahren und ins Kino gegangen. In letzter Zeit bin ich mit der Arbeit nicht gut vorangekommen, und weil ich gesehen habe, daß *Fiddler on the Roof* lief, habe ich es mir angesehen.«

»Du hast noch nie *Fiddler on the Roof* gesehen?« sagte Josl.

»Nein, noch nie«, sagte Lola.

»Du hast noch nie *Fiddler on the Roof* gesehen? Aber *Fiddler on the Roof* hat jeder gesehen! Was für ein Film! *Fiddler on the Roof* ist ein wunderbarer Film. Topol war sehr gut in diesem Film, aber dieser Hayes Gordon, der in Melbourne gespielt hat Tewje auf der Bühne, der war unglaublich. Er ist kein Jude, und trotzdem war er auf der Bühne hundert Prozent ein Jude. Deine Mum und ich, wir waren begeistert. Wir haben ihn zweimal gesehen. Ich kann es nicht glauben, daß du *Fiddler on the Roof* noch nie vorher gesehen hast.«

»Ich bin froh, daß ich es mir angesehen habe«, sagte Lola. »Es hat mir gut gefallen. Ich weiß, daß heute nicht Mittwoch ist, aber hättest du Lust, heute zum Abendessen zu kommen? Ich mache herrlichen Kalbs- und Rinderklops mit Sauerkraut.«

»Ich will nicht, daß ihr wieder damit anfangt, daß ich bei euch essen soll«, sagte Josl. »Ich habe gesagt, daß ich einmal in der Woche komme, und das genügt. Klops mit Sauerkraut? Genauso, wie Mum sie gemacht hat?« fragte Josl.

»Ganz genauso, wie Mum Klops und Sauerkraut gemacht hat«, sagte Lola.

»Es ist ein bißchen viel verlangt, zu Klops mit Sauerkraut nein zu sagen. Schon gut, schon gut, ich komme, aber tu mir das nicht noch einmal an. Ich will niemandem eine Last sein«, sagte Josl.

»Dad, du weißt, daß es uns glücklich macht, dich zu sehen«, sagte Lola.

»Okay, Lola, okay. Ich komme, aber ich bleibe nicht lange. Ich will früh ins Bett. Letzte Nacht habe ich nicht so gut geschlafen. Ich habe zu denken angefangen und konnte nicht einschlafen. Es ist nicht gut, wenn man zuviel denkt. Es bringt einen ganz durcheinander. Mir war ganz komisch zumute. Zuerst habe ich an Mum gedacht. Sie hat alles richtig gemacht. Sie war schlank, sie hat nicht geraucht, sie war sportlich, und trotzdem ist sie gestorben. Sie war jung. Dreiundsechzig ist heutzutage nicht alt. Dann habe ich angefangen, an die Vergangenheit zu denken und daß vielleicht das, was Mum in Auschwitz passiert ist, daran schuld ist, daß sie Krebs bekommen hat. Wenn man ein paar Stunden lang so nachgedacht hat, fängt man an zu denken, man wäre verrückt. Es ist besser, wenn man nicht zuviel denkt«, sagte Josl.

»Es ist besser, wenn man nicht zuviel denkt«, hatte Josl immer wieder gesagt, seit Lola sich erinnern konnte. Lola hatte mit sechzehn das Denken ganz aufgegeben. Bis dahin war sie immer Klassenbeste gewesen, hatte gut Klavier gespielt und Preise für ihre Gedichtvorträge in deutscher und französischer Sprache erhalten. Mit sechzehn bestand sie zwei ihrer fünf Abschlußprüfungen nicht. Im Jahr darauf bestand sie die Prüfungen in den zwei Fächern, in denen sie durchgefallen war, und scheiterte in den drei Fächern, in denen sie im Vorjahr bestanden hatte. Beim dritten Mal bestand sie zur allgemeinen Erleichterung alle fünf Prüfungen.

In den nächsten Jahren hatte Lola sich treiben lassen. Sie wurde Journalistin. Sie wurde Ehefrau. Sie wurde Mutter. Sie wirkte wie eine gute Journalistin, Ehefrau und Mutter. Aber etwas war schief an Lola. Verdreht. Unnatürlich. Es fiel nur niemandem auf.

Zornespfeile und Speere des Selbstmitleids piesakten ihre Gedanken. Ängste zerrissen ihre Nächte. Phantastereien und Träume waren in ihr Alltagsleben verschlungen. Sie hielt sich für Renia und Josl. Sie bildete sich ein, sie wäre im Ghetto gewesen. Sie bildete sich auch ein, sie wäre in Auschwitz gewesen.

Lola war immer ein wenig mollig gewesen. Doch seit ihrem sechzehnten Jahr ging sie langsam und unaufhaltsam in die Breite, bis sie völlig unförmig war. Sie bildete einen Kokon um sich. Und in diesem unbewohnten Gebiet, diesem Zufluchtsort, diesem Niemandsland, verbrachte Lola ihre Jugend.

Lola begann erst wieder zu denken, als sie sechsundzwanzig war und wegen ihrer Gewichtsprobleme einen Psychoanalytiker aufsuchte.

»Was soll das bei Gewichtsproblemen nützen?« hatte Renia gesagt, als Lola sie gebeten hatte, auf Julian aufzupassen, wenn sie in die Analyse ging. »Hilft das vielleicht gegen das Dicksein? Zu einem Psychiater gehen? Was soll das schon helfen?« sagte Renia.

»Lola geht zu einem Analytiker, um abzunehmen?« sagte Ada Small. »Warum geht sie nicht zu den Weight Watchers? Wer um alles in der Welt käme auf die Idee, zu einem Irrenarzt zu gehen, einem Doktor für Meschuggene, wenn er bloß ein bißchen abnehmen will? Das ist doch verrückt.«

»Wie wäre es mit einem Hypnotiseur?« schlug Genia vor.

»Wie wäre es mit Limmits-Keksen oder mit der Diät aus harten Eiern und Grapefruit?« sagte Renia zu Lola. »Ich habe sehr gute Dinge über die Diät aus harten Eiern und Grapefruit gehört. Du kannst so viele harte Eier essen, wie du willst, solange du vorher immer eine halbe Grapefruit ißt. Lola, womit haben wir es verdient, daß unsere Tochter zu einem Psychiater gehen will?«

»Du denkst zuviel und machst nicht oft genug Diät«, hatte Josl gesagt. »Und außerdem«, hatte er hinzugefügt, »habe ich einige nicht sehr nette Sachen über diesen Herrn Professor gehört, diesen teuren Doktor Psychiater. Ich habe gehört, daß er ist von einer sehr netten Frau geschieden. Ich habe gehört, daß er ist der Meschuggene, nicht die Patienten, die er behandelt. Deine Mutter wird noch krank vor lauter Sorgen. Ihre Tochter geht zu einem Narrenarzt. Das braucht sie so nötig wie ein Loch im Kopf.«

Lola war zu dem Schluß gelangt, daß es keine gute Idee gewesen war, Renia zu bitten, auf Julian aufzupassen. Sie traf eine Abmachung mit ihrer Freundin Margaret-Anne. Margaret-Anne würde zweimal wöchentlich auf Julian aufpassen, während Lola in ihre Analyse ging, und Lola würde auf Margaret-Annes Jonathan aufpassen, während Margaret-Anne in ihren Meditationskurs ging.

Lola hatte schon immer enge Freundschaften gepflegt. Sie sprach jeden Tag mit ihren Freundinnen. Wenn ihre Freundinnen zur Entbindung im Krankenhaus waren, hatte sie für deren Ehemänner gekocht. Wenn sie ein Haus kaufen wollten, hatte sie die Immobilienanzeigen in den Zeitungen studiert und mit ihren Freundinnen die Grundstücke besichtigt. Ihre Freundinnen waren der Ersatz für Schwestern.

Obwohl sie sich bemüht hatte, den kleinen Jonathan als Familienmitglied zu betrachten, stanken seine vollen Windeln und sie verstand ihn nicht. Nach einem halben Jahr stellte Lola einen Babysitter ein.

Lola hatte auch auf anderen Wegen eine große Familie zu stiften versucht. Sie hatte Buchclubs, Filmclubs und Kartenabende ins Leben gerufen. Sie hatte versucht, ein gemeinschaftliches Wohnprojekt auf die Beine zu stellen. Lola hatte sich vorgestellt, daß ihre Freundinnen ihre Häuser verkauften und auf einem großen Grundstück, das in Melbourne zum Verkauf angeboten wurde, neue Häuser bauten. Von dem Grundstück war es eine Viertelstunde Weg in die Innenstadt, und es lag an einem Flußufer. Lola hatte sich eine wundervolle Umgebung erträumt, in der alle ihr Privatleben behielten, aber gleichzeitig tiefere Freundschaftsbeziehungen untereinander entwickeln konnten. Einige der häuslichen Unannehmlichkeiten, die mit Kleinkindern verbunden waren, konnte man minimieren, und man konnte sich den Luxus eines Swimmingpools und eines Tennisplatzes leisten.

Lola hatte geschmeichelt, arrangiert, organisiert, Druck ausgeübt und gebettelt. Das Projekt hatte die Gruppe gesprengt. Der Buchclub und der Filmclub und die Kartenabende hatten ein Ende gefunden.

Charlie Goldstein, Lolas ältester Schulfreund, hatte Lola gefragt, warum die zu der Gruppe gehörenden Freunde nicht mehr miteinander sprachen.

Lola hatte erwidert: »Was uns auseinandergebracht hat, war mein Vorschlag von größerer Nähe.«

Damals war eine freizügige Zeit. Charlie Goldstein, der noch immer verblüfft war, hatte seinem Firmenpartner Hyram erzählt, daß Lola Bensky, obwohl man ihr so etwas nie zugetraut hätte, ihm erzählt und er mit eigenen Ohren gehört habe, daß sie versucht hatte, eine Kommune mit Partnertausch zu gründen.

Die Neuigkeit machte in ganz Melbourne die Runde. Mrs. Goldstein, Charlies Mutter, hatte Renia Bensky angerufen.

»Renia, Liebchen«, hatte sie gesagt, »ich habe gehört,

daß deine Lola dir ein bißchen Ärger macht. Du mußt stark sein, Renia. Wie meine liebe verstorbene Mutter zu sagen pflegte: ›Kleine Kinder, kleine Sorgen, große Kinder, große Sorgen.‹«

»Diese Idiotin Mrs. Goldstein hat mich heute angerufen«, hatte Renia abends zu Josl gesagt.» Sie hat angerufen, um mir mitzuteilen, daß sie weiß, wie dick Lola ist. ›Du mußt stark sein, Renia‹, hat sie gesagt. Mit Freunden wie Mrs. Goldstein, wer braucht da noch Feinde?«

»Renia, Liebchen«, sagte Josl, nachdem er ihr zugestimmt hatte, daß Mrs. Goldstein eine Heuchlerin, eine Bauerntrine und eine Vollidiotin war, »Renia, Liebchen, ich glaube, Lola hat angefangen, ein bißchen abzunehmen. Meinst du, es könnte vielleicht sein, daß dieser Narrenarzt ihr etwas nützt?«

»Wer kann schon wissen, was Lola etwas nützen könnte«, sagte Renia. »Ich glaube, ich koche ihr Zucchini mit Tomaten. Das Rezept habe ich von Nusia, die es von Mrs. Braunstein hat, die zu den Weight Watchers geht.«

Lola war im Begriff, Josls Büro zu verlassen, als er sie zurückrief. »Lola, das hätte ich fast vergessen. Ich habe Hundefutter für dich gekauft. Hundefutter von Pal. Die Marke, die Mum immer gekauft hat. Ein Sonderangebot, deshalb habe ich zwei Kartons genommen. Ich stelle sie dir in den Kofferraum.«

Lola hatte die Hunde ihrer Mutter geerbt. Lola, die sich weder für Hunde noch für Katzen interessierte, war jetzt Besitzerin von Cleo, Benny und Blacky.

Lola war überzeugt, daß Renia die einzige Jüdin in Melbourne gewesen war, die drei Hunde besaß. Cleo, Benny und Blacky waren streunende Hunde gewesen. Sie hatten

Renia gefunden, die es nicht ertragen konnte, einsame oder hungrige Tiere zu sehen.

Josl stellte die Kartons Hundefutter in den Kofferraum.

»Danke, Dad«, sagte Lola. »Wir sehen uns heute abend.«

Lola fuhr nach St. Kilda. Es ging ihr besser. *Fiddler on the Roof* zu sehen hatte sie aufgeheitert, und sie freute sich, daß Josl zum Abendessen kam. Sie wünschte, ihre Mutter wäre nicht tot. Warum hatte ihre Mutter sterben müssen? In den letzten Jahren hatte sie sich mit ihrer Mutter so gut vertragen. Unterdrückte Tränen schnürten Lola die Kehle zu. Seit der Beerdigung hatte sie nicht um ihre Mutter weinen können.

Auf der St. Kilda Road begann Lola darüber nachzudenken, was für ein schönes Leben sie hatte. Sie liebte Garth, und er liebte sie. Die Kinder hatten sich so gut entwickelt. Julian studierte Medizin.

»Mein Sohn ist schon fast Arzt«, prahlte Lola. Als Renia in der Klinik im Sterben lag, hatte sie jeder Krankenschwester, jedem Assistenzarzt, jedem diensthabenden Arzt und jedem Facharzt erzählt, daß ihr Enkel Medizinstudent sei. Das brachte Lola zum Weinen. Aber es hatte sie auch getröstet. Wenigstens hatte sie Renia einen Enkel geschenkt, der ihr viel Freude bereitet hatte.

Schon als kleiner Junge hatte Julian Renia glücklich gemacht. Wenn Renia mit Julian zusammen war, verrauchte ihr ganzer Zorn, verschwanden all ihre Ängste. Renia hatte mit Julian gespielt, ihn gefüttert, war mit ihm spazierengegangen, hatte mit ihm gesprochen. Lola hatte gespürt, daß der kleine Julian Renia auf eine Weise geheilt und getröstet hatte, wie ihre eigenen Kinder es nie vermocht hatten.

Als Julian größer war, zählte Renia stolz seine Preise und Auszeichnungen. Die beiden machten lange Strandspaziergänge miteinander. Hin und wieder hatten fremde Leute bei diesen Spaziergängen Renia zu ihrem gutaussehenden Sohn gratuliert, und sie hatte gestrahlt. »Julian ist in Mathe so gut, wie ich es war«, sagte Renia oft zu Lola. Lola war in Mathematik ein hoffnungsloser Fall gewesen.

Lola hielt vor Polonskys koscherer Metzgerei. Obwohl ihre Eltern nie orthodox gewesen waren, kaufte Lola koscheres Fleisch. Josl lachte sie dafür aus. »Koscheres Fleisch kostet das Doppelte und schmeckt kein bißchen anders«, sagte er immer. Lola wußte, daß es irrational war, aber sie hatte das Gefühl, das Kalbfleisch und Rindfleisch sei durch den Segen besser.

Mrs. Kopper war in dem Laden. »Hallo, Lola«, sagte sie. »Wie geht es immer? Wie geht's und steht's? Bist du mit deiner Schwester noch immer kider-wider? Es ist eine böse Sache, wenn zwei Schwestern nicht sprechen miteinander. Dem Herrn sei Dank, daß deine arme liebe Mutter, in Frieden möge sie ruhen, das nicht hat miterleben müssen. Es ist schockierend. Erst kürzlich habe ich gesehen deinen Vater, und er hat mir erzählt, wie traurig er ist über seine zwei Töchter. Glaube mir, Lola, er hat gehabt eine Träne in seinem Auge. Und ich habe zu ihm gesagt, ich habe gesagt: ›Josl, das ist alles halb so schlimm.‹ Und das ist wahr. Und um deinen Vater zu trösten, habe ich ihn erinnert an die alte Geschichte von Scholem Alejchem. Du weißt, die Geschichte mit dem Sack voller Sorgen. Kennst du die Geschichte nicht? Du hast sie noch nie gehört? Dann will ich sie dir erzählen, Lola.

Es war einmal ein Dorf, wo viele Menschen hatten Sorgen. Sie gingen zum Rabbi und sagten: ›Rebbe, warum muß ich haben so viele Sorgen? Mein Nachbar hat nicht so viele

Sorgen. Warum bin ich geworden auserwählt für so viele Sorgen?‹ Immer wieder bekommt der Rabbi diese Klagen zu hören. Eines Tages sagt der Rabbi, jedermann, der Sorgen hat, soll sie stecken in einen Sack und den Sack bringen auf den Marktplatz. Das tun die Leute aus dem Dorf. Und dann sagt der Rabbi, jedermann soll den Sack von jemand anderem nehmen mit nach Hause. Als die Leute nach Hause kommen und sehen, was in dem Sack mit Sorgen drinnen ist, den sie ausgesucht haben, da sagen sie: ›Lieber Gott, bitte gib mir meine eigenen Sorgen wieder! Meine eigenen Sorgen waren nicht so schlimm.‹ Und am nächsten Tag sind gegangen alle Leute zum Marktplatz zurück, um wiederzuholen den Sack mit ihren eigenen Sorgen.«

»Entschuldigen Sie«, sagte Mrs. Singer. »Ich weiß, daß Sie diese Geschichte erzählen, Mrs. Kopper, aber man muß sie trotzdem richtig erzählen. Ich glaube nicht, daß Scholem Alejchem gesagt hat, viele Leute in dem Dorf hätten Sorgen gehabt, sondern nur wenige Leute.«

»Schon gut, schon gut, Mrs. Singer«, sagte Mrs. Kopper. »Was macht das schon aus? Das ist nicht so wichtig. Wichtig ist, was ich Lola zu erzählen habe versucht. Und das ist, daß alles nur halb so schlimm ist, weil es immer noch schlimmer kommen kann.«

»Da kann ich Ihnen von zwei Schwestern erzählen, die noch schlimmer sind«, sagte Mrs. Singer. »Meine Nachbarin hat drei Nichten. Die zwei jüngeren Mädchen hassen das älteste Mädchen. Ich habe gehört, daß sie nicht so eine nette Person ist, aber das ist eine andere Geschichte. Der Bruder meiner Nachbarin, der Vater der Mädchen, ist letzten Monat gestorben. Die jüngeren Mädchen haben gesagt ihrer älteren Schwester, die in Canberra wohnt, daß die Beerdigung wäre um elf Uhr. Als das Mädchen am Friedhof ankommt, ist die

Beerdigung vorbei, weil sie in Wirklichkeit um zehn Uhr gewesen ist. Und natürlich haben alle darüber geredet, wie schrecklich es ist, daß die älteste Tochter nicht zu der Beerdigung ihres Vaters ist gekommen.«

Lola wußte, daß es immer noch schlimmer kommen konnte. Davon war sie schon immer überzeugt gewesen. Mr. Polonsky gab Lola das Hackfleisch von Rind und Kalb.

»Ja, Lola«, sagte er, »du bist jetzt ein großer Star. Eine Berühmtheit. Ich sehe jede Woche dein Foto in den *Jewish News*. Als du letztes Mal gegangen bist, hat Mrs. Leber mich gefragt, ob das die Schriftstellerin Lola Bensky war. ›Ja, Mrs. Leber‹, habe ich gesagt. ›Lola Bensky kauft ihr Fleisch und Geflügel immer bei mir.‹«

Lola fuhr nach Hause. Zu Hause bereitete sie den Klopsteig zu. Es war das Rezept ihrer Mutter. Zwei Eier, zwei gehackte Zwiebeln, zwei gepreßte Knoblauchzehen, zwei Eßlöffel geriebenes Weißbrot, zwei Teelöffel Salz und einen halben Teelöffel Pfeffer auf ein Kilo Hackfleisch. Das ergab einen köstlichen Hackbraten.

Lola knetete und knetete und lauschte dem weichen Geräusch des Hackfleischs unter ihren Fingern. Fleisch und Zwiebeln und Eier und Knoblauch und Brotkrumen vermischten sich zu einem sanften Universum.

Vielleicht würde sie eines Tages imstande sein, das Verhältnis zu ihrer Schwester zu kitten, dachte Lola. Obwohl das eher eine Generalüberholung sein dürfte als ein Kitten. Sie schob den Klops in den Backofen.

Ärger mit der Technik

Der Premierminister hatte seine Rede beendet. Alle klatschten. Fünfhundert Leute hatten sich im Vorhof des Parlamentsgebäudes eingefunden. Der Premierminister hatte zu Ehren Raoul Wallenbergs, des schwedischen Diplomaten, der Tausende von Juden vor den Nazis gerettet hatte, einen Baum gepflanzt.

Lola Bensky trat an das Rednerpult, um ihr Gedicht über Raoul Wallenberg vorzulesen. Lola war nervös. Sie war so nervös, daß ihre Hände und Beine so heftig zitterten, als führten sie Tanzbewegungen aus.

Lola räusperte sich abseits des Mikrofons. Sie begann zu lesen. Die Worte verließen ihren Mund und verloren sich in der drückenden Feuchtigkeit. Das Mikrofon funktionierte nicht.

Gemurmel und Unruhe im Publikum.

»Das Mikrofon ist kaputt«, sagte Mr. Rosen.

»Oj, es ist kaputt«, sagte Mr. Berg.

»Das Mikrofon ist kaputtgegangen«, sagte Mrs. Roth.

»Es funktioniert nicht«, sagte Mrs. Fink.

»Dieses Mikrofon funktioniert nicht«, sagte Mr. Mendelson.

Niemand rührte sich von der Stelle.

Der Premierminister kam auf das Podium zurück. Er versuchte das Mikrofon einzustellen. Er drehte und schraubte an dem Knopf unten am Mikrofon.

»Es ist kaputt«, sagte Abe Rothberg.

»Ja, es ist kaputt«, sagte Sadie Levin.

Der Premierminister machte einen neuen Versuch. Er entdeckte einen Schalter seitlich am Mikrofon, den er hin- und herschob. Doch es geschah nichts.

»Es ist eindeutig kaputt«, sagte Mrs. Dunov.

»Es ist kaputt«, sagte Mr. Fishman.

»Sie werden schreien müssen«, sagte der Premierminister zu Lola.

Wie kam es, daß Juden so klug und zugleich so unfähig waren, fragte sich Lola. Juden konnten dreitausend Leute ernähren, ohne mit der Wimper zu zucken, und dennoch waren sie außerstande, bei besonderen Anlässen ein funktionierendes Mikrofon aufzutreiben.

Lola sah die versammelte Menge an. Da war Sol Apelbaum, der geschäftsführende Direktor von Consolidated Metal Industries. Die Firma hatte Büros in Hongkong und in Singapur. Neben ihm stand Wolf Nathanson von Proctor Properties und Sam Baume, der Inhaber der Sweet-Evelyn-Einzelhandelskette. Wie, so fragte sich Lola, war es ihnen gelungen, so erfolgreiche Firmen aufzubauen, wenn sie nicht einmal ein Mikrofon reparieren konnten?

Im letzten Jahr hatte Lola ihr Gedicht bei vielen jüdischen Veranstaltungen vorgelesen. Kein einziges Mal hatte das Mikrofon funktioniert. Josl hatte ihr erklärt, daß Mikrofone etwas waren, wovon Juden nichts verstanden.

»Das ist nicht ihr Gebiet«, hatte er gesagt.

Die Menge wurde unruhiger. Einzelne schüttelten den Kopf und sagten: »Es funktioniert nicht.« Lola schaute den Premierminister mutlos an. »Ich glaube, am besten schreien Sie«, sagte er noch einmal.

Lola schrie das traurige Gedicht über Raoul Wallenberg.

Vier Stunden später war das Festessen nach dem symbolischen Akt in vollem Gange. Die Gäste hatten bereits Vorspeise, Suppe und ein Vorgericht gehabt. Die Kellner trugen das Hauptgericht auf. Danach gab es noch Dessert, Plätzchen und Kaffee.

Lola genoß es. Sie saß mitten unter fünfhundert Juden und genoß es.

Lola sah sich in dem Raum um. Die Atmosphäre war fröhlich und festlich. Die meisten Gäste waren aus Melbourne und Sydney gekommen. Lola konnte die Energie der Gäste sehen, ihre Vitalität, ihre gute Laune, ihre Herzlichkeit.

Sie konnte sehen, was sie jahrelang nicht hatte sehen wollen: daß sie hier zu Hause war. Dies war eine familiäre Welt. Sie verstand ihre Sprache, ihre Eigenheiten, ihre Anspielungen und ihre Absichten.

Eine Frau um die Sechzig kam zu Lola. »Lola, Sie werden sich nicht an mich erinnern, aber ich bin Mrs. Klineman. Ich kannte Ihre Eltern, als Sie ein kleines Mädchen waren. Ich erinnere mich gut an Sie. Wieviel Ärger Sie Ihren Eltern gemacht haben, Lola! Ich erinnere mich, wie Sie wegen Ladendiebstahls verhaftet wurden. Ihre arme Mutter, es hätte sie fast umgebracht.«

Lola sagte, sie werde Mrs. Klinemans Grüße ausrichten. Mrs. Klineman saß am selben Tisch wie Mr. und Mrs. Beir, Mr. und Mrs. Pilsen und Mr. und Mrs. Dorovitch. Mrs. Klineman und Mrs. Beir waren zusammen in Auschwitz gewesen. Mrs. Pilsen hatte sich während des Krieges vier Jahre lang in den Wäldern Polens versteckt. Mr. Beir war in Dachau gewesen, und Mr. Dorovitch hatte bei den Partisanen gekämpft.

Wenn Lola an die Vergangenheit dieser Leute dachte und an die vieler anderer Juden in diesem Raum, erfüllte sie Bewunderung. Mr. und Mrs. Klineman hatten sich jahrelang für die Ausreise russischer Juden eingesetzt. Mrs. Beir fehlte bei keiner Gedenkveranstaltung, keinem Seminar, keiner Buchvorstellung der Gemeinde. Mrs. Dorovitch war Mitglied des Jewish Heritage Committee. Sie waren unermüdlich. Sie hielten Ansprachen und hielten Vorträge, sammelten Unterschriften für Eingaben, buken Kuchen, sammelten Gelder und zogen Kinder groß. Sie waren vorbildliche Großeltern und liebten ihre Enkel abgöttisch.

Jemand berührte Lola an der Schulter. Es war Jack Zelman.

»Ich hatte geschäftlich in Canberra zu tun und hörte, daß du in der Stadt bist; deshalb dachte ich, ich komme kurz vorbei und sage hallo«, sagte Jack Zelman.

Lola hatte Jack seit mindestens zehn Jahren nicht gesehen. Hin und wieder hatte sie über seine Mutter von ihm gehört. Auch über Morris Lubofsky hatte Lola von Jack gehört. Morris wußte über alle Leute Bescheid.

Lola wußte, daß Jack vierundvierzig und unverheiratet war. Sie wußte, daß er ständig kurzfristige Liebschaften hatte.

»Jack kann sich nur für Frauen erwärmen, die ihm nicht gehören«, hatte Morris Lubofsky ihr erzählt. »Das ist wirklich wahr«, hatte Morris gesagt. »Jack verliebt sich immer nur in verheiratete Frauen. Er bleibt solange in sie verliebt, bis er den Eindruck bekommt, sie könnten ihren Mann seinetwegen verlassen wollen, und dann entliebt er sich. Er hat mir einmal erzählt, daß er impotent wird, sobald er sich vorstellt, die Frauen wären seine Ehefrau.« Morris hatte gemeint gehabt, diesen Punkt vertiefen zu müssen: »Jack bekommt keine Erektion zustande, wenn er denkt, die Frau könnte ihn heiraten wollen. Und das bei einem Burschen, der als einer der größten Schtuper weit und breit gilt. Pah, der hat vielleicht Probleme!«

Lola war sich nicht sicher gewesen, ob Morris Lubofsky das ironisch oder neidvoll gesagt hatte. Sie hatte keine Zeit gehabt, ihn zu fragen, weil das eigentliche Interessengebiet Morris Lubofskys er selbst war und Jack Zelman ihn schon zu lange von der Erörterung dieses Themas abgehalten hatte.

Morris hatte Lola von seinen neuen Schuhen erzählen wollen. »Ich mußte mir diese neuen Sportschuhe besorgen«, hatte er in vollem Ernst gesagt. »In normalen Schuhen konnte ich kaum noch gehen. In normalen Schuhen tun mir sowieso die Füße weh. Nach drei Stunden in normalen Schuhen bin ich so fertig, daß ich mich ins Bett legen muß. Die neuen Schuhe, die ich jetzt anhabe, haben drei Sohlen. Die erste Sohle berührt den Boden, die zweite wirkt innen als Stoßdämpfer, der Erschütterungen absorbiert, und die dritte führt dich in den nächsten Schritt über.«

Lola dachte, daß es eine große Hilfe im Leben sein müsse, Schuhe zu haben, die einen in den nächsten Schritt geleiteten.

Was für ein Trio sie abgaben, hatte Lola gedacht. Da war sie, ein früheres böses Mädchen, eine bekehrte Antisemitin. Und da war Morris Lubofsky, von der dritten Ehefrau geschieden, der sich noch immer Spielzeug kaufte. Autos,

Möbel, Schuhe. Und Jack Zelman, ein Immobilienmakler, der nur anderer Leute Ehefrauen vögeln konnte.

»Du siehst sehr gut aus. Du siehst wirklich fabelhaft aus, Lola«, sagte Jack Zelman.

Lola begann zu lachen. Eine der deutlichsten Erinnerungen aus ihrer Jugend betraf Jack Zelman.

»Lola«, hatte er zu ihr gesagt, »wenn du dich zu einer Diät entschließen und abnehmen würdest, dann würde ich mit dir ausgehen.« Und dann hatte er Lola erklärt, wieviel sie seiner Meinung nach abnehmen sollte. Er wollte, daß sie das Gewicht von Louise Samuels erreichte.

Louise Samuels war fast einen Meter achtzig groß und wog einundfünfzig Kilo. Das erfuhr Lola von Jacks Schwester Mary. Lola war genauso groß wie Louise Samuels. Lola hatte sich oft gedacht, daß sie die beiden größten jüdischen Mädchen von Melbourne sein mußten. Leider schätzte Lola, daß sie um die Hälfte schwerer war als Louise. Sie hätte um das Äquivalent des halben Körpers von Louise abnehmen müssen. Lola hatte sich dafür entschieden, auf Jack Zelmans Angebot zu verzichten.

Jack wirkte verlegen, als sie lachte. Sie fragte sich, ob auch er sich daran erinnerte. Sie und Jack Zelman hatten einige gemeinsame Erinnerungen. Sie dachte an einen der vielen gemeinsam verbrachten Ferienaufenthalte in Surfers Paradise. Die Benskys waren mit ihrem ganzen Freundeskreis dort gewesen. Lola und Jack saßen auf dem Rasen des Chevron Hilton. Es war früher Abend. Sie kannten einander seit frühester Kindheit. Sie unterhielten sich. Jack hatte zu reden aufgehört, und Lola lauschte auf die nächtliche Stille. Sie liebte die Stille. Eine Zikade zirpte lange, und plötzlich küßte Jack Zelman Lola. Er lag auf ihr und drückte sich an sie. Sie konnte spüren, daß er hart wurde. Es war ein herrliches Gefühl. Lola hatte einen Orgasmus.

»O Gott, was für eine Schweinerei«, hatte Jack gesagt, als er wieder den Mund aufmachte. Lola hatte gedacht, die Schweinerei, von der er sprach, sei die Intimität, die sie erlebt hatten. Sie dachte, daß er sich für diese Nähe schämte. Daß er sich besudelt vorkam.

Lola errötete, als sie sich an diesen Sommer in Surfers Paradise erinnerte. Jack lächelte sie an. Lola machte Jack mit Garth bekannt. »Garth, ich freue mich sehr, Sie kennenzulernen. Meine Mutter liegt mir unablässig damit in den Ohren, daß Sie der vollkommene Schwiegersohn sind. Renia Bensky hat immer zu meiner Mum gesagt, daß sie Sie nicht für hundert jüdische Schwiegersöhne eintauschen würde.« Garth lachte.

»Setz dich doch zu uns, Jack!« sagte Lola. Plötzlich tat Jack Zelman ihr leid. Er hatte keine Ehefrau. Er hatte keine Kinder. Lola fragte sich, warum. Auch andere Leute fragten sich das. Jack Zelman war jedem Ehestifter in Melbourne ein Dorn im Auge. Er war ein Traummann. Er sah gut aus, war kultiviert und reich. Er war kein Feijgele – im Gegenteil, er war für seine Heldentaten im Bett berühmt. Warum heiratete er nur nicht?

Lola wußte, daß Jack zu Hause eine schwere Kindheit gehabt hatte. Seine Eltern, Mina und Joseph, waren beide vor dem Krieg mit anderen Leuten verheiratet gewesen. Minas erster Ehemann Tadek, so hatte Lolas Mutter ihr erzählt, war Minas große Liebe gewesen. Mina und Tadek hatten in Warschau in derselben Straße gewohnt. Tadek war mehrere Jahre älter als Mina. Seit sie zwei und er sieben Jahre alt waren, hatte er sie zum Spielen abgeholt. Mit zehn hatte Tadek seiner Mutter verkündet, daß er Mina heiraten wolle. Als Mina sechzehn war, heirateten sie. Ihr Sohn Henryk wurde im Jahr darauf geboren. Tadek und der dreijährige Henryk starben in Bergen-Belsen. Als die britischen Truppen Bergen-Belsen befreiten, fanden sie Mina halbtot auf einem Leichenberg.

Renia Bensky hatte Lola einmal erzählt, daß sie den Eindruck habe, Mina Zelman engagiere sich so unermüdlich in der Wohltätigkeit, um beim Allmächtigen gut angeschrieben zu sein, damit sie nach ihrem Tod mit Tadek und Henryk wiedervereinigt würde. Dieser Gedanke hatte Lola eine Gänsehaut beschert.

Einmal hatte ihre Mutter zu ihr gesagt: »Lola, Mina Zelman schenkt Josephs ganzes Geld her. Sie gibt es dieser Wohltätigkeitsorganisation, sie gibt es jener Wohltätigkeitsorganisation. Je mehr Joseph verdient, um so mehr gibt Mina weg. Joseph kann nicht verstehen, warum Mina soviel wegschenkt, aber er sagt kein Wort. Er denkt, daß es Mina glücklich macht, und sie stellt ihm keine Fragen wegen Pola Ganz. Und noch hat er genug Geld übrig.«

Lola mochte Joseph Zelman nicht. Sie fand ihn grobschlächtig. Sie konnte verstehen, daß es Mina Zelman nichts ausmachte, daß Joseph mit Pola Ganz eine Affäre hatte. Lola dachte, daß es in Joseph Zelman nicht viel Zärtlichkeit oder Sensibilität gab; was machte es also aus, ob er treu war oder nicht? Pola Ganz bekam wahrscheinlich nichts, was Mina Zelman abging, dachte Lola.

Manchmal begegnete Lola Joseph Zelman bei ihren Eltern. Er wollte ihr immer von seinen Töchtern Mary und Susan erzählen. Lola hatte die Zelman-Töchter nicht mehr gesehen, seit sie vor sechzehn Jahren Melbourne verlassen hatten, um in Israel zu leben. Natürlich hatte sie endlos viele Fotos gesehen, von ihnen, ihren Ehemännern und ihren

Kindern. Joseph hatte immer eine Brieftasche voller Fotos bei sich.

Joseph Zelman prahlte mit den Opfern, die seine zwei Töchter gebracht hatten, indem sie sich für ein Leben in Israel entschieden.

»Es ist nicht so einfach, in Israel zu leben«, sagte er immer wieder. »Susan und Mary könnten in Melbourne um vieles komfortabler leben, aber ihr Engagement für Israel liegt ihnen nun einmal am Herzen, und darauf sind Mina und ich sehr stolz.«

Lola dachte, daß Susan und Mary wahrscheinlich am meisten am Herzen lag, ihrem Vater so fern wie möglich zu sein. Auf diese Weise kamen sie gut miteinander aus.

»Es ist ein Segen, daß unsere Familie sich so gut versteht«, sagte Joseph immer zu Lola.

Die Zelmans schienen immer gerade von einem wundervollen Urlaub bei ihren Töchtern zurückgekommen zu sein. »Wir hatten einen so herrlichen Urlaub in Monte Carlo mit den Mädchen und ihren Männern und Kindern. Wir kommen alle so gut miteinander aus. Wir haben die gleichen Interessen. Wir sind jeden Abend ausgegangen. Wir hatten einen wundervollen Urlaub. Ja, es ist ein Segen, eine Familie zu haben, die sich so gut versteht«, sagte Joseph jedesmal.

In den Jahren, als es Lola schwerfiel, sich ihren Eltern gegenüber auch nur halbwegs höflich zu benehmen, geschweige denn sich vorzustellen, sich mit ihnen in Monte Carlo zu amüsieren, standen ihr bei Joseph Zelmans Reden die Haare zu Berge.

Vor dem Krieg war Joseph mit Minas ältester Schwester Malka verheiratet gewesen. Malka und Mina waren entfernt mit Renia Bensky verwandt.

Renia sagte immer die rätselhaften Worte: »Malka war eine ganz andere Art Frau. Sie war genau richtig für Joseph. Sie war in jeder Hinsicht genauso hungrig wie er. Meine Tante hat immer gesagt, daß Malka nie die Hände von Joseph lassen konnte.«

Mina war Malkas stille, jüngere, größere, schüchternere Schwester. Mina war Joseph in Deutschland begegnet, wenige Stunden nachdem er erfahren hatte, daß Malka in Dachau umgekommen war. Mina wußte bereits, daß Tadek und Henryk tot waren. Sie hatte sie sterben sehen.

Zwei Monate nach ihrer Heirat kamen Mina und Joseph in Australien an. Ihren ersten Monat in Australien verbrachten sie in Bonegilla.

In Bonegilla war die Luft vom Geruch gekochten Hammelfleischs gesättigt. Der Geruch setzte sich in Kleidung und Haaren fest. Mina war zumute, als hätte ihre Haut den Hammelgestank aufgesogen. Mina vermied es, so gut sie konnte, die große Grube aufzusuchen, die in Bonegilla als Toilette benutzt wurde. Sie wartete, bis ihre Blase zu platzen drohte oder ihr schlecht wurde, bevor sie die Toilette in Bonegilla aufsuchte.

Jack war in Bonegilla gezeugt worden. In den Barakken von Bonegilla herrschte Geschlechtertrennung. Mina schlief mitten in einem großen, überfüllten Frauenschlafsaal. Eines Nachmittags hatte Joseph zwei Bettlaken um vier Stühle gespannt und einen privaten Bereich um die Pritsche geschaffen, die Minas Bett bildete. Und dann hatte er mit Mina geschlafen. Mina hatte vor Beschämung geweint. Als sie sich aufrichteten, grinsten Mrs. Lovic und Mrs. Platt und Mrs. Antman, die die angrenzenden Pritschen bewohnten.

Eines Morgens dachte Mina in Bonegilla, daß sie sich fast nicht mehr daran erinnern konnte, wie es war, wenn man in einem normalen Zuhause lebte. Seit fast zehn Jahren war sie von einer Baracke in die nächste gelangt. Vom Arbeitslager in das Konzentrationslager und von dort in das Lager für Displaced Persons und nun in dieses »Reception and Training Centre«.

Mina versuchte sich an die kleine Wohnung in Warschau zu erinnern, in der sie mit Tadek gelebt hatte. Gerade als die Erinnerung sie zu wärmen begann, rief Mrs. Lovic ihr zu, daß der sogenannte Englischunterricht beginne. In Bonegilla sprachen die wenigsten Englisch. Es war nicht nötig. Wenn man in diesem Lager lebte, konnte man Deutsch, Polnisch, Italienisch, Litauisch, Russisch oder Jiddisch aufschnappen, aber kein Englisch. Im Englischunterricht lernten sie an jenem Tag in Bonegilla das Lied »Roaming in the Gloaming« singen. Mina wußte die Worte noch heute.

Joseph Zelman hatte einen guten Riecher für Geschäfte. Er hatte sehr schwer gearbeitet, und jetzt waren die Zelmans sehr wohlhabend. Joseph hatte große Miethäuser in ganz Melbourne errichtet.

Joseph lebte gerne gut. Er ging ins Theater, in die Oper, ins Kino. Zweimal im Jahr flog er in die Schweiz, um sich in der Brechen-Bilt-Klinik zu erholen. Er ging nach Deutschland, um in Schwarzwälder Luftkurorten Verjüngungskuren zu machen, und nach Österreich, um Schlammbäder für seine Arthritis zu nehmen.

Joseph speiste in den besten Restaurants und trank die besten Weine. Diese Restaurants besuchte er mit Geschäftskollegen, mit Freunden oder mit seinem Sohn Jack.

Mina aß nicht im Restaurant. Sie mißtraute Restaurants.

Die wenigen Male, die sie außerhalb gegessen hatte, war ihr hinterher schlecht geworden.

Wenn Joseph und Mina zusammen verreisten, aß Mina Rohkost, die sie selbst kaufte. Das Essen in Restaurants war ihr nie sauber genug. Sie hatte mehrmals versucht, es Joseph zu erklären. »Ich will nichts essen, was andere Leute angefaßt haben«, sagte sie jedesmal. »Ich kann nicht wissen, wer das Essen angefaßt hat und ob der Koch sich die Hände gewaschen hat oder ob er Schnupfen oder Husten hat.« Joseph fand Minas Verhalten enervierend, aber er sagte nie ein Wort.

Joseph war der Ansicht, daß seine eigenen Erfahrungen während des Krieges im Vergleich zu Minas so harmlos waren, daß er es nie über sich brachte, Mina zu kritisieren. Joseph hatte Glück gehabt. Er war 1939 in ein russisches Arbeitslager verschleppt worden. Ein Zuckerlecken war es vielleicht nicht, dachte Jospeh oft, aber wenn er es mit Minas Kriegserlebnissen verglich, dann konnte er sich nicht beklagen.

Mitten auf dem Büffet im Eßzimmer der Zelmans stand in einem großen Silberrahmen das kleine, vergilbte, sepiafarbene Foto eines kleinen Jungen. Er hatte große, verschattete Augen, Pausbacken und einen niedlichen geschwungenen Mund. Der kleine Junge sah genauso aus wie Jack Zelman. Es war Henryk Fischer, Minas erster Sohn. Das Foto war alles, was Mina von ihrem Vorkriegsleben besaß.

Als Jack sechzehn war, hatte er Lola erzählt, daß er sich nicht für Minas echten Sohn hielt. Er hielt den Jungen auf dem Foto für Minas echten Sohn. Der Junge auf dem Foto wurde im Hause Zelman nie erwähnt. Jack wußte nicht einmal seinen Namen.

Jack hatte Lola gefragt, ob ihre Eltern andere Kinder vor ihr gehabt hatten. Sie hatte verneint, obwohl sie wußte, daß ihre Eltern im Ghetto von Łódź einen totgeborenen Sohn bekommen hatten.

Lola wußte nicht, warum sie Jack Zelman angelogen hatte. Lola hatte so viele ihrer eigenen Phantastereien in den Stoff der Vergangenheit ihrer Eltern verwoben, daß sie nicht mehr auseinanderhalten konnte, was wahr war und was nicht.

Sie hatte sich eine ganze Geschichte darüber zusammen-phantasiert, wie ihre Eltern in Auschwitz getrennt worden waren und nach dem Krieg einander ein halbes Jahr lang gesucht hatten. Soweit stimmte die Geschichte. Von da an fügte Lola ein Szenario hinzu, das Cecil B. DeMilles würdig gewesen wäre. Lolas Geschichte lautete, daß ihre Mutter und ihr Vater auf der Suche nacheinander im Zug kreuz und quer durch Europa gereist waren. Immer wieder verpaßten sie einander um Sekunden, immer wieder fuhren sie in ent-gegengesetzter Richtung aneinander vorbei. Nach sechs Monaten hatte keiner von beiden in Erfahrung gebracht, ob der andere am Leben war. Zuletzt fragte in Lolas Geschichte ihre Mutter einen britischen Soldaten auf einem deutschen Bahnhof, ob er ihren Ehemann gesehen habe.

»Ja, das habe ich, gnädige Frau, er befindet sich in diesem Zug«, hatte der Soldat erwidert und auf einen Zug gedeutet, der soeben den Bahnhof verließ. Doch es war nicht zu spät. Der britische Soldat fuhr Lolas Mutter zum nächsten Bahn-hof, und dort stieg sie in den Zug. Auf der Suche nach ihrem Mann ging sie durch die Waggons. Und dann erblickte sie ihn und wurde ohnmächtig.

Der Zeremonienmeister Nathan Spatt klopfte mit einer Tee-
tasse an das Rednerpult.

»Meine sehr verehrten Damen und Herren! Meine Damen und Herren! Ich bitte jetzt unseren Präsidenten Mr. Sol
Spigal, ein paar Worte des Danks an all jene zu richten, die
geholfen haben, diesen Tag zu einem denkwürdigen Tag zu
machen.«

»Du lieber Himmel, sieh dir nur den vielen Süßstoff an«,
sagte Jack Zelman. Lola sah sich auf den Tischen um. Für
jeweils vier Gedecke waren zwei Fläschchen Süßstoff auf-
gestellt. Eine Süßstofflawine stand bereit, um sich in fünfhundert Kaffeetassen zu ergießen.

»Es hat mich schon immer verwundert, warum Juden so
süßstofffixiert sind«, sagte Jack. »Eben erst haben sie Apfel-
strudel und Eis und Pralinen gegessen, und das wollen sie
jetzt wettmachen, indem sie keinen Zucker in ihren Kaffee
tun. Das ist doch verrückt.«

»Ja, es ist verrückt«, stimmte ihm Lola zu.

Mr. Sol Spigal bedankte sich fünfundzwanzig Minuten
lang. Jedermann in Melbourne wurde gedankt. Jedermann
in Sydney wurde gedankt. Und selbstverständlich wurde
auch dem örtlichen Ausschuß von Canberra gedankt. Jedem
einzelnen wurde gedankt, und das Publikum applaudierte
bei jedem einzelnen Dank.

Der Zeremonienmeister kam wieder.

»Und zum Ende unseres ganz besonderen Tages haben
wir noch etwas ganz Besonderes. Wir haben die Ehre, heute
abend unter uns die wunderbare Dichterin Lola Bensky
begrüßen zu dürfen, und sie wird noch einmal ihr wunderbares Gedicht für uns lesen.«

Lola trat auf das Podium. Diesmal war sie nicht so nervös. Sie beruhigte sich einen Augenblick lang. Sie atmete tief ein und begann zu lesen. In der Halle brach Tumult aus.

»Wir hören nichts. Wir hören nichts«, rief es von überallher im Chor.

»Ich glaube, das Mikrofon funktioniert nicht«, sagte Nathan Spatt.

»Dann schreie ich«, sagte Lola.

Die englische Originalausgabe erschien 1990 unter dem Titel
»Things could be worse« bei Brown Prior Anderson Pty Ltd,
Burwood, Victoria for Meanjin, and Melbourne University Press,
Carlton, Victoria 3053

© Lily Brett, 1990

Deutsche Erstausgabe
© 2002 Franz Deuticke Verlagsgesellschaft m. b. H.
Wien–Frankfurt/Main
Alle Rechte vorbehalten.

www.deuticke.at

2. Auflage

Lektorat: Wolfgang Astelbauer
Gestaltung, Satz: typic®/wolf
Umschlaggestaltung: Studio Hollinger
Umschlagfoto: © J. Mitelman/Deuticke
Druck: Ueberreuter Print
Printed in Austria
ISBN 3-216-30447-7